T0274408

La ciudad

La ciudad

Lara Moreno

Lumen

narrativa

Papel certificado por el Forest Stewardship Council®

Penguin
Random House
Grupo Editorial

Primera edición: septiembre de 2022

Printed in Spain – Impreso en España

ISBN: 978-84-264-0775-7
Depósito legal: B-9.746-2022

Compuesto en M. I. Maquetación, S. L.
Impreso en Unigraf, Móstoles (Madrid)

H 4 0 7 7 5 7

Para Nano, in memoriam

Empecé este libro como un impulso
orgánico: una necesidad primero.
Lo transité como un túnel tenue:
con miedo y voluntad.

ÓSCAR MARTÍNEZ,
Los muertos y el periodista

Parece que dentro de la casa hubiera un animal. No un animal prehistórico y torpe, ni tampoco un animal acorralado, aunque tiene algo de todo esto. Es un hombre enfadado no se sabe bien por qué. Al menos ella piensa que nada de lo que les ha ocurrido jamás en la vida puede justificar ese enfado. Nada que ella haya hecho o dicho o siquiera sentido puede justificar esa energía que viene de montes lejanos o de lo más profundo de la tierra. De los mismos montes y del mismo socavón llegan a veces las palabras o la ternura. En algún punto en la mañana se torció el aire. ¿Cuál fue el momento exacto, qué milímetro de la sábana, qué paso a destiempo hacia la cocina, qué gesto? Ahora ya no se puede pensar en nada, en medio de la batalla el oxígeno difícilmente llega hasta el cerebro.

Los gritos son como lanzas que atraviesan la casa. Algo muy importante debe de estar pasando en la cabeza del hombre, un estallido devastador que ha anulado su rostro. Lo que la mujer ve son unos ojos que de todos modos ya ha visto antes, semicerrados por la ira, afilados, que la miran a veces, porque no siempre quieren mirarla, con una dureza sobrenatural. Ella ha intentado hablar, pero su discurso se ha diluido en la sombra. Ahora tiene que gritar también, grita para gritar no me grites, grita para gritar qué estás haciendo, grita qué coño te pasa y no me hables así, grita para entender o para hacerse entender pero la garganta le falla, es un llanto ronco lo que le sale al abrir la boca; tendría que ser más sólida, más alta, más robusta. Tendría que ser minúscula, un insecto venenoso, algo que pudiera clavarse en ese globo que no para de crecer y hacerlo estallar. Pero no puede. Va de un extremo a otro de la casa, cada vez más nerviosa, y no sabe si es indignación o miedo o ambas cosas, solo mueve a un lado y a otro la cabeza, esto no me puede estar pasando a mí, y no se atreve a gritar vete de aquí, no vuelvas nunca más, se aferra con su voz ronca y con su llanto a las palabras y a la cordura, como si fuera a servirle de algo. La letanía del hombre va creciendo y no hay nada en ella que lo pueda aplacar. Le está echando la culpa, está aullando una desesperación indómita, y ella se ha metido en la habitación de su hija, que está en casa de su padre, y allí empieza a vestirse y se ve a sí misma como fuera del mundo, representando un papel que no le corresponde. Entonces él entra también en esa habitación pero no para mirarla ni para vencerla, quiere alcanzar una maleta que hay en la parte de arriba del armario y la empuja para llegar al lugar correcto porque quizá ella se ha interpuesto en su camino, qué haces, qué estás haciendo, me voy de aquí, grita él, esto es insoportable, en el fondo no son palabras lo que el hombre pronuncia, es solo una actitud, un desprecio. Ella sabe que todo es una ficción. Que hay una bujía rota ahí dentro, algo aprendido en una cueva que permite escenificar la agonía, la sinrazón, porque solo importa la cascada, no el contenido: ¿qué significado, qué parte es la que se salva tras todo esto? ¿Qué ha pasado para estar ahí, ahora, qué ha vuelto a romperse? Dejarse ir, contra todo. Al bajar la maleta de las alturas hay un tropiezo en los brazos fuertes del hombre, un golpe absurdo, y ella lo mira espantada, ¿cómo se ve en sus ojos esta consternación, qué color tiene? ¿Qué ha hecho ella para que todo esto ocurra, qué es lo que quiere decirle, a qué lugar pretende arrojarla? No puede entender nada porque nada de esto le está ocurriendo a ella, no es su película. A pesar de todo es él quien se indigna, porque ella se ha apartado, ha recogido las manos en la cara, ha dado un brinco, y el simple reflejo de huida provoca en él otro ataque, ¿es que acaso ella está insinuando que él pretendía hacerle daño? ¿Cómo se atreve? ¿Es que está loca? Estás loca, joder, no aguanto más.

Loca. Debe de estar loca pero el animal no va a llamarla loca. El dinosaurio torpe no va a llamarla loca, el perro malherido, la fiera sin su jaula, ella no está loca ahora mismo, está sorda, muda, está ciega, no está loca. El hombre arrastra la maleta hasta el dormitorio y como un títere robusto empieza a recoger ropa del suelo y abre cajones y ella todavía cegada y sorda y muda por un impulso racional va tras él y le dice ya está bien, qué estás haciendo, qué coño te he hecho yo, para de una vez, y él con toda su bravura de la cueva le responde ¿que qué has hecho?, déjame en paz de una puta vez, y esas palabras parecen tener algún sentido aunque ella no puede oírlas bien porque él y su espalda grande y su cuello de león y el color brillante de su piel se asoman a la ventana en un espasmo y ella intenta agarrarlo, las ventanas abiertas, los vecinos, ¿está pensando ella en los vecinos del silencioso patio interior, teme que se tire al vacío?, no puede ser, no hay vecinos ni hay caída porque aquello es la cascada absurda de esta representación y los gritos y ella sabe, siente, que todo es una grandísima mentira, un efecto sonoro, una trampa mortal, un método ridículo e intolerable que al hombre le enseñaron hace tiempo para ganar una absurda batalla, una batalla sin inicio, sin razón, sin detonante, una batalla sin final y sin victoria, no se puede ganar lo que uno ya posee, no se puede ganar lo que uno jamás podrá tener, es la música hueca del delirio, el tronar vacío del poder, el teatro sórdido, sin cuerpo, sin palabra, sin luces. La guerra para nada. Solo para la herida. Qué ridícula resulta la ira cuando no hay nada verdadero que arrojar al otro. Agitación, brazos, herradura. Haría falta una inyección de escopolamina, una mano de santo, volver a los inicios, que él fuera capaz de mirarla, de verla a través de la hostilidad, haría falta la caricia de un niño, que el universo no estuviera sostenido por agujas.

Tiene que irse de ahí, ahora mismo. Sale de la habitación, cruza el pasillo, atraviesa el salón, todo esto lo hace con su nueva piel de fantasma. El corazón debe de estar en algún lugar dentro del tórax, le grita también, añicos. Coge su bolso y sale de la casa y claro que da un portazo. En el ascensor está temblando. Su cara arrugada en el espejo, roja de apretar, los ojos ciruelas ya caídas, el ascensor baja al portal y ve una sombra a través del cristal de la puerta metálica y cuando la abre, ¿o la han abierto desde fuera?, ahí está la policía. Es un agente calvo y serio, un policía con su uniforme y su autoridad que la mira y le pregunta. Está aquí por ella. Esto está pasando y antes que la vergüenza la recorre el escalofrío. Han llamado los vecinos. Y pregunta. Y le pide que le enseñe la documentación, y ella lo hace, y él apunta. Y pregunta. Y dice ella algo así como nervios, torrente de voz, no me ha hecho daño. Tiene que decir esto porque qué va a saber el policía de su corazón añicos y de sus entrañas y de la irrealidad y la sordera y la ceguera y la mudez. No me ha hecho daño. Esa es la verdad. Eso es lo que el policía está preguntando exactamente, ninguna otra cosa. ¿Está arriba, en casa? Sí. Tenemos que subir. ¿Yo puedo irme? Sí, puede usted irse. Al atravesar el portal, al bajar con dignidad los cuatro escalones de mármol, se cruza con el otro agente, que es más alto, más joven, y que tampoco tiene cara para ella. Ambos se meten en el ascensor. Ella sale a la plaza.

Es una de las plazas más bonitas de Madrid. Una plaza en cuesta recogida tras el muro de piedra gris de una iglesia, con tierra y árboles delgados y altos. Las terrazas están casi vacías y ella sube y sube y deja la plaza atrás y bordea la calle de la iglesia y se queda parada en una esquina, entre la piedra y los bares y las palomas. No sabe a quién llamar. No debe llamar a nadie. No puede explicar. Agarra el teléfono entre las manos como una soga que la mantiene atada a algún lugar. Hace calor, son las dos de la tarde, principios de julio. No hay bullicio, solo algunos guiris ocupando las sillas donde la sombra cae. Ya no puede llorar. Está en medio de la calle, en el centro de su ciudad, y no quiere moverse. Adónde podría ir. Su casa está ahí abajo y da unos pasos y se asoma. Los dos agentes, que ya han debido de hacer su trabajo, están enfrente de su portal, al otro lado, cerca de la puerta de los jardines. Esperan. Ella no sabe nada de protocolos policiales ni tampoco de selvas. Recibe un mensaje: Oliva, dónde estás. Ha venido la policía y me querían detener.

En el mercado de la Cebada quedan pocos puestos abiertos. Solo los fines de semana hay movimiento, cuando algunas pescaderías venden bandejas de marisco ya cocido, latas de cerveza y botellas de sidra, y el bar que hay frente a la carnicería grande hace hamburguesas y pinchos y la gente va allí a comer de pie y a beber. Entre semana es un mercado a medio gas. Tanto en la planta de arriba como en la de abajo hay pasillos enteros con el cierre echado. Es un mercado demasiado grande ahora, y en invierno resulta frío, pero en verano es un buen refugio.

Oliva se para delante de la charcutería que hay nada más bajar las escaleras, en la primera esquina. El señor es simpático, siempre le da conversación, le agradece con los ojos que compre allí. No es su tienda preferida, es una charcutería por la que no ha pasado el tiempo: la mortadela conserva el rosa fucsia que tenía en su infancia, el salami brilla fosforescente, los salchichones sudan, prietos, junto a la sobrasada y los jamones apagados. Oliva debería evitar comer todo eso. Pero el hombre vende un queso viejo que está buenísimo, y cada vez que ella se lo pide él le cuenta de dónde viene, quién lo trae, cuánto tiempo lleva curándose en el secadero y por qué es más caro de lo normal. Oliva lo escucha y sonríe y le dice ponme un poquito más, y el charcutero limpia el cuchillo con mimo y envuelve el trozo de queso en un papel blanco y resbaladizo de principios del siglo pasado. Luego se queja. Se queja de que los lunes hay muchos puestos que no abren, y eso no es bueno. Los clientes no pueden llegar un lunes al mercado y encontrarse las dos pollerías cerradas, o con solo una pescadería abierta en la planta de abajo. No se ponen de acuerdo, dice el hombre, y nos tenemos que poner de acuerdo. Esto se está muriendo y hay que mantenerlo entre todos. Si cierra Daniel, por ejemplo, yo no puedo cerrar, no se puede dejar a la gente sin su chorizo. Y luego está lo de los fines de semana, con las fiestas. De eso no vivimos, vivimos de nuestros puestos. Tenemos que coordinarnos para librar, pero nada, aquí cada uno va a lo suyo. Cualquier día nos quedamos sin mercado. El charcutero tiene una barriga grande y redonda debajo del delantal, una calva que reluce bajo las bombillas desvaídas de su pequeño habitáculo y unos párpados de cera que cubren solo la mitad de sus tristes globos oculares. Cuando Oliva llegó al barrio siempre pasaba de largo por esa tienda, porque el charcutero, en las distancias largas, le parecía un hombre desagradable. Sin embargo ahora le provoca ternura. Lo imagina soltero; no puede evitar, cada vez que él desarrolla la situación, la cálida protesta de sindicato, imaginárselo llegando a casa, un pequeño piso en el barrio, de techos altos, con las cortinas que su propia madre colgó cuando vivía, con oscuros bodegones en las paredes y olor a puchero y a calefacción central, no puede imaginárselo de otra forma que sentado, solo, en un sillón orejero frente a la televisión, cenando pan con queso viejo y un huevo frito y unos rábanos picantes flotando en un cuenquito blanco que ni siquiera es de porcelana, sino de esos que regalaban con los yogures en 1983. Le gustaría equivocarse. Oliva le dice: si cierra el mercado, a mí me da algo. Ya no me gusta comprar en las grandes superficies. Tampoco en los súper exprés que ahora han decorado de verde para que la gente piense que come sano. Cuando dice esto observa las aceitunas ahogadas en la mortadela rosa de la vitrina del charcutero y sabe que es imposible comer sano. Qué más te pongo. Ella no quiere nada más, pero pide: un poco de queso fresco de cabra, pero no me pongas mucho porque nadie más en casa lo come, es solo para mí. Y él agarra con cuidado el queso y pregunta, ¿así?, un poco más, contesta ella, y luego él pesa y envuelve y guarda y ya está, no necesito nada más hoy, y qué te debo, son cuatro con ochenta, no tengo efectivo, siempre me pasa igual, aquí no puedo pagar con tarjeta, ¿verdad?, no, pero no te preocupes, me lo das otro día, no, hombre, no, te pago ya, voy y saco, que no, que no te preocupes, que me lo das mañana, o cuando vuelvas, o cuando te acuerdes. Oliva no puede abrazar al hombre, acariciarle la calva, darle un par de palmadas en el hombro, pero intenta sonreírle con energía y da las gracias moviendo la cabeza. Estas son las cosas por las que merece la pena venir. Se despide del charcutero y enfila el pasillo central buscando a su hija.

Irena no aparece por ahora, pero no se alarma. Tiene todavía que ir a la carnicería y comprar fruta y verdura, y la niña no se va a perder en el mercado. Irena siempre se queja cuando Oliva le dice que la acompañe, pero luego entra corriendo, se desliza por las rampas de cemento que hay junto a las escaleras para bajar los carros y desaparece entre los pasillos. A veces se encuentra con la hija de los de la tienda de vinos, que tiene su misma edad, y juegan juntas a esconderse por los múltiples agujeros del edificio. Otras veces, la mayoría, Oliva la encuentra en el escaparate de la esquina de la entrada trasera, donde hay una vitrina enorme con una exposición de muñecos playmobil, escenas de guerra con sus abundantes ejércitos de tierra y mar, poblados de la Edad Media, deportes acuáticos o granjas imposibles a las que no les falta un detalle. Es mucho más que un belén sofisticado. Una maqueta de cómo debería ser el mundo, ordenado, quieto, con cada elemento a una prudente distancia del otro. Cuando la están atendiendo en la carnicería, por fin la ve aparecer. Irena viene corriendo desde el fondo del pasillo y se choca contra su madre, la abraza con un empujón. Tiene el pelo cobrizo desordenado, las horquillas que por la mañana Oliva le puso a los lados de la cabeza cuelgan ahora del cabello, sin finalidad. Mamá, ¿vamos a ver la exposición ahora? ¿No la has visto tú ya? Sí, pero la quiero ver contigo otra vez, porque te quiero enseñar una cosa. Oliva sabe que cuando acabe de comprar irá demasiado cargada, no cogió el carrito, mal hecho, quizá pensó que él luego podría ayudarla, pero no, ha mirado el móvil varias veces y no hay señales, así que irá demasiado cargada y le dolerán las manos y los hombros, y todo será prisa por volver, pero le dice que sí, que claro, que ahora van, aunque cuando esté sosteniendo las bolsas con las berenjenas, y la media sandía y los melocotones, y las cebollas y las patatas y los aguacates, cuando ya esté cargada de plátanos y manzanas y quizá una docena de huevos ecológicos y pan tostado del que vende el del puesto del aceite, empezará a ponerse nerviosa y a la vez muy triste, aunque luchará por combatir esta tristeza, porque qué de malo hay, es una mañana de finales de agosto y ella está yendo sola a comprar al mercado con su hija porque nadie más tiene que ir con ella, por algo está separada del padre de Irena, para hacer sola con su hija las cosas, e intenta apartar esta lástima de sí misma, pero no lo consigue del todo porque va muy cargada y porque ha sido generosa en las compras, ha intentado que después del esfuerzo el frigorífico de su casa esté repleto y sea alegría, provisiones para las mañanas, los mediodías y las madrugadas, y le duele la espalda y tendrá contracturas después si baja la cuesta cargada con tantas bolsas, parándose de a poco, así que en vez de alejar la tristeza la convierte en una inquina sin dirección que casualmente cae de pleno en la niña de seis años que la acompaña al mercado, ahora no puede ser, Irena, ¿no ves lo cargada que voy?, tenemos que volver a casa, pero, mamá, me dijiste que íbamos a ver los playmobil, sí, pero tú ya los has visto, pero es que te quiero enseñar una cosa, mamá, porque en cada uno hay un muñeco que no debería estar ahí y hay que encontrarlo y es muy divertido y no puede ser, Irena, no insistas, ya vendremos otro día, ¿no ves que voy cargada como una mula?, ¿es que no lo ves?, necesito llegar a casa, te he dicho que nos vamos. Y se van. La niña obedece enfadada, pero de todos modos cuando pasen por la tienda de los chinos que hay frente al mercado querrá pararse en el escaparate a observar los peluches y luego querrá que miren la programación del teatro de la callejuela frente a la iglesia por si hay algún mago que no haya visto aún, y al pasar frente a la papelería de la plaza, que por suerte está cerrada, le preguntará a la madre que si puede comprarle alguna cosa, lo que sea, cuando abra, otro día, y Oliva irá posponiendo, y posponiendo, negativa tras negativa, parándose de vez en cuando a descansar, soltando las bolsas en el suelo para reorganizar el peso, y todavía mirará el móvil a ver si hay señales, pero no hay, y por fin llegarán las dos al portal, y ella sacará las llaves del bolso, y abrirá, y soltará la carga en el ascensor, y se mirará las manos y el dibujo cortante de las asas de plástico en las palmas, y ya están en casa.

Irena entra corriendo y atraviesa el salón, y el pasillo, y llega a la cocina porque tiene mucha sed y además Oliva le ha prometido que puede comerse una porquería de chocolate que guarda en el frigorífico. La madre sabe que nadie se ha movido, que está todo igual que cuando se fueron, por eso en su móvil no hay ninguna señal. La puerta de su dormitorio está cerrada, como la dejó. Irena grita: ¿todavía duerme Max? ¡Max, despierta, es la hora de comer, eres un dormilón! Oliva ha llegado a la cocina, arrastrando el peso de las bolsas. Déjalo, Irena, calla. Vete a ver la tele. Ahora preparo la comida. Se apoya en la encimera, observa los restos del desayuno de las dos, todo lo que dejó sin recoger. Ahora tendrá que limpiarlo y poner cada cosa nueva en su lugar. Son casi las dos de la tarde. Se desnudaría, si pudiera, y entraría en el dormitorio cerrado, a descansar, a hundirse en la cama grande junto al cuerpo caliente que simplemente yace, durmiendo un sueño oscuro y alejado.

El portal del edificio tiene el suelo de mármol y vigas de madera barnizadas en el techo. Algún adorno de escayola retorcida en las esquinas. Desde fuera no parece señorial, pero es un edificio en condiciones, tocado por esa respetada comunidad de vecinos del centro de Madrid que tiene clara una cosa: la capital, cuando se lo puede permitir, brilla. La capital tiene portales frescos en verano y fríos en invierno, porque uno ha de llegar a casa y sentirse a salvo de las inmundicias: las ignominiosas facturas del gas, el límite descerebrado de los alquileres, las colas en los centros de salud cuando llegan la urticaria y el reúma. El mármol consuela, dispone. Entran los vecinos en el ascensor con otro talante. Además de todo lo que ya traía el edificio desde su construcción, hace más de un siglo, las generaciones han ido conservando las buenas costumbres. Por ejemplo, que el portal esté más limpio que una patena. Una señora teñida de rubio y con chándal y deportivas, que ha llegado de algún país del Este, lo limpia con esmero. También las escaleras y los rellanos de los cinco pisos, el ascensor, con su caparazón de hierro y su espejo de medio cuerpo. Las puertas. Las escaleras son por supuesto de madera y están tan bien barnizadas como las vigas del techo. Tres veces por semana, a saber, lunes, miércoles y viernes, la señora rubia teñida se pone los cascos y sube y baja y friega y palmotea, y el palo de la fregona y el de la escoba rebotan en las puertas de los vecinos y nadie se asusta, porque todo el mundo sabe que están limpiando, limpiando el buen caparazón, limpiando de puertas para fuera.

Hay un patio interior que nadie utiliza y que está igual de limpio que el cubículo del ascensor y el pasamanos de las escaleras. Hay otro patio interior, más pequeño y escondido, siempre sucio, lleno de pinzas de la ropa caídas y de prendas olvidadas y aplastadas en el suelo como cadáveres y también de tiestos de plantas que han cedido al vacío. A ese patio se entra por una casa deshabitada, la antigua casa del portero. Esto es lo único en que la respetable comunidad de vecinos ha decidido ahorrar, el privilegio que ha soltado, no sin nostalgia: la casucha de la planta baja, la antigua casa del portero, cerrada desde hace años. Y nada más entrar al portal, junto a las escaleras que llevan al ascensor, hay un gran macetero con una hermosa y alta aspidistra. Tiene las hojas verde oscuro, un verde serio, de centro de capital, resistente y orgulloso. La señora teñida de rubio agarra tres veces por semana un paño deshilachado, blanco y suave, que un día fue una sábana o un delantal, y lo humedece para acariciar cada hoja con delicadeza y liberarla del polvo. La reluciente aspidistra, tenaz como las adelfas de las autopistas pero sin veneno, da la bienvenida a los vecinos al entrar y los despide al salir. Recibe también al chico que cada tarde, con su voluminoso manojo de llaves, entra sigiloso en el portal a hacer el trabajo sucio y práctico de las comunidades de vecinos del centro de Madrid: sacar a la calle el cubo propio, con su número pintado en el plástico duro, y ponerlo justo al lado de la puerta para que, a partir de esa hora, y no antes, los habitantes del edificio vuelquen en él sus inmundicias, sus basuras recicladas o sin reciclar. Este edificio de la plaza de la Paja acumula derramas sensatas. Las cosas se arreglan a su debido momento. Hay un silencio prieto en su portal.

En el segundo piso se abre la puerta de la letra B. Son las casas de la izquierda, las de verdad, que dan con sus varios balcones a la plaza. Las A y las B son las casas bien. Las C son las de enfrente, las de la derecha según se sale del ascensor, y no tienen balcones y sus ventanas dan a los dos patios interiores. La señora y el señor salen del segundo B, porque son señores bien, y preparados con su ropa de moverse y sus cazadoras de gente disciplinada, se disponen a dar su paseo. Como es finales de verano, salen tarde, son más de las ocho. Cuando los días se acorten, empezarán a pasear mucho antes, sobre las cuatro y media, algunos días a las cinco, si él se ha quedado muerto frente a la televisión y ella no ha conseguido despertarlo a tiempo, la boca abierta, el labio de arriba pegado en su finura a la dentadura postiza. Van a dar un paseo, a mover los huesos agachados, así que no usan el ascensor, porque la subida y bajada de las escaleras forma parte del ejercicio diario. Cierran con cuidado detrás de ellos la puerta alta y oscura que blinda el que antes fue un hogar lleno de niños y ahora es una reliquia. Pero están juntos, él lleva dieciocho años jubilado y ella es la capitana de un escuadrón con un solo soldado. Bajan con más cuidado aún las escaleras, rectamente, pasito a paso: el barniz es mal amigo de la osteoporosis. No se dicen nada, pero tienen la operación bien estudiada; ella primero, más ágil, un poco rechoncha pero tensas las caderas, el pelo cardado y plata, las gafas de montura dorada, la sonrisa escondida que es imposible saber por qué motivo arrancará, o si no lo hará nunca; él, detrás, alto, sin garbo ya, también sin tripa, casi sin pelo, elegante en su torpeza, callado hasta la médula y arrugado. Llegan victoriosos al rellano y ella comprueba de paso si efectivamente todo está lo limpio que debe estar. Y al doblar el último tramo, rodeando el ascensor en su coraza de hierro, se encuentran con las vecinas del cuarto piso: Oliva e Irena. Ellas esperan. Porque viven en el cuarto y porque a Oliva le da una pereza infinita subir las escaleras. A veces Irena insiste en bajarlas, pero su madre tiene miedo de que pierda el equilibrio con sus saltitos de cabra montesa y se caiga. Suelen coger el ascensor, tanto para subir como para bajar, y allí están, la niña charloteando cualquier nimiedad, la madre mirando el móvil. Los señores del segundo saludan con rigidez. O eso le parece a Oliva. Por un momento tiene la impresión de que no la han saludado siquiera, de que solo han escudriñado a Irena, buscando piojos o telebasura en sus ojillos vivos, pero seguramente no habrá sido así. Habrán dicho buenas tardes, la niña habrá dicho hola, pero Oliva, que estaba mirando la pantalla del móvil, solo acierta a ver la espalda de los dos, mientras bajan las escaleras hacia la puerta de la calle, rectos y respetables. Oliva siempre ha sido una mujer sociable, pero desde hace un tiempo no le gusta que la pillen desprevenida. Siente frío cuando se cruza con los vecinos, sobre todo con los que viven en la parte rica del edificio. Su casa da a los patios. Llevan meses viviendo allí, pero no conoce a nadie. Apenas distingue los ruidos. Apenas saluda en el portal, o a lo mejor apenas la saludan a ella.

Oliva está en la cocina, tiene en la mano un cuchillo viejo y afilado que serviría para rebanarle el cuello a un bisonte. Su técnica de cortar cebolla no es muy avanzada, acaba partiéndola en trozos demasiado grandes, a pesar de que la hoja, con un buen baile de muñeca, podría destrozar el bulbo en finas láminas de papel. Hunde el cuchillo en la misma dirección varias veces, intentando no inhalar los vapores, y luego en la contraria, y ya, echa los pedazos a la olla que ha puesto al fuego. Ahora le toca al calabacín. Cuando ya lo ha enjuagado debajo del grifo y se dispone a cortarlo, Max aparece en la cocina. Ha entrado en la casa sin decir hola, aunque siempre suele decir hola desde la puerta, un hola interrogante, con su vozarrón. Oliva tiene la música puesta en la cocina y no lo ha oído llegar. Pero es imposible que su sombra no lo ocupe todo cuando se acerca.

Max dice hola ahora, cuando ya está detrás de ella, que agarra con una mano el calabacín y con la otra el cuchillo rebanacuellos de bisonte. El cuerpo de Max es grande e ineludible. La abraza. Oliva siempre salta cuando él la aborda así, pero es un resorte mínimo, algo que queda disuelto en un segundo entre los brazos del hombre y en su tórax, que tiene la altura perfecta para engullirla: la boca de Max se hunde en el cuello de Oliva y uno de sus brazos se cruza entre sus pechos y el otro la domina. Mientras la agarra, la mano derecha de Max, no sin antes apretar, apresar, tantear, se mete por la cintura de su pantalón de estar por casa y también por debajo de sus bragas. Quizá no era un buen momento, quizá no se haya lavado los dientes todavía, quizá no esté todo lo limpio ahí abajo que debiera. No se han dicho ni dos palabras, pero Max separa desde atrás los labios vaginales de Oliva y busca en el principio del agujero hasta la humedad. Siempre sabe cuándo, cómo, de qué forma instigar y resbalarse. Las manos de Max nunca hacen daño. Oliva estaba intentando preparar una crema de verduras para cuando al día siguiente llegara su hija de casa de su padre, y tiene un calabacín en una mano y en la otra un cuchillo que podría sajarla en un descuido. Pero ahora tiene, además, un dedo de Max dentro de ella, moviéndose en círculos. Sus rodillas se doblan lo justo, pero él la sostiene, y Oliva suelta por fin lo que tiene en las manos y se agarra al borde de la encimera y balbucea se está quemando el aceite, y es el hombre quien apaga el fuego con la mano libre.

Al principio esto era muy habitual. Max estaba haciendo cualquier cosa, mirando móviles de última generación en su ordenador, poniendo música o cocinando, o estaba mirándola y escuchándola contar algo muy importante y de pronto, no se sabe si por deseo o por imposición, la tomaba. Quizá no acababa de hacer el trabajo completo, simplemente le hacía lo necesario para vencerla, porque Max tiene un control absoluto sobre el cuerpo de la mujer. Por ejemplo, se llenaba de saliva las manos y se las pasaba a Oliva por toda la cara. Luego el cuello, más tarde los pechos. Podía meter la cara entre sus piernas en cualquier momento, sin avisarla, del derecho, del revés, de pie, sentada. Podía hacerla llegar al orgasmo y luego besarla y sonreírle y seguir con lo que estuviera haciendo, sin pedirle nada a cambio. Esto ocurría sobre todo al principio. Toda situación podía romperse para abrirse al sexo.

Hoy lo ha vuelto a hacer, aunque ya hace mucho que no es el principio. Debe de estar de muy buen humor. La lleva al dormitorio. No van juntos, la lleva él. Es tan suave dejarse hacer. Sobre la cama le quita la ropa. No le costará explotar. Es mediodía, por la ventana abierta del dormitorio cae una esquina de sol sobre una esquina de la cama. No toca la luz los cuerpos, que trabajan más arriba. No te muevas, dice él, y es él quien se mueve, ni demasiado rápido ni demasiado lento, mientras se la come. Oliva tiene toda su vida encima de la piel ahora mismo, huele los hombros de él, su cuello ancho, le muerde la barbilla, la nuez. El orgasmo llega como una rebelión, inhumano. Por la ventana abierta del dormitorio escapan los gemidos hacia el patio de vecinos, el griterío del amor, los lamentos que no duelen. Él habrá intentado que ella guarde silencio, pero no lo conseguirá esta vez. El orgasmo de él, sin embargo, no hace ruido, pero tiembla en los cimientos y los tensa.

Justo al lado del portal está el Tío Timón. Es el primer bar en la parte de la calle que baja hacia la calle Segovia, y cuenta con toda la explanada de la plaza enfrente, la que da acceso al jardín del Príncipe de Anglona, sin competir con el resto de mesas de la parte alta de la plaza, que cada restaurante viste con manteles de diferentes colores para que se distingan sus territorios. Este bar está más alejado, pero cualquiera que entre en la plaza desde la iglesia abarcará con la mirada las mesas dispuestas bajo los dos plataneros. En los de arriba siempre hay gente; este solo se llena los fines de semana, el resto del tiempo es un lugar para los vecinos, una parroquia sagrada que por algún motivo no colonizan los turistas. El asunto de su localización es menor, lo que lo hace distinto es su idiosincrasia. Abre todos los días menos los lunes y los martes. El dueño y cocinero es un tipo de Extremadura, alto, de brillantes ojos azules y cara morena. Lleva un bar en el centro mismo de una gran urbe como si fuera una taberna de pueblo y a la vez un club de alterne de carretera y un bistró. El Tío Timón tiene aires de posada y de cafetería de las afueras, pero al mismo tiempo luce pequeños detalles exquisitos, las mesas adornadas con finos jarrones minúsculos de los que brotan paniculatas secas, música electrónica que suena a las tres de la tarde cualquier día, unos platos elaborados desde las vísceras del amor a la cocina y clientes de postín, que lo convierten en un lugar único, acogedor y vibrante, donde se tiene la sensación de habitar la casa propia o el territorio perverso de los sueños.

Ha bajado sola al Timón, es viernes, la hora del aperitivo, ha decidido tomarse la tarde libre porque aún quedan días para la entrega de su próximo encargo. Oliva se dedica a maquetar libros, revistas, catálogos y manuales de las más disparatadas materias. Trabaja por su cuenta, en su propia casa, casi desde que acabó la facultad. Estudió Humanidades y es maquetadora; el recorrido de su vida laboral le resulta incomprensible, como si faltara algo o como si fuera una niña impostora; como si fuera, en realidad, el recorrido de otra que no es ella.

La noche anterior había sido una buena noche de hogar. Cenaron cordero al horno, él preparó la pata con el mismo mimo con el que le recorre la carne. Unos espárragos verdes y gruesos salteados en la sartén y media botella de vino. Sexo en el sofá. Fricciones al elegir una película. Película que nadie vio, pues se quedaron dormidos en los primeros quince minutos. Por último un sueño espeso, ya en la cama, que ha durado hasta más de las once de la mañana. El plan era levantarse temprano, desayunar e ir juntos al mercado a por provisiones para el fin de semana; luego ir al Timón a tomar el aperitivo y dejar pasar la tarde, a ver si algo ocurría. Oliva ha bajado sola porque confía en que el plan no se destroce por completo. Levantar a Max de la cama ha sido imposible, Oliva no lo suele intentar, consigue salir del abrazo apisonadora a una hora determinada, cuando lleva demasiado tiempo despierta y se da cuenta de que él no piensa levantarse. Esta mañana ha sido como casi siempre. Después de desayunar sola en la cocina ha ido al cuarto a susurrar al durmiente: ¿te acuerdas del plan?, se está haciendo tarde para ir al mercado. Max ha gruñido una mordida inhóspita, en esos momentos mañaneros se abre una realidad paralela. Le ha dicho algo así como qué pesada, por dios, déjame dormir, me encuentro mal, ve tú al mercado, por qué tenemos que ir los dos. En el imaginario de ella esas situaciones destilan un regusto a posguerra, pero la vida se impone a veces: no digas nada, hazte el desayuno, dúchate mientras él resopla, dormido sin la paz, su cuerpo ocupando todo el largo de la cama, la pierna saliendo del gurruño de la sábana. Se ha pintado los labios de rojo mate y ha confiado en el futuro.

Sentada sola en la barra del Timón da sorbitos cortos a su vermú mientras parlotea con la camarera, una andaluza entrañable y cariñosa. Su teléfono suena y es él: primero la voz de ultratumba la perturba, pero hay un resto infantil en el tono: ¿estás abajo?, ¿por qué te has ido sin mí?, ¿dónde están mis lentillas? Oliva gestiona un tono dulce que no le pertenece y contesta a cada una de las preguntas como si hablara con un chimpancé aturdido. Lo ha conseguido: ahora bajo, dice él. Y cuando baja se ha obrado el milagro. Con el pelo aún mojado por la ducha, los ojos hinchados entorpeciendo el bosque de pestañas, el cuello de la camisa mal doblado y las manos oscuras apaciguadas, Max sonríe a todos al entrar en el bar, sonríe como si fuera tímido, y se acerca a ella para besarla. En el beso de labios gordos hay una devoción y un recordatorio.

Luego todo es el baile. En sociedad, Max y Oliva son las dos caras de una misma moneda. Ella es sociable, sencillamente confiada. Él tiene un magnetismo arrollador con demasiadas aristas: depende de cómo le dé la luz, es un líder o un excluido. Pero ambos, juntos, consiguen en muchas ocasiones algo parecido a la perfección. El entusiasmo, el hedonismo, la pura jerarquía del placer. Una infección que calienta las horas interminables de algunos días y algunas noches, donde todo está bien, sin más, donde ninguno de los dos quiere acortar la cuerda, y alrededor de ellos cuaja una simetría cósmica. Oliva perdona con el beso primero al señor maleducado que esta mañana le habló desde la cama y se comporta como si también ella fuera otra; una que no tiene motivos para sufrir. Piden algo para beber juntos, la camarera les acerca unas tapas recién hechas, cada uno de ellos cotorrea con los parroquianos por su cuenta o a dúo, cualquier cosa buena puede suceder a partir de ahora. De vez en cuando él, tópico y vehemente jefe de manada, la abraza por sorpresa y la piropea delante de todos, le susurra al oído guarradas preciosas, promesas. De los muslos de ella, de sus caderas y su cuello, no hay centímetro vacío para sus manos, aunque los dos se muevan por el bar como si estuvieran solos. Se deslizan arriba y abajo, los baños, el recodo de la escalera que conduce a estos, la puerta de la calle, donde se fuma, las varias esquinas de la barra, las mesas cuadradas dispuestas en el escueto salón. Ellos no se sientan, van disputándose los espacios como en una partida de ajedrez que nadie debe ganar, se cruzan a veces, se chocan, se buscan, se besan, incluso se muerden, participan y provocan conversaciones dispersas, chispeantes, anecdóticas. Cuánto se aman cuando el río fluye.

Ha pasado la hora del almuerzo y no han comido apenas. Algunos vecinos han venido a degustar el menú del día: cocido madrileño con toques imaginativos. Ellos solo han picado de aquí y de allá, han saltado del vermú al vino blanco y ya van amenazando un gin-tonic. Max está espléndido, es desmedido en sus gestos festivos, incisivamente atractivo, atento, se ha hecho amigo de un periodista argelino que para mucho por el bar y están en una esquina de la barra inmersos en una conversación sobre política internacional en la que ninguno de ellos iniciará la batalla porque están poseídos por la camaradería. Cuando Oliva pasa un momento por su lado sin intención de pararse, Max la retiene en un movimiento brusco, la atrae hacia él, le presenta al periodista con buenísimas palabras, le da un beso debajo de la oreja y le dice al oído que por qué no llaman. Max está contento y ahora mismo pertenece al bar, no hay nada fuera de él que pudiera interesarle, si ella le pidiera cualquier locura, él accedería. Es una lástima desaprovechar estos momentos. ¿Llamo yo?, le contesta. ¿Tienes efectivo? Tengo, esta cuenta la pagamos con tarjeta. Venga, llama.

Media hora después se encierran en el baño de mujeres. Han invitado al periodista para estrechar lazos y Max trabaja mientras los otros dos se cuentan su vida, ella luego rebusca la barra en el bolso y se pinta los labios mirándose al espejo, con cuidado; no es tan fácil, el contorno comienza a borrarse. El periodista acaba y sale primero. Oliva y Max se demoran un poco más, vuelven a echar el pestillo a la puerta del baño, quizá estén ya tardando demasiado y Max se inquieta pero Oliva lo agarra del cuello y lo besa, le mete la lengua entre los labios, busca la suya; Max se la ofrece pero solo unos segundos, luego te follo, le dice, vamos a salir que llevamos aquí mucho tiempo, Oliva sabe que él quiere seguir departiendo con el argelino, en la barra, que quiere fumarse un cigarro y posponer la tibieza entre ellos, pero arquea las cejas sosteniéndole aún la cabeza entre las manos alzadas y le susurra: a ver si luego al final no me vas a follar, y entonces el semblante de Max se torna afilado y solo tiene que echarse un poco hacia atrás para deshacerse de las manos de la mujer. ¿Por qué dices eso? ¿Por qué tienes que decirme eso ahora? ¿Qué pretendes? No sé, contesta ella, sonriendo aún, pero con el ceño fruncido ante la duda, no sé por qué te lo he dicho, pero da igual. No, no da igual, lo has dicho por algo, Max ya está agarrando el pomo de la puerta para abrir, ¿alguna vez no te he follado cuando has querido?, le pregunta con la puerta entreabierta, ella está cerrando su bolso y mirándose por última vez en el espejo, rescatando como puede el bienestar, y piensa que sí, que más de una vez, claro, pero no lo dice, y no sabe en realidad cómo salir de ahí, porque si le contesta venga, sal ya, dejémoslo, puede que todo termine mal, pero por suerte Max se ha dado cuenta de que hay gente en el pasillo esperando para entrar al baño y abre la puerta del todo y se escapa escaleras arriba, porque no soporta discutir delante de extraños.

En la puerta del baño, esperando, hay una mujer y dos niños idénticos. Oliva ya los había visto antes y los había oído, pero es la primera vez que los tiene enfrente. Son vecinos. Al menos los niños, dos gemelos rubios y de ojos verdes, de tres o cuatro años, obedientes. La mujer es morena, de poca estatura, ronda los cincuenta, tiene el pelo negro recogido hacia atrás y unas canas que le arrancan de las sienes. Sus ojos oscuros la miran desafiantes, incómodos. Se están orinando desde hace un rato los niños, le dice casi sin abrir la boca, pero dejando ver unos dientes blancos y ordenados. Uno de los niños se ha metido ya en el baño y se está bajando los pantalones frente al váter. Lo siento, acierta a decir Oliva, no me había dado cuenta. Y sube las escaleras también, sin mirar atrás, intentando reponerse del reproche.

Ya en la barra, junto a Max y el periodista, que han vuelto a enzarzarse en un combate dialéctico y efímero, Oliva vigila el hueco por el que subirán la mujer y los niños de un momento a otro. Max hace como si no pasara nada, le rodea la cintura en son de paz, porque de nuevo está en una zona de confort que durará hasta que él lo decida. Él no mira por si vienen, posiblemente no los haya reconocido. Cuando huye no suele ver nada. Oliva da un par de sorbos a su copa y planea salir a fumar. La mujer sube, con un niño de cada mano; los agarra como si pudieran desaparecer en cualquier momento, tira de ellos pero los niños no parecen sentirse arrastrados, el tacto y los movimientos de la mujer les resultan naturales, como lo que está siempre a disposición de uno.

Debe de ser su cuidadora. No es española, es mayor, los niños son ángeles caídos de otra mujer. Ahora no la mira. Desvía los ojos cuando se encuentra con los de Oliva, por desprecio o por vergüenza. Luego salen del bar, cruzan la calle y se dirigen al jardín del Príncipe de Anglona, viernes por la tarde, donde los gemelos corretearán entre los parterres y se subirán a los árboles mientras la mujer los vigila. Oliva los observa meterse en el jardín amurallado desde la puerta del bar, fumando. Cuando Max sale por fin a acompañarla, quizá a hacer las paces de verdad, las paces por qué, por cuánto, ella le dice creo que los gemelos son los vecinos del tercero. Y qué te importa eso ahora. Bésame.

Se llama Damaris y es de un pueblo cercano a Armenia, en el eje cafetero de Colombia. Lleva en España diez años y tiene cincuenta. Los gemelos la llaman Dama, y a veces, por descuido o por vileza, la llaman mamá. Ella solo los corrige si está delante la verdadera madre, aunque no puede evitar sentir un regusto de placer. Mira por el rabillo del ojo si la señora se ha dado cuenta, y ve que la mujer también mira por el rabillo del ojo y encoge el gesto, posiblemente herida, pero no hay nada que hacer. Es entonces cuando ella les dice: Dama, Dama, me llamo Damaris. En cambio, si está sola con ellos y le dicen mamá, contesta. Los mira, los acaricia, acude al reclamo, pero siente una nostalgia que se le pega al pecho durante todo el día. Es una nostalgia vieja que nunca se acaba, por la que ya no hace falta llorar.

Es la hora del baño. Los gemelos han cenado hace un rato y están enganchados a la pantalla en el salón. Ha acatado las normas: los niños no pueden trastear con la tele. Ella tiene que darle al botón adecuado del mando, entrar en la zona kids, buscar los dibujos que en ese momento los obnubilen. Cuando pasa media hora, debe apagar la tele y meterlos en la bañera. Es muy importante que no vean más de media hora de tele por la noche, y como mucho otra media por la tarde. Ahora son más grandes y esto no es tan trágico. Cuando eran bebés, resultaba muy difícil lidiar con las tareas de la casa y que ellos estuvieran entretenidos. Son dos, dice siempre el padre, que se apañen entre ellos, tienen mil juguetes. Pero no es fácil, y antes era casi imposible. Podían pegarse, podían meterse algo indebido en la boca, si no era uno era el otro a quien había que cambiar los pañales y de todos modos siempre andaban alrededor de su falda, pidiendo cualquier cosa, Dama, Dama, mamá. Mientras los niños ven la tele ella ha recogido la cocina, ha metido en el lavavajillas los platos y los vasos y los cubiertos, ha fregado la sartén con la que hizo la tortilla de queso y ha tenido tiempo de sentarse en un taburete a morder un par de patatas cocidas y una manzana. Ya está caliente el agua de la bañera y pelea con ellos hasta que consigue meterlos. Le pincha el lumbago al inclinarse a lavar sus cabezas rubias, ellos juegan, salpican, ríen, uno acaba llorando. Le pincha el lumbago cuando consigue sacarlos de la bañera, el agua enfriada, vamos, Rodrigo, Nicolás, estense quietos. Nunca los llama por sus diminutivos como hacen sus padres. Para ellos los niños son Nico y Rodri, pero Damaris prefiere nombrarlos enteros, al fin y al cabo son reyecitos. Los envuelve a cada uno en su albornoz, les seca los orificios de la nariz, las pestañas empapadas, los círculos de las orejitas. Hoy es viernes y puede tomarse más tiempo, entre semana todo esto resulta agotador, pues ha de ser rápida y eficaz, los niños deben dormir al menos diez horas. Los viernes salen los padres. A veces también los sábados. Pasan por casa al volver del trabajo, más tarde o más temprano, dependiendo de si han comido fuera, con la gente de la oficina o con compromisos sociales, y disfrutan un rato con los niños en casa, luego de que ella los haya llevado al parque. Se duchan, se acicalan, se visten bonito y se marchan juntos, a la hora de la cena. Regresan siempre sobre las doce, a veces a la una; si es una ocasión especial, le piden a Damaris que se quede a dormir en la cama supletoria que hay bajo la litera inferior. Salen todos los viernes a menos que haya alguien enfermo o que la madre luzca esas ojeras verduzcas que le brotan, ensombreciéndola de cansancio. Salen cada viernes porque, según le ha dicho la señora Sonia a Damaris, es la única forma de conservar un matrimonio después de tener hijos. Damaris sonríe, pero de poco le sirven los consejos de su patrona.

Nicolás y Rodrigo son iguales y diferentes. Nicolás es tierno y cauto, Rodrigo es fuerte, indómito, aunque más tímido que su hermano. En sus rostros hay poca diferencia, pero ella sabe encontrarla, igual que saben sus padres. Los ha visto crecer. Nicolás tiene un lunar minúsculo en la sien izquierda y su labio superior es más voluminoso que el de Rodrigo, aunque igual de rosado. Además, Nicolás tiene los rizos más abiertos. El pelo de Rodrigo será hirsuto cuando se haga mayor, posiblemente el de Nicolás pierda los rizos y caiga lacio hacia los lados. Ella los llevaría a la peluquería a menudo, los pelaría a cepillo, para que lucieran las frentes despejadas y la nuca de pájaro, pero a los padres les gusta así, revuelto, medio largo y desordenado, como si no tuvieran dinero para peinarse. De poco le sirve, porque son niños; si fueran niñas, ella les haría trenzas cada mañana y adornaría sus cabezas con lazos y pasadores. Llevarían el pelo estirado y brillante. Es cierto que disfruta acariciando las sedosas cabezas de los críos. Pero si fueran suyos de verdad, los peinaría como Dios manda.

Nicolás duerme en la litera de arriba desde hace unos meses. Los padres renovaron el dormitorio en primavera, antes dormían en camitas que eran como cunas grandes. Ya son mayores y no van a caerse, aunque la litera de arriba tiene una barra protectora, lo suficientemente alta para contener las agitadas pesadillas del niño. Rodrigo no suele tener pesadillas, cuando cae en el sueño duerme como un lirón, desde que era un bebé, pero le da mucho miedo la cama de arriba, no se fía de las alturas, tampoco en el parque. Damaris les ha puesto el pijama: a los dos el mismo. Por el día van vestidos diferente, la madre se ocupa de comprar modelitos dispares, aunque de estilo similar. Combinables, pero no idénticos. No le gusta que los confundan, ni en la calle ni en el colegio. Sin embargo, sí tienen pijamas gemelos, y a Damaris le encanta ponérselos. Esa es otra cosa que haría si fueran suyos de verdad, vestirlos como dos gotitas de agua, para que solamente ella supiera quién es quién. Les cuenta un cuento, nunca les lee, como hacen sus padres. Ella les relata una historia, mezcla de realidad y fantasía, mezcla de las historias que les contaba a sus propios hijos para dormir; a veces, sin que los padres jamás se enteren, les reza. A los niños les encanta, es un arrullo, suelen quedarse dormidos al instante, después de pedirle a Damaris que les enseñe las postalitas de santos que ella guarda en el bolso, sujetas con una goma y envueltas en un plástico gris. Para que los dos niños puedan verla, se sienta en un taburete bajo, cerca de la cama, pero no pegada a ella, porque si no Nicolás, desde arriba, no tendría acceso a su coronilla, a su contorno redondo, que hace equilibrio sobre el banquito chato, a sus hombros encogidos bajo la rebeca marrón. Hoy también se duermen rápido. Caen como dos angelitos, se dice Damaris, han caído como dos angelitos. Se portan mucho mejor con ella que con sus padres, esto la enorgullece cada día. Ella sabe cómo tratarlos.

En el tiempo que queda hasta que regresen los señores, Damaris hará poca cosa. Recogerá el baño, los juguetes de la bañera, limpiará con un trapo los restos de gotas, de salpicones. Ordenará los chismes del mueble del lavabo, colgará los albornoces del radiador especial para secar toallas, aunque ahora aún hace calor. En el salón, ordenará la mesa, los cojines en los sofás, quitará las migas del suelo. Se sentará luego en una esquina del sofá pequeño, el que no está frente a la tele, se pondrá en la espalda dos cojines para aliviar el lumbago y agarrará con una mano las estampitas y con otra el teléfono móvil. Si sus hijos están disponibles, chateará con ellos un rato, pero es por la tarde en Colombia y seguramente no atiendan. Su hijo estará trabajando y su hija habrá salido tarde de la universidad y andará con las amigas. Entonces hablará con su hermana, que también está sola, porque la viejita ya no da conversación, el marido es como si no estuviera y los hijos se han ido a vivir a Medellín. Le contará cosas del pueblo y de Armenia, de los males de cada uno.

Dormitará cuando lleguen los señores. Sonrisas, todo bien, gracias, ya me voy, gracias, Damaris, el padre se irá directo al dormitorio a quitarse la ropa, la madre danzará aún un momento mientras Damaris recoge sus cosas, para comprobar si está todo en orden, y entrará en el dormitorio de los niños para verlos dormir, tocándolos con sus dedos finos y fríos, diciéndoles buenas noches con un aliento a vino fresco, a ternura arrepentida. Toma, Damaris, los diez euros para el taxi. Damaris los cogerá, arrugará el billete en la palma de la mano, y ya en el ascensor, nunca delante de su patrona, alisará el billete y lo meterá en la cartera, porque no va a usarlo, porque siempre se vuelve andando a casa, aunque sea la una de la mañana y esté lloviendo, o haga un frío de mil demonios o azote el viento de Madrid en invierno. Ahora es casi otoño y el camino se le hará grato, le servirá para estirar las piernas y la espalda. Ha aprendido a no tener miedo, porque solo se cruza con grupos de extranjeros borrachos, o con borrachos patrios, sin más, que no suelen prestarle atención. Bajará por Redondilla hasta la calle Bailén, oscura y ancha, caminará hasta la Puerta de Toledo, y de ahí seguirá bajando hasta cruzar el puente y su alameda, hasta cruzar el río que divide la ciudad, e ingresará en su barrio, tan distinto, rodeará la rotonda de Marqués de Vadillo, se adentrará en las calles. Puede que ahí le dé un pellizco mientras sube hasta la suya, mientras llega a su portal, pero irá con paso rápido como siempre, exhausta e implacable. Tardará cuarenta minutos en entrar en su habitación. En la repisa sobre la cama, una cajita con candado que le regaló Romina, una de sus compañeras de piso, boliviana; ahí guarda todos los billetes extra. Hoy no los contará, le falta el aliento al final de la semana. Se lavará los dientes y la cara, se soltará el pelo, siempre recogido en un moño tenso. Sabe que parece más joven con el pelo suelto y que se le notan menos las canas, pero también le duele verse así en el espejo. En su cama, bajo las sábanas limpias y planchadas, encontrará un sueño agitado y extraño, que no le pertenece a estas alturas, como ninguna otra cosa.

Es domingo. El día de ayer pasó vencido de antemano, había que hacer limpieza en el piso. Durante la semana nadie tiene tiempo de poner lavadoras ni de quitar el polvo, mucho menos de estropajear el baño o cocinar. Pero hoy es domingo. Damaris se levanta muy pronto, desde hace años no soporta estar mucho rato tumbada en una cama, porque cuando se incorpora tiene los músculos agarrotados. El cuello rígido y la zona lumbar apelmazada. También, a veces, siente la mitad de la cara acorchada. Sus compañeras de piso le dan la lata para que vaya al médico. Ella intuye que no es nada malo, solo trabajo y envejecimiento, la máquina sin grasa, y lo va postergando. Ni siquiera suele tomarse el paracetamol, porque en realidad, cuando empieza a moverse, en el paseo hasta el trabajo o mientras viste a los niños y los lleva al colegio, se siente mejor. O se le olvida o se acostumbra, pero puede vivir con ello. Romina le dice que vaya al médico, que tiene la tarjeta de la seguridad social y seguro que le hacen radiografías o resonancias magnéticas, que para eso le arreglaron los patrones los papeles, para que pudiera ir al médico. Ella piensa que no fue para eso, pero sí, asiente, ya iré. Solo visitó el centro de salud, con cita y sin entrar por urgencias, una vez, al poco de sacarse los papeles. Le dolía el pecho desde hacía semanas y notaba el pulso desbocado y la cabeza cargada. Le dijeron que tenía la tensión alta y que debía cuidarse y tomar pastillas. Damaris no bebe apenas y no fuma, pero es cierto que no come como por ejemplo come su patrona. Come peor. Nunca lo había pensado así, pensaba que comía bien, que comía mejor que cuando estaba en Colombia, al menos en los últimos años que vivió allí, pero se ve que no, que no come sano. La doctora la asustó: puede tener un accidente cardiovascular, tiene que cuidarse. Y Damaris se toma las pastillas religiosamente y come lo mismo que antes, pero menos cantidad. Ya no está tan nerviosa y no ha tenido que volver. Esto le parece algo menor. Es dolor, pero no siente que se vaya a morir, como en esos momentos de la presión en el pecho. No ve tan claro que por eso vayan a hacerle tantas pruebas, y no quiere tomar más pastillas de las que ya toma.

Hoy es domingo y no tiene prisa. Bajo la ducha se queda quieta y aplica el chorro, primero muy caliente y luego frío, sobre las pantorrillas y los muslos. Sus piernas siguen siendo fuertes y prietas, pero serpentean las venas azules y hay un hormigueo de estanco que la alerta de la descomposición. Cuando se ha enjabonado y se enjuaga, sin medir el gasto de agua, coloca el mango de la ducha encima de su nuca y sube la temperatura otra vez. Le deja la piel roja pero ablanda la tensión. Por último, con la alcachofa sujeta entre los muslos, porque no le gusta colocarla en la pared, ya que está muy alta y al caer el agua le da sensación de asfixia, se lava la melena con dedicación, se pone acondicionador o mascarilla, todos esos potingues que Romina y Dolores compran, y se aclara, se da un último chorro de frío para tonificarse y sale. Siempre se viste dentro del baño, aunque es muy pequeño. Sobre la taza del váter ha dejado su ropa doblada y colocada, y se unta crema hidratante por todo el cuerpo, especialmente en los pliegues, bajo los pechos colgones, en la doblez de las ingles. Ella no se hacía todas estas cosas antes, en su país. Nunca prestó demasiada atención a su cuerpo. Tampoco lo hacía cuando llegó a España, ha empezado hace poco. Quizá tenga que ver con Romina, que vino de La Paz con esa sonrisa conquistadora y un montón de años menos que ella, y la fue obligando a pararse un poquito, a frotarse un poquito. Su patrona tiene un sinfín de tarros más que Romina, potingues más caros, pero Romina se los presta y su patrona no, o bueno, no le ha preguntado. Jamás lo haría. Pocas veces se ha duchado en la casa de ellos. Nunca en domingo, desde luego, que es su día de ir despacio.

Desayuna en el salón, vestida y perfumada, y Romina sale de su cuarto con el pelo alborotado y en camisón, recién despierta. Vamos a ir a los chorros, Damaris, y te vas a venir. Tiene la cara redonda y los ojos almendrados y grandes. A Damaris le parece guapa y a veces le recuerda un poco a su hija, aunque cree que su hija es mucho más bonita, más fina. ¿A los chorros? A los chorros del río, sí, qué te sorprende, como el domingo pasado y el otro, que hace mucho calor. Damaris no opone resistencia. Pero entonces hay que cocinar, y se levanta de la mesa, recoge su desayuno y se mete en la cocina dispuesta a hacer empanadas. Abre el frigorífico y rebusca nerviosa, porque anoche no planeó nada y no ha sacado la carne picada del congelador, ni siquiera sabe si tiene los ingredientes necesarios, pero otra vez viene Romina a por ella y ahora la coge por los hombros como si fuera su madre y la saca de la pequeña cocina, que a esta hora de la mañana tiene una luz brillante, porque el piso da a una calle estrecha, como casi todas las del barrio, pero ellas tienen la suerte de vivir en un tercero y de que el edificio de enfrente sea más bajo. Por la tarde entrará el sol, calentará la casa en exceso, sobre todo el baño, la habitación de Romina y la cocina. Que no hagas nada, que no nos toca, hoy nos vamos a ocupar de las bebidas. La comida la llevan los otros. Damaris se rinde. Hay algo en la facilidad que la inquieta, como si fuera una trampa.

Bajo el río Manzanares se esconde la autopista que antes dividía la ciudad en dos. Kilómetros de asfalto enterrado, el orden manipulado de la gravedad. Madrid no es una ciudad que esconda su fealdad o que intente disimularla. Quizá esta imponente gruta, madriguera laberíntica de sangrantes conejos, sea su acicalamiento más sofisticado. Antes, el círculo de la autopista marcaba una derecha y una izquierda insoslayables. A un lado, el centro, un centro grande y complejo, con múltiples tonalidades y geografías. Al otro, el más allá. La mugre y el obrero. Desde que se enterraron los coches, solo los coches que se asfixiaban en la circunvalación, no el resto de los coches, porque Madrid es una ciudad para los coches, la marca divisoria parece menos clasista. Madrid no esconde su fealdad, pero a veces disimula su esnobismo. El río Manzanares, antes, era un cauce de agua verde y polvorienta con tristes riberas. Los puentes que lo cruzaban, el puente de Toledo, el de Segovia, ni siquiera podían mostrarse hermosos en su piedra. Había arbustos, una hierba calva, unos cuantos patos. Madrid Río devoró todo aquello a golpe de cemento, hierro y jardines. La vía ciclable más larga de la ciudad e hileras de árboles recién plantados que solo tras diez años dieron cobijo y alegría. A los puentes viejos se les sumaron puentes nuevos, curvos, horizontales y oblicuos. En la maleza del río comenzaron a anidar las aves. Carabanchel consiguió verdes vistas en su lado más bajo. La división siguió siendo eficaz, pero desenfadada. Arriba, la catedral, la basílica de San Francisco el Grande, las cúpulas que asoman sobre los tejados de teja. Abajo, hordas de gente que corre, que viaja sobre patines, que monta en bicicleta y que pasea. La ilusión de algunos deportistas de ciudad que llegan sudados a la Casa de Campo y consiguen perderse. Los de siempre nunca bajan, para ellos queda el Retiro, con su bosque y sus rejas. Aquí se mezcla otra vida, una ciudad que se ensancha en su colorido y en su raza. Las casas de allá valen el doble de las de acá. Las casas de acá valen la mitad de las de allá. El río ciclable está limpio y es bonito, por encima de los túneles de dióxido de carbono. Nadie limpia con esmero en este lado. Al borde de lo verde, todavía pacen la mugre y lo precario, la contención del sur.

Damaris y Romina llegan a los chorros más cargadas de lo que a Romina le hubiera gustado. A pesar de sus indicaciones, Damaris ha llenado dos bolsas con varios refrescos, un termo grande de café caliente endulzado, vasos y platos de plástico, servilletas de papel, hielo, un par de paquetes de dulces industriales comprados en el súper de abajo, bolsas de cacahuetes salados y pipas de girasol y tres litros de cerveza. A ella no le gusta la cerveza, pero sabe que la acabarán bebiendo los demás. Romina, cuando estén sentadas en el césped, le preparará a Damaris el único trago que consiente en tomarse. Un vaso de vino tinto bien aclarado con refresco de limón y dos piedras de hielo. Toma tu cacharrito, Damaris, que es domingo. Date un gusto. La mujer lo beberá a pequeños sorbos, el alcohol siempre le dio miedo y también pereza, el que era su marido lo bebía a tragos largos, su padre lo bebía a morro, siempre le da susto que su hijo lo beba rápido y luego conduzca el coche de algún desconocido y sea de noche y no atine a llegar a casa. Con este vaso de plástico de vino aclarado, a Damaris se le pondrán las mejillas rojas y sonreirá en medio del bullicio de los chorros.

Los chorros son una explanada de cemento de la que salen unos géiseres en los que está permitido mojarse. Es una fuente con decenas de bocas y sin recipiente. Alrededor, en el césped, se acomodan los grupos de amigos y familias, algunos llevan hasta sombrillas, como si fuera una playa. No es el Sena con arena artificial, ni siquiera es el Manzanares. Es agua que sale del suelo para alegría de las niñas y los niños que gritan, saltan y se refrescan el sudor a base de salpicones. Tiene la algarabía propia de los lugares de recreo y la tristeza propia de los imposibles. El calor de Madrid no lo moja nadie, piensa siempre Damaris. Pero en ese refugio urbano, relativamente lejos de su puesto de vigilancia de la plaza de la Paja, se siente tranquila, como si no estuviera tan fuera de lo que fue. Venden chorizos criollos, latas de cerveza frías, en los altavoces suena la música que podría sonar allí en las fiestas de su pueblo. A veces mira alrededor y no encuentra ningún español. Ningún acento la turba.

Se acaba el vino y decide cerrar los ojos un ratito. Acomoda la cabeza en un cojín que siempre lleva consigo los domingos de parque y que ha guardado en el fondo de la bolsa, bajo los refrescos y los dulces. Dolores, la peluquera dominicana, ha traído de casa de su novio una tortilla de patatas. Se esmera cada vez más, pero siempre le sale salada y demasiado cocida. Eduardo intenta sacar a bailar a Romina, con sus brazos rudos llenos de tatuajes. Romina se deja, debe de estar mareada por la cerveza. Grita y lo reta a mojarse en el chorro más alto, le dice que por qué no bailan allí en medio. Todo esto lo piensa y lo ve Damaris por el rabillo del ojo. El domingo próximo hará ella la tortilla de patatas. El domingo próximo beberá un poco menos de vino. Cierra los ojos por completo, pronto tendrán que volver. Se duerme sin querer, con la boca abierta, para despertarse asustada diez minutos después, por si ha perdido algo, cualquier cosa, el bolso o la decencia.

En el vídeo aparecía un grupo de tres mujeres que regresaban del campo, dicharacheras, tras un día de trabajo, cogidas del brazo. Al borde de una carretera las esperaba un pequeño autobús con un sonriente conductor que les decía algo al subir, qué tal les ha ido el día, siéntense, pónganse cómodas, las llevo a casa. Ellas le contestaban con fluidez, como si ya hubieran aprendido su idioma. Con una música de fondo festiva y dulce, mientras el narrador desgranaba las virtudes de aquella oportunidad de oro, las imágenes mostraban una ciudad moderna, portuaria, occidental, del sur de España. Las mujeres llegaban a un piso bien iluminado y sencillo, de puertas caoba y cortinas floreadas. Se sucedían las escenas felices: hablando en una consulta con una doctora de bata blanca, caminando al típico atardecer naranja por un paseo marítimo, observando el horizonte de una ría y un puente de madera que se adentraba en el agua, cocinando platos típicos de su país en la limpia cocina de muebles provenzales del pisito de cortinas floreadas y, claro, trabajando en los campos. Las tres mujeres siempre estaban sonriendo. Sus mejillas, lustrosas, brillaban como el blanco de sus dientes y los colores de sus pañuelos. Las imágenes del trabajo en el campo eran idílicas. Por entre los surcos de la plantación de fresas, inclinadas pero siempre alegres, ellas acariciaban la fruta más que arrancarla.

Los campos podían verse desde el cielo. Las plantaciones de frutos rojos del sur de España suelen estar cubiertas por unas carpas semicirculares, invernaderos de plástico blanco que cubren las matas, pero en el vídeo aparecían al raso, calles paralelas surcadas de verde vivo, entre las hojas, la fresa gorda y brillante que cae. Cielo azul cortado por un campo alineado de verde. Los drones no habían grabado el mar de plástico blanco que se extiende por donde antes solo había pinos. Nada de eso podría haberse visto en el vídeo porque ya no existe, tras oportunos incendios forestales y después del arduo trabajo de campesinos, bancos y diferentes organizaciones desde hace treinta años.

Atravesar el Estrecho en un lujoso barco, casi un crucero. Casa, comida, médico, jornada laboral de ocho horas, una finca hermosa, una espléndida luz en el cielo y en las matas y en las fresas. Todo incluido. Un sueldo diario que quintuplicaba el que recibía en aquel momento, en las épocas en las que tenía trabajo. Recolectar fresones, arándanos y frambuesas. Eso sabía hacerlo. Sabía cocinar, sonreír y estar con mujeres. Quizá sabría también observar un atardecer desde un paseo marítimo. Horía nunca ha visto el mar.

De las veinticinco mujeres que habían asistido a la proyección, Horía solo conocía a dos. Sabía que todas eran viudas o divorciadas, como ella, y que tenían hijos o mayores a su cargo, como ella, porque era un requisito indispensable a la hora de la contratación. Mujeres responsables, acostumbradas al trabajo, decentes, honestas. Con gente a quien cuidar, con la obligación irrenunciable de volver. Mujeres, además, acostumbradas al campo. Ellas sabían tocar la fruta. Sabían arrancarla con delicadeza, en el momento justo. Les habían explicado que la fresa había que arrancarla en su punto, ni un segundo antes ni un segundo después, porque maduraba muy rápido y porque si la arrancaban antes quedaba verde, no servía. Era un trabajo serio, especializado. Un trabajo que solo podrían hacer ellas, si cumplían todas las condiciones. Horía sa bía que podían. Tanto ella como todas las demás. Era fácil, era lo de siempre pero mejor. Podían con ello. Por eso tendrían la oportunidad de irse para volver con dinero. Irse contratadas por empresarios españoles, amparadas por su propio Gobierno y por el Gobierno del país vecino. No había trampas. El oro rojo del sur de España era, también, su oro rojo.

Horía llevaba nerviosa varios días, debía estar pendiente de muchas cosas, no equivocarse con nada, conseguir y entregar los papeles necesarios, contar lo que ellos querían escuchar, llegar a tiempo a todas las citas, aunque luego siempre le tocara esperar, sentada en los bancos de las oficinas, agarrada a su carpeta con documentos, fotocopias de certificados de quien era, de lo que tenía. Un hijo, una madre vieja. Inscribirse había sido un proceso caro y largo, y tomar la decisión, más largo aún. Para pasar el primer filtro había que soltar dinero. Su madre no había podido ayudarla, porque no guardaba su acta de nacimiento igual que ella no guardaba la del nacimiento de su hijo. Habían pasado meses y muchos viajes a Juribga hasta que por fin Horía tuvo en su poder todo lo que necesitaba: su acta de nacimiento, el acta de nacimiento de su hijo, su certificado de divorcio, su documento de identidad, el certificado médico y el de antecedentes penales. Cada uno de ellos le había costado su mordida. Por fin había visto el vídeo. Ahora quedaba volver a hacer cola, solicitar, decir sí, entregar de nuevo los papeles, decir sí otra vez, recibir el sello verde, justificar y asentir. Después firmaría un contrato, eso era lo que le habían dicho, y más tarde recibiría un curso de sensibilización donde le explicarían las costumbres de España, las normas necesarias para poder acometer su labor e integrarse en el grupo. Porque iban en grupo. No estarían nunca solas.

No le daba miedo España, ni le daba miedo trabajar fuera de su país, aunque jamás hubiera ido a ningún sitio. Lo único que le aterrorizaba era dejar solos a su hijo y a su madre. Pero tenía que hacerlo. De hecho, solo se iba por eso. Por no separarse de su hijo. Por que su hijo no se separase de ella. Aunque tuviera que estar cuatro meses sin verle la cara. Miles de mujeres se iban cada año y regresaban. Ella no conocía a ninguna, pero se hablaba de ello desde hacía años. Las que se van a trabajar a España al campo. Contratadas. Y volvían con su dinero a su casa y hacían cosas importantes, como pagar estudios o deudas o agujeros. Y a lo mejor al año siguiente se volvía a ir. A lo mejor esa era la solución, irse cada temporada y con ese dinero solucionarlo todo.

Desde la oficina de empleo de Juribga, la ANAPEC, hasta Boulanouar, su pueblo, tenía dos opciones. Irse en coche o andar. De Boulanouar había otra mujer, amiga suya, con quien había apalabrado la vuelta en el coche del hermano de esta. Por la mañana se había marchado sola, muy temprano. Tardaba una hora y media por esa carretera que une los dos municipios, estaba muy acostumbrada al recorrido. Le gustaba caminar, porque en ese rato tan largo tenía tiempo para pensar; solo le molestaba el calor. Había salido casi al alba, para no darle lugar al sol. Al mediodía, Kenza y ella caminaron por el boulevard Mohamed VI hasta el café Naples, donde habían quedado con el hermano conductor. Iban calladas. Ya habían hablado, imaginado, temido y planeado lo suficiente a lo largo de los últimos meses. Deberían tener ilusión, deberían estar contentas, les dijo el hermano de Kenza cuando las vio. Esas caras de susto por qué. ¿Hay algo malo? No, no hay nada malo, contestó Kenza. Pero no es fácil irse. Menos fácil es quedarse, o es que no lo sabes ya. Se bebieron el té y se montaron en el coche. En diez minutos estaban en casa, porque del boulevard Mohamed VI a la route Boulanoir, que los llevaba directos a su pueblo, no había nada.

Madre, ya he vuelto. Y cuándo te vas, preguntó la madre desde la cocina en penumbra, las manos acariciando en círculo las rodillas por encima de la tela del mandil. Todavía no, cuántas veces te lo voy a decir. Durante años, su madre no había opinado de las cosas, la había advertido sobre ellas. Su cuidado consistía en agrias amenazas y admoniciones. La ocasional ternura la había reservado para sus hijos varones. Era al padre a quien le correspondía ejecutar y decidir. La madre la avisaba de lo que estaba por llegar y generalmente acertaba, pues lo que estaba por llegar siempre era algo que ella conocía bien: la furia del hombre, la dureza de la vida, los abandonos, lo que no se debía hacer, lo que iba a marchitarse. Le ofreció un consuelo silencioso en los momentos más duros; cuando el marido de Horía la dejó, con el niño muy pequeño, tras haberse casado con él tan joven, después de los años que tardó en quedarse embarazada y de aguantar que la llamara seca y vacía, su madre la recogió de nuevo en la casa oscura asintiendo con la cabeza, la boca torcida, jamás pronunciaba un te lo dije, jamás un no te preocupes, hija mía, que no pasa nada. En realidad sí pasaba, y la madre, por no decir, tampoco mentía. Pasaba que, con la hija de vuelta a la casa familiar, abandonada por un marido vago, tan vago que no se había molestado ni en acusarla de cualquier deshonor, el padre tendría que hacerse cargo de ambos, de la hija y del nieto, y eso complicaría las cosas sobremanera. Fue el padre quien peleó para conseguir el divorcio, porque era mejor una hija divorciada que una tirada en la calle, por fin parida y sin norte, y menos mal, porque ahora para lo de España ese certificado le había hecho falta, igual que le hacía falta el de los antecedentes penales. Su madre jamás había pensado en esos asuntos, y sin embargo la había enseñado a bordar, tarde tras tarde, porque nadie mejor que ella sabía que iba a hacer falta mucho dinero en esa casa y que ese dinero costaría mucho ganarlo. Horía había cosido en medio de la tristeza sin quejarse, con su madre, cada tarde. Había metido a su hijo en la escuela más cercana de Juribga, había discutido con su padre una y otra vez, él cada vez más viejo y más enfermo, la casa cada vez con más gastos y ella con más necesidad de trabajar.

Mientras su padre estuvo sano y relativamente fuerte, Horía no había podido dedicarse a otra cosa que a la crianza del niño y a ayudar a su madre. Era la pequeña de todos los hermanos y ellos habían tenido oportunidades, para eso eran hombres. Ninguno vivía en la región de Beni Melal desde hacía tiempo y lo malo de eso era que no aportaban mucho al hogar familiar, ya que tenían sus propios hogares, y lo bueno era que la única vigilancia para ella era la de su padre, no poca, desde luego, pero solo dos ojos, en vez de ocho.

En su infancia había ido a la escuela, algunos años. Le había dado tiempo a aprender a leer y a escribir antes de que su padre decidiera sacarla. Nunca supo si fue su madre quien intercedió para lograr esos años de enseñanza y si luego perdió la batalla, sin más, cuando los hermanos fueron creciendo y el padre objetó que ya bastaba, porque en la casa había mucho trabajo y al fin y al cabo la niña tendría que casarse lo antes posible y de nada le iba a servir seguir aprendiendo cosas con las que jamás lidiaría. Horía siempre ha recordado con una especie de dolor que no sabe llamar nostalgia aquellos días escolares. Levantarse temprano por la mañana, vestirse con los ojos aún pegados de sueño, desayunar y esperar la camioneta junto a sus hermanos. Pasar unas horas al día alejada de todos. Aprender cosas. La mayoría de sus vecinas y amigas del pueblo no habían tenido esa suerte, aunque luego hubieran tenido una suerte mejor. Kenza, por ejemplo, se había casado siendo aún adolescente con un hombre mayor, pero este había muerto de un infarto al cabo de unos años y ella se había quedado viuda y se había ido a vivir a casa de su hermano, con sus dos hijas. El hermano de Kenza no era como el padre de Horía. Era parecido, pero no igual. Kenza se llevaba bien con su cuñada y había podido trabajar para aportar dinero a la casa, estaba en cierto modo obligada a ello. Horía la envidiaba; a pesar de que no tenía más referentes, desde que su hijo cumplió seis años el peso de la planicie la cargaba por dentro.

Los pasteles y los bordados no daban para mucho. Con el tiempo, tras ruegos y enfados, su padre ya con esa tos negra y el cansancio, había conseguido ir con Kenza a trabajar a un campo de olivos cercano. Ganaba cuarenta dírhams al día por siete horas de trabajo y llegaba a casa extenuada pero satisfecha. Trabajaba al sol, miraba las caras de sus compañeras, se reía con algunas, sentía que aquello que se había detenido podía empezar a moverse. Aunque el salario era ínfimo, comenzó a arañar unos cuantos dírhams a la semana y a esconderlos en una cajita al fondo del armario. No sabía aún en qué los emplearía, pero necesitaba tener un punto de luz en algún lugar. Solo hizo una temporada en los olivos, el capataz no la llamó al año siguiente; por la sequía, le dijeron, pero ella tuvo rabia de que quizá no la hubieran valorado lo suficiente. Demostró cada día su destreza y su resistencia, ni una sola vez llegó tarde a la furgoneta que las recogía, ni una sola vez se sentó a descansar sin permiso y no se puso nunca enferma. A Kenza sí la llamaron, pero ella ya llevaba años con los olivos, era veterana.

En una visita de su hermano mediano, intentó convencerlo de que la llevara con él a vivir a Berrechid. Los otros dos tenían familias muy numerosas y, además, con este ella se había sentido siempre cómoda, más tranquila. Era el único de sus hermanos que se enorgullecía de que supiera leer y escribir. Era el único que había estudiado una carrera, aunque tampoco ganaba lo suficiente como para ayudar demasiado. Pero no hubo suerte. El padre estaba cada vez más enfermo, había que cuidarlo mucho para que se recuperara y pudiera volver al trabajo. La madre no podía quedarse a cargo de todo, sola. Y la ausencia del niño le robaría la alegría a la casa. El lugar de Horía estaba en Boulanouar.

Y ahora, unos años después, la madre sí tendría que hacerse cargo de todo, sola. De la casa, del nieto y de la espera. De la oscuridad, el cuscús y los pasteles. No cosía apenas porque ya no veía bien. Pero su silencio y sus premoniciones se habían convertido en un lento resignarse. No sabía si eran los tiempos los que cambiaban o simplemente la vida. No todo había ido mal, gracias a Dios; sus tres hijos mayores, aunque vivían lejos, eran capaces de cuidar de sus familias. Su marido al fin y al cabo algún día tenía que morirse, había trabajado mucho y no era joven, estaba preparada para ello. No contaba con las ayudas del rey, que no llegaban nunca a su aldea, y no podía hacer nada ya para retener a su única hija, que era, a la vez, su único sustento. Lo que no podía combatir de ninguna manera era el miedo de la madre a que el niño, que ya iba creciendo, se fuera del pueblo y se perdiera, allá en el norte, cruzando la frontera, como tantos otros. Sus hijos se habían ido lejos de ella, pero nunca habían necesitado salir del país: había tenido mucha suerte. Ahora era distinto, los niños tenían en la cabeza, desde muy pronto, la huida. No había más remedio que aceptarlo y, en eso estaba de acuerdo con su hija, debían intentar evitarlo a toda costa. Por supuesto que era mejor que se fuera la madre, legalmente, amparada por el Gobierno, y volviera con dinero. Ya que no había conseguido casarse otra vez, al menos que ahora encontrase una salida. Ese dinero taparía las heridas y quizá lograría que Aziz estudiase, como había hecho su hijo mediano.

La primera heroicidad de Horía había sido conseguir el dinero para marcharse. No solo era difícil ser admitida, Kenza se lo había dicho muchas veces. Para pasar la selección tenemos que ir mal vestidas, feas. No te pongas la mejor chilaba, que no es un escaparate. Se nos tiene que notar que sabemos trabajar el campo, nos van a mirar las manos. También es bueno no estar gorda, porque las gordas no se pueden agachar bien y no les sirven. Luego, cuando vengan a seleccionarnos los empresarios españoles, será distinto. Ahí sí tenemos que estar bonitas, como el ganado en las ferias. Horía no estaba preocupada por esto, cumplía todos los requisitos. Pero el dinero sí le preocupaba. En total, son más de tres mil dírhams, le había dicho Kenza, venga, todavía tienes tiempo. Ella lo controlaba todo, o eso sentía Horía. Era el hermano de Kenza quien se había cerciorado de la legalidad de este asunto de la migración circular, a través de un amigo suyo que residía en España desde hacía tiempo. Luego había ido a preguntar a la oficina de la ANAPEC en Jurigba y había animado a su hermana a marcharse. Su mujer cuidaría de las hijas de Kenza y con el dinero que ella trajera podrían hacer muchísimas cosas. Acompañó a su hermana y de paso a Horía a las primeras reuniones y al sinfín de trámites burocráticos que ambas necesitaron. En las últimas, se limitó a esperarlas en el café Naples, bebiendo un té en las mesas de la terraza, y a llevarlas de vuelta al pueblo. Efectivamente, conseguir el dinero había sido un suplicio. Llevaba mucho tiempo metiendo dírhams en la caja del fondo de su armario, pero aquello no era ni de lejos suficiente. Una noche tuvo que ponerse firme con su madre: nos vamos a morir de hambre si no me ayudas, tienes que prestarme un poco de dinero, yo voy a traer más y no te faltará de nada, *inshallah*. La madre también tenía un puñado de dírhams guardado en algún lugar de la casa, recolectados en el transcurso de su larga vida. Solo le pidió una pequeña parte, pues era consciente de que la responsabilidad de su madre, durante aquellos meses, sola con el nieto, la desbordaría. Había sacado adelante a cuatro hijos, pero ahora estaba muy débil. Lo traeré de vuelta multiplicado, madre, prometió. Y la madre, una noche que estaban sentadas junto al anafre, le dio una parte de sus ahorros, envuelta en un pañuelo, mirándola fiera a los ojos y con tristeza: que no venga nadie a decirme que eres una mujer de mala vida allá en España.

Todo costaba dinero, incluso abrirse una cuenta en el banco, cosa que también necesitaba para el contrato. Por supuesto, la expedición del pasaporte era el trámite más caro. Al número de pasaporte iba asociado un número de expediente, que controlaría a cada mujer fuera de las fronteras, asegurando su regreso. Horía percibía esta norma inviolable como innecesaria. Quién querría quedarse allí, sin su familia. Sin volver a ver a su hijo. Quién querría aprender otro idioma, mezclarse entre la gente y dejar a su madre morirse sola y avergonzada. Qué mujer iba a querer hacer cosas horribles en otro país, con el esfuerzo que costaba hacer cualquier cosa en el suyo. Por supuesto que volvería. Ni en sus peores pesadillas soñaba con quedarse. Solo necesitaba trabajar, ganar dinero de verdad, ser útil para su hijo y también para su madre, demostrar a sus hermanos de cuánto era capaz, salir de la casa oscurecida. Por encima de todo, necesitaba que Aziz no arriesgara su vida en busca de un paraíso en tinieblas. Que si tenía que marcharse algún día, lo hiciera ya siendo adulto, habiendo estudiado y pudiendo entrar por la puerta, como las personas.

Cuando la burocracia estuvo lista, quedaron los pequeños preparativos. Horía tuvo que pedir dinero prestado otra vez, para ultimar las compras. Kenza se lo dejó. Sabía de sobra que, aunque su amiga se matara cada noche cocinando dulces y cosiendo pañuelos y chilabas, no conseguiría vender lo necesario en Juribga. Horía no era tímida y tampoco se amilanaba con facilidad, pero nada era fácil para ella. Kenza la admiraba, siempre lo había hecho. Horía había intentado enseñarla a leer y escribir, en los primeros años de casada. Le decía que era mejor, que así su marido no la engañaría tanto, que lo harían en secreto. Pero nunca lo consiguió. De todos modos se sentía en deuda con ella, con aquella niña de ojos serenos y pómulos altivos a la que su marido había echado un día a la calle sin más motivo que el hartazgo, con un bebé de pecho y todo por hacer. Fue con su amiga a Juribga y compraron unas botas, unas zapatillas de deporte, unos vaqueros, un chándal y un abrigo. Se reían, murmullaban entre las perchas. Aquellos tesoros las hacían sentir ridículas, pero renovadas. Después, se metieron juntas en el *hamam* más cercano.

Aziz, hijo, escúchame bien, mírame a la cara. La abuela no puede estar sola y tú no puedes estar sin la abuela. Vete a casa de mis primos en Juribga si le pasa algo. Habla con el hermano de Kenza si le pasa algo. Llama al tío Mohamed si las cosas se ponen muy mal. Y, después de todo esto, me llamas a mí. Yo volveré a llamar a todo el mundo para comprobar que has hecho lo que te he dicho. Escucha bien, Aziz, que te está hablando tu madre. No quiero que pases ni una sola noche fuera de esta casa. No quiero que vayas más lejos de Juribga en ningún momento. Eso es todo lo lejos que puedes ir. Vas a estudiar. Vas a estudiar, porque yo me voy precisamente para que estudies luego. *Inshallah*, traeré dinero para arreglar la casa, para comprarte una moto con la que puedas ir a estudiar y para pagarlo todo. Ya sé que te gustaría ser mecánico, pero puedes estudiar para después arreglar coches sin mancharte de grasa cada día. Ten cuidado con la bicicleta esa que te han dejado, es una porquería. Que nadie te atropelle, por el amor de Dios, Aziz, que soy tu madre y quiero seguir siendo tu madre. Solo tienes trece años, no vayas a creerte un hombre ahora que yo me voy. La abuela es quien manda, no tú, tú solo tienes que cuidarla. Si ayudando en el taller te sacas algo de dinero, quiero que se lo traigas a la abuela, porque ella es quien te va a dar de comer. Yo voy a volver pronto, Aziz, porque te echaré de menos. Y cuando vuelva estaremos contentos, hasta la abuela lo estará. Mírame a la cara, no cierres los ojos todavía. Ya mañana me voy, pero te llamaré siempre que pueda y tienes que contestarme al teléfono y contármelo todo. No te olvides nunca de que soy tu madre, Aziz, y de que te he enseñado a ser bueno.

El viaje hasta Tánger, largo y errático, había acabado con toda su energía. Tuvo tiempo de llorar de miedo y pena por su vieja madre y por su hijo. Jamás había estado tan lejos de Boulanouar. Y aquello no había hecho más que empezar, porque ahora venía la fractura definitiva. Sentía la cara hinchada por la humedad del aire, tan desconocida. Se llevaba las manos a los labios para chuparse de los dedos la sal que notaba en el ambiente. Miró la extensión de agua gris sin querer creerse que podría atravesarla. El mar le pareció una planicie más, peligrosa y ajena. Ellas iban a cruzarlo sin la amenaza de la muerte. No se mareó en el ferry, aguantó la salpicadura de las olas sin abrir la boca, agarró la cintura de su amiga Kenza cuando esta tuvo un momento de debilidad. La costa española se distinguía en el horizonte y ese horizonte se cernía sobre ellas. Eran muchas mujeres, de distintos lugares. A las veteranas, que iban menos cargadas que las primerizas, se las veía tranquilas. Las nuevas, a pesar del jolgorio, comenzaban a sentir plomo en los pies.

Ya en tierra las contaron, pasaron lista, pidieron documentación, las organizaron en grupos. En el autobús que las llevaría de Tarifa a Huelva se había montado un hombre marroquí, que dijo trabajar para una asociación de emigrantes. Con un micrófono, desde la parte delantera, pidió calma y con calma les habló a todas. Aquel autocar estaba lleno de mujeres asustadas, nerviosas, excitadas, confusas. Él parecía saber que la mayoría de ellas no había salido antes de su comarca y que tenían pánico o nostalgia de lo que ya nunca sería como antes. Parecía entenderlas, como si adivinara el barullo que llevaban entre pecho y espalda, aunque no se dirigiera a ninguna en concreto, aunque algunas no pararan de chismear o de lamentarse. Horía prestó atención a ese hombre que repetía una y otra vez un número de teléfono, porque lo que el hombre estaba diciendo era: si tenéis algún problema, podéis contactar conmigo, si os hace falta alguna cosa, apuntad este número. Le recordaba a un vecino suyo, el más elegante de la aldea, que había trabajado en la oficina de los fosfatos. Kenza y Horía estaban sentadas juntas y Kenza llevaba los ojos encharcados desde hacía horas. No le había gustado pensar en el fondo del mar, no le había gustado dejar Tánger atrás, a su espalda, cruzar el Estrecho como quien olvida medio cuerpo al otro lado. Horía no se molestaba en calmarla con argumentos; se ponía cerca de ella, la miraba a los ojos, asentía. La abrazaba si tenía las manos libres. Venga, venga, sin llorar, le decía. Kenza sabía lo que era la vida, llevaba mucho tiempo trabajando, lidiando con la cotidianeidad y el reparto desigual de bienes y tareas en una casa de muchas cabezas donde ella no había mandado nunca. Obedecía sin sensación de sacrificio y, a la vez, se movía con potestad a través de lo que sí le pertenecía. Se había dejado guiar por su hermano y la había guiado y convencido a ella. Sin su firmeza, quizá Horía no se habría atrevido a dar el paso definitivo. Pero ahora Kenza estaba temblando, moqueando como su hija pequeña, porque el camino era muy largo y el destino desconocido. En este desembarco le tocaba a Horía controlar, sostenerse en pie y llevar a su amiga de la mano.

Apuntó el número de teléfono del hombre del autocar y memorizó los consejos: no os peleéis entre vosotras, manteneos juntas si podéis, respetaos. Sois como hermanas ahora, y también tenéis que llevaros bien con las mujeres de otras nacionalidades. El trabajo es duro, es penoso, puede doleros la espalda. Tenéis derechos, derecho a cobrar las horas extra y derecho a la seguridad social. Horía miraba atenta y quería que las demás se callasen y estuvieran atentas como ella, pero ahora que la propia Kenza, a su lado, parecía haber entrado en pánico, ahora que ya todo era tierra española, carteles españoles, un autocar español con un conductor español, ahora que habían cruzado y el enésimo motor arrancaba para transportarlas hasta su destino final, le temblaban las rodillas. Horía se concentró en confiar en que aquel hombre o alguien como él podría ayudarlas si es que algo se torcía. No parecía estar mintiendo. Pero, a la vez, la hizo desconfiar de todo lo que había oído e imaginado antes. Juntas, le dijo a Kenza, solo tenemos que ser como hermanas y ya está, le susurró cuando el hombre de los consejos desapareció y el autocar emprendió la marcha. Kenza se fue tranquilizando conforme avanzaban por las limpias carreteras entre pinares. Ya está, ya está, ya estoy bien, dijo antes de quedarse dormida. La distancia de Tarifa a Huelva resultó un agujero negro entre ellas. El último tiempo en que estuvieron juntas, sin saberlo, lo pasaron dormidas, con los hombros pegados y las manos enlazadas.

Al final de la carretera comarcal que no se abría nunca hacia la playa, la furgoneta por fin se desvió. Había campos de naranjos y campos rasos a los lados, mantos de pino verde a parchetones, llanura. En la furgoneta viajaban ocho mujeres, el patrón y una mujer marroquí, la manijera. Horía llevaba la cara congelada, el aire acondicionado de la furgoneta le daba de lleno. El patrón conducía y lo había puesto al máximo, aunque era invierno. Al menos así podía disimular el temblor del labio inferior, la creciente congoja. Había sido elegida por ese hombre para recoger su cosecha, como igualmente habían sido elegidas sus nuevas acompañantes. Ninguna procedía de su zona, a ninguna la había visto antes de pisar suelo español. Su amiga se fue con un grupo mucho más grande, pero a ella le había tocado uno de los grupos pequeños. La manijera se llamaba Farida y no habló a lo largo del camino. Solo al atravesar la verja, que abrió una señora de pelo rubio pintado recogido con horquillas, la hermana del patrón, y cuando ya cruzaban las propiedades del agricultor, tierra fértil y desnuda, al fondo calles de plástico blanco, dijo Farida: aquella es vuestra casa, bienvenidas.

Los módulos prefabricados, llamados caravanas, estaban dispuestos en forma de ele en el suelo árido, en medio de un cielo brillante y cargado de humedad en la lejanía. De las esquinas se agarraba una especie de toldo plastificado que mal protegía del sol y de la lluvia, y bajo la sombra había una mesa y varias sillas. Uno de los módulos era la cocina, en otros estaban las literas y el último servía de baño. El módulo cocina tenía un hornillo de gas y una especie de fregadero sin desagüe, además de unas estanterías de metal donde las mujeres podrían colocar sus alimentos. Una bombilla colgaba del techo de cada uno de ellos, estaban conectados a un generador en medio de la planicie. Un gran bidón de agua, caliente por el día, fría por la noche, les serviría de alivio para sus cuerpos machacados y para las abluciones.

De todas las órdenes y recomendaciones que les dio Farida cuando se quedó sola con las futuras jornaleras, Horía solo recordaba que no podían salir del recinto sin permiso. Que un taxista las llevaría a hacer las compras y que si se ponían enfermas o necesitaban algo se lo tenían que decir a ella, porque los capataces no sabían hablar árabe. Tampoco francés. El chaleco amarillo reflectante que tuvo entre las manos cuando por fin pudo sentarse en el colchón que le fue asignado, por suerte uno de los de abajo, le hizo pensar en Aziz. Él era quien debería llevarlo puesto para moverse a través de la tierra, para que los coches pudieran distinguirlo cuando pedaleara, frenético, hacia la ciudad que tenía al lado, en busca de un atisbo de libertad. Farida les había dicho guardad bien el pasaporte, tenéis suerte de que no os lo requisen, otros patrones lo hacen. Este solo obliga a ponerse el chaleco cuando andéis por la finca y al salir, no vaya a ser que os atropellen, que aquí nadie quiere jornaleras muertas. Horía lo metió bajo su colchón, junto a algunas otras pertenencias valiosas.

Lo primero era trabajar y demostrarles a los capataces que podía ganarse el sustento. No era una tarea difícil, pero sí implacable. Debían recoger las fresas muy rápido, porque si eran lentas podían ser castigadas sin trabajar, y cada día sin trabajo era un día sin sueldo. Sobrevivir a aquello valía treinta y ocho euros por jornada, era impensable desperdiciar un solo día. De esos treinta y ocho, había que restar: por el colchón floreado, por la silla de plástico, por la bombona para cocinar, por compartir el sudor, por el toldo, por ahuyentar avispas a cada rato. Debían arrancar la fresa en el momento justo, ni muy madura ni muy verde, y había que agruparlas con cuidado, las hinchadas con las hinchadas, las recias con las recias. Farida gritaba con facilidad, las amenazaba hasta hacerlas llorar; luego las consolaba para que siguieran trabajando porque no tenían tiempo que perder. Debían salir temprano hacia los campos, estar listas a las cinco de la mañana, y menos mal esas horas frías y oscuras, porque después, si hacía sol, y lo hacía casi siempre, sobre todo al pasar de las semanas, el cuerpo empezaba a estar cocido por dentro, en la espalda el mediodía se alargaba hasta las tres de la tarde. Debían hacer horas extra y recoger frutos también en fin de semana si así lo requería el patrón. Farida les prometía que lo cobrarían todo, por supuesto, y solía jalearlas, solo las marroquíes hacemos horas extra, las rumanas no quieren, tampoco las polacas, por eso estamos nosotras aquí, porque somos mejores. Aunque ella era mejor por otra cosa. Ella sabía español, había estudiado en Tetuán y además tenía papeles: podía salir del país y regresar cuando quisiera, podía dejar su casa atrás y trabajar en España cuando lo necesitara. Debían acostumbrarse rápido a ese cuchillo clavado en las lumbares, porque nunca tendrían el tiempo suficiente para el reposo de los músculos contracturados y los tendones mordidos. Antes de acostarse se daban friegas en la espalda unas a otras, con aceite, las manos ajenas frotando la carne hasta hacerla hervir, luego caían rendidas en un sueño aplastado. No debían ponerse enfermas, no debían desfallecer, no debían quejarse; bajo el toldo, espantando las moscas, todas sabían que no serviría para nada.

Un taxista clandestino y marroquí con un Mercedes desvencijado las llevaba a hacer la compra al pueblo más cercano, Cartaya. El viaje costaba un euro o dos y a veces algo más, unos minutos incómodos, de vuelcos en el estómago, la mano oscura yendo de la palanca de cambios hasta la rodilla, quizá hasta el muslo. Horía pudo hacerse pronto con lo necesario, se reveló como una mujer prolija y astuta. Esa nueva manera de mirarse a sí misma en medio de la adversidad y de la gran mentira la hacía mantenerse en pie. Apenas treinta euros al día no merecían aquel espanto, pero jamás había tenido la posibilidad de ganar treinta euros al día. Comenzaron los rumores y las advertencias entre las compañeras, auspiciados por Farida: no hay opción de intentar quedarse, no hay opción de prostituirse para ganar más dinero, ni se os ocurra tratar de escapar. Horía no entendía cómo alguna mujer podría querer quedarse en aquel lugar, en aquel país. Desconfiaba de las historias que le contaban y por supuesto de las mujeres que hacían alusiones a romper las reglas; igual no vuelven a llamarnos, estamos ganando nuestro propio sueldo, esta vida es asquerosa pero vamos a volver a casa con dinero. Pensaba en su madre entonces, quemando *fasuj* en el patio, para alejar las malas energías, y la entendía, comprendía su temor y su horror. Cuando pudo por fin contactar con ella solo lloró al escucharle la delgada voz y echarla de menos, y qué iba a contarle. Durante las primeras semanas, tuvo la duda de llamar a su hermano y decirle la verdad. Pero si confesaba que no tenía casa, que no tenía médico, que no tenía agua corriente, que estaba obligada a ponerse un chaleco amarillo reflectante para moverse por la finca o para salir de ella, si confesaba su cansancio y su miedo, su pena de hierro, quizá todo acabaría desmoronándose. La tarde de domingo en que escuchó a Aziz nervioso al otro lado del teléfono, tartamudeando, y pudo imaginarlo a la perfección, casi olía su sudor pegajoso y púber, su niño espiga, con los ojos marrones y tristes, el pelo crespo, la boca tierna, los dientes torcidos, su niño ahora sin reírse como los pájaros, gritándole al teléfono madre, me dicen en el pueblo que te has ido a España para ser puta, quiero que vuelvas, yo no sé si es verdad o es mentira, tienes que volver enseguida, me han robado la bicicleta, quiero matarlos, esa tarde fue más firme que nunca y le dijo a Aziz todo lo que tenía que decirle con la voz pétrea de los momentos insoportables de la maternidad, y cuando consiguió que Aziz se despidiera de ella entre hipidos, con un murmullo que le arrancó de lo que aún le quedaba de infancia, salió del locutorio y vomitó en la calle, en la esquina de la avenida principal, la gente apartándose, el taxista cogiéndola por los hombros con sus manos en garra, venga, mujer, tranquila, que te llevo a casa.

Kenza había tenido más suerte. Trabajaba para una cooperativa grande, en Moguer, y vivía con doce mujeres, igual de apretadas, pero en una casa de cimientos y ladrillos, donde había interruptores en las paredes para encender y apagar la luz y dos cuartos de baño con sanitarios Roca. Se llevaba bien con la mayoría de ellas aunque había tres, muy jóvenes, a quienes habría arañado si no las estuviesen siempre vigilando. Entre todas habían comprado un horno para cocer pan, y las tardes en que no se desmayaban al llegar de la plantación amasaban la mezcla de harina y agua y preparaban las comidas del día siguiente. Tenía miedo, estaba cansada y su pena era igualmente de hierro, pero el vídeo que habían visto juntas en Juribga ahora le parecía solo un chiste, no una broma macabra. Muy de vez en cuando hablaba con Horía y planeaban intentar verse algún domingo en algún lugar; por supuesto se habían prometido volver juntas a casa y contar la misma historia en el pueblo, palabra por palabra. Ya queda menos, hermana, le decía siempre al despedirse. ¿Has hecho las cuentas de todo el dinero que has ganado hasta ahora? Tú piensa en la moto y en tu tienda y en nada más.

Horía no sería una *harraga*. Ella no había venido a este lugar a deshacer sus raíces. En las noches más cargantes, cuando se sentaban alrededor de la mesa bajo el toldo, hincadas las sillas de plástico en la tierra, hablaban cada una de lo suyo y Horía se daba cuenta de la tristeza hueca y polvorienta que recorría su país: Larache, Sidi Sliman, Sidi Kacem, nada parecía muy distinto a Beni Melal. Al paso de las semanas, algunas querían quedarse. Contaban, siempre en susurros, por si Farida pudiera oírlas, que había mujeres que habían logrado escapar y seguir trabajando, porque aunque terminase la temporada había trabajo. Como tu amiga, le decían, no ves que vive mejor, no ves que no está en un estercolero. No todos los capataces tratan a las mujeres como a perros. Pero Horía no acababa de creerlo. Su niño, la moto, arreglar la casa de su madre, quién sabe si hacer un viaje hasta la ciudad donde vivía su hermano mediano, llegar con regalos para su cuñada y sus sobrinos, con la cara alta y sonriente. Sobre todo, su tiendita de ropa en Juribga. Sabía que con lo de este año no tendría para nada, ni para soñarla siquiera, pero si se portaba bien, si trabajaba tan duro como había demostrado ser capaz, la llamarían otra vez, y luego otra, y así al cabo del tiempo su hijo estudiando y ella cosiendo allí, en esa calle revuelta de Juribga, en su propio local, donde vendería pañuelos, caftanes, chilabas y pantalones.

Así pasó de diciembre a abril. Faltaba poco más de un mes para que todo acabara. Había conseguido trabajar la mayoría de las jornadas. Una vez no pudo levantarse porque ardía de fiebre, y también perdió las jornadas de aguaceros y algún castigo arbitrario del patrón. Pero el balance era positivo. Algunas compañeras no habían tenido tanta suerte. Hacía unos días que Aziz no le contestaba a los mensajes. Aquel domingo el locutorio estaba lleno y cuando el teléfono de su hijo dio apagado una y otra vez Horía sintió la cháchara revuelta de sus compatriotas como un aullido que le atravesaba el cerebro. Los dedos, arañados y endurecidos por las matas de fresas, a pesar de la crema Nivea que se untaba cada noche, le temblaban al marcar el número de su madre. La delgada voz de la madre respondió al instante, como si esperara la llamada desde hacía días, como si fuera ella la que la hubiera hecho, y no al revés. Ni siquiera hubo un saludo, sino un lamento, el lamento tan repetido de su madre, esa especie de lloro sostenido que es como un rezo y no encuentra lugar donde esconderse, se ha ido, Horía, se fue hace una semana, no está en Boulanouar, qué desgracia, los labios de su madre unas grietas de sombra, al fondo una lengua que ni ha de moverse, como si solo con abrir la boca el canto sucediera, tu hijo se ha ido, yo no sé dónde está, *ia latif!, ia latif!*, lo sabía, ¡Dios mío!, sabía que era como todos, como tú, para España, el niño para España o para Francia, y si no llega, y yo aquí sola, y tu padre muerto.

Nicolás está gritando en medio del cuarto, con un montón de bloques de Lego alrededor, restos de una construcción que su hermano ha destruido de un mazazo. Siempre pasa igual. Nicolás se entretiene, ligerito, tarareando alguna canción de las que les enseña Damaris o de las que aprenden en el colegio. Es metódico y consigue formar torres altas. Rodrigo no parece tener esa capacidad. Cuando su gemelo está a punto de culminar la torre, con una pieza triangular o algo que semeje una cúspide, él se acerca y la derrumba. A su padre y a su madre esto les llena de indignación. Lo castigan o le riñen las veces que presencian este repetido acontecimiento. Pero Damaris sabe que no es por maldad. Rodrigo no tiene la capacidad de Nicolás para construir torres ni para jugar solo. Damaris sabe que lo que está haciendo Rodrigo es intentar que su hermano le haga caso, que juegue con él, simplemente se está vengando de que lo haya dejado solo y haya podido concentrarse en algo donde Rodrigo no existe. Los niños son buenos, los dos. Uno es más bruto que otro y punto. Ser bruto no es malo. Es solo que cuesta más vivir y estar solo y haciendo cosas pequeñas y en silencio. Si Rodrigo fuera malo, pegaría a Nicolás, podría coger una de las piezas y atizarle en la frente, pero no hace eso nunca. Ella ve a Nicolás absorto y tranquilo y a Rodrigo desesperado por su soledad. Es normal que lo rompa todo. No puede vivir sin él. Los gemelos no pueden vivir el uno sin el otro. Por eso Damaris no entiende cómo los han separado en el colegio, por qué los llevan a clases distintas. Al parecer es una norma de la escuela, para reforzar su autonomía. Pero eso le parece a Damaris una tontería y una crueldad. Cree que si los llevaran a uno de los colegios del barrio no les habría pasado eso. Pero los padres matricularon a los niños en un colegio que está muy lejos, y que es muy bueno, eso le dicen siempre, que es un colegio buenísimo, el mejor de Madrid, con una educación diferente. Damaris no tiene que llevar a los niños al colegio, claro, porque está lejísimos, y hay un autobús que los recoge en la basílica de San Francisco el Grande cada mañana y luego los deja en la plaza de los Carros. A Damaris se le partió el corazón cuando los niños entraron en el colegio. Tan pequeños, con sus mochilitas a la espalda, subiendo juntos a ese autobús enorme lleno de niños y niñas recogidos en distintos puntos de la ciudad. Rezaba para que no tuvieran un accidente, para que no se pelearan durante el recorrido, para que no se durmieran en los asientos y el chófer siguiera sin darse cuenta. Se imaginaba a sus niños solos, muertos de hambre, olvidados en un autobús. No entendía cómo podía ser eso mejor para los niños, habiendo tantos colegios en el barrio, al lado de la casa. Ella misma podría haberlos llevado cada mañana y haberlos recogido después. Podrían haber jugado luego en los parques con los niños de su clase, con amigos de todos los días, pero no; los amiguitos del cole viven lejos de allí. Lo único que le gusta es que los niños vienen a comer a casa. A las dos y veinte de la tarde Damaris ya está en la plaza, parada junto a la fuente, esperando el autobús. Cuando sus niños bajan los escalones, despacio para no caerse, y corren hacia ella, más despeinados, más sucios, con cara de hambre, y la abrazan, algo en su corazón se resbala.

Le toca consolar a Nicolás. Se apresura hacia la habitación, ya entonando el tranquilo, tranquilo, no pasa nada, y encuentra al niño frente al destrozo de su hazaña, con la cara enrojecida y un llanto enganchado en medio de la respiración. Se agacha y con las manos todavía manchadas de harina le limpia los lagrimones y los mocos y lo arrulla, lo mete entre sus faldas, el niño sigue hipando sobre sus muslos. Así de rodillas, abrazando a Nicolás, busca con la mirada por el cuarto y encuentra a Rodrigo en una esquina. No es que se esconda, simplemente se aparta de lo que hace cuando lo hace. Como siempre, tiene la cara triste. A Damaris le puede. Rodrigo está serio y callado y mirando a cualquier lugar menos al bulto escandaloso de su hermano en el regazo de la cuidadora. Podría ser que estuviera enfadado, pero no, está triste, Damaris lo sabe. Por eso parece enfadado. Damaris, en los hombres y en los niños, nunca ha sabido distinguir la tristeza del enfado. O quizá es que siempre ha intentado justificar la furia de estos con la pena. No sabe qué hacer cuando se pone rabioso y, claro, acaba soltándolo todo, suele decirle a la madre, si se da la ocasión de exculpar a uno de los niños. Rodrigo, bebé, acércate, ven. No pasa nada. Nicolás no está enfadado, es que se asusta, y tú no lo vas a hacer más, ¿verdad? Ya está, chiquito, no llores, mira, ya viene tu hermano. Ella aligera las cosas recogiendo las piezas, dando besos en la nuca, meciendo, haciendo cosquillitas a uno tras las orejas y tentando al otro con su juguete preferido o con alguna golosina que tiene escondida. Porque, en la casa, las golosinas que compran para los niños son ecológicas, sin azúcar y con sabor a tierra. Y así es imposible que los niños se callen, chantajearlos o hacerlos felices de un minuto a otro. Damaris lleva siempre alguna cosa, chocolate, gominolas o piruletas.

Cuando Rodrigo y Nicolás vuelven a estar juntos, sin rastro del conflicto, ella regresa a la cocina. Tiene mucho trabajo estos días. Además del almuerzo y la limpieza diaria de la casa, la señora Sonia le ha encargado que comience con la organización de los armarios tras el verano. Eso consiste en ir guardando de a poco, de forma sutil, la ropa más ligera. En Madrid, el paso del verano al otoño es brusco, y la señora no soporta los imprevistos climáticos. La hace sufrir pasar frío cuando de pronto se levanta un aire fino que agujerea septiembre y ella lleva aún sandalias porque por la mañana hizo calor. Lo mismo a la inversa. Así que, durante años, ha aleccionado a Damaris para que el cambio de armario se haga de forma progresiva, exactamente al mismo ritmo que el tiempo. Al abrir los roperos, la familia ha de encontrar en primer lugar las prendas que se ajustarán a la temperatura del día. No existe un momento determinado para guardar bañadores, vestidos floridos y pantaloncitos cortos; estos han debido ir guardándose por arte de magia. Los restos del verano han de desaparecer diariamente por la mano invisible de Damaris, que a la vez va rescatando las ropas nuevas, las que cubrirán de la brisa, hasta que de pronto, cuando el frío llegue, el armario sea un prodigio de lanas y abrigos, sin que nadie se haya dado cuenta. Sin nostalgia de estación.

Un golpe sordo resuena desde algún lugar. Damaris se sobresalta, lo primero que piensa es que los niños han vuelto a las andadas. Apaga el fuego, porque ya están hechas las albóndigas, y sale al pasillo. No, no viene de casa, no son los gemelos, porque desde la cocina ya los escucha parlotear. Es lo de siempre. Ahora, una silla que se arrastra con brusquedad y luego un portazo. No hace falta que ponga la oreja; en este edificio, a pesar de todo, las paredes también parecen de papel. Aun así, siempre ha sido un edificio silencioso. Más ruido hay en la plaza, y por supuesto mucho más en su propio piso de Marqués de Vadillo. Cuando los gemelos eran bebés, Damaris sabía que todo el vecindario estaba al tanto de los cólicos en las noches más duras. Pero desde hace unos meses es diferente. Damaris vuelve a la cocina y comienza a sacar los platitos y los cubiertos de los niños para poner la mesa, pero de nuevo se sobresalta. La voz del vecino es un huracán. Ella suele oírla sin prestar atención, en llamadas telefónicas en varios idiomas, risas estridentes o cantando. Es una voz rocosa, y ella ha aprendido a distinguir cuándo está enfadado y cuándo no. Como con Rodrigo. Hoy sí lo está. No importa lo que diga; la violencia, cuando suena, traspasa las paredes, los techos y los suelos. Ella siempre pensó, desde que era una niña, que la violencia tiene sonido, fue al llegar a España, al vivir entre familias que no eran la suya, cuando se dio cuenta de que a veces la violencia puede ser muy silenciosa. Pero en la casa de los vecinos no es así. Es violencia de la de siempre, de la que resuena y araña.

Suelta los cacharros y va a recoger a los niños. Los lleva a la cocina con ella y los sienta en las sillitas frente a los manteles individuales. Bolitas de carne tenemos hoy, con patatitas aplastadas, veréis qué ricas, tenéis hambre, ¿sí?, ¿a que sí? Los gemelos son buenos charladores y tienen un dominio del idioma bastante correcto para su edad, pero Damaris les sigue hablando como cuando eran bebés, contesta por ellos, rellena los huecos. Es más o menos como lo que ocurre en la otra casa, pero con la intención opuesta. Esa voz de roca no está siquiera soltando un discurso, son alaridos. Parecen frases sin mensaje, ella no logra entenderlas. Damaris no oye insultos, pero tampoco distingue bien la información dentro del grito. Lo único que puede descifrar con claridad es la cantidad y la categoría de violencia dentro de aquella voz y de aquel revuelo.

La pareja se vino a vivir a la plaza de la Paja hace unos meses y Damaris apenas se los ha cruzado. Los conoció a través de los muros. Sí, los ha visto, claro, alguna vez, pero quizá no los reconociera si los encontrase fuera de contexto. Él era alto, tenía el pelo rizado y la piel algo oscura. No del mismo tipo que la suya, diferente. De ella podía decir poco, solo que era flaca, siempre iba despeinada y tenía una hija. Era muy diferente a su señora, aunque ambas podían ser de la misma edad. Vivían en el mismo bloque y sin embargo parecían sacadas de mundos distintos. La niña, claramente, no era de él, porque no siempre estaba en casa. Había semanas que no se la oía. Damaris no pensaba todavía grandes cosas acerca de aquellos vecinos, pero los sentía tan alejados de ella como a sus propios jefes, como al resto del vecindario. Después de la agitación llegaban, generalmente, los gemidos de la mujer. Ella no gritaba, su voz nunca sonaba clara al atravesar ventanas, patios y paredes. Ella siempre estaba llorando. Sus gritos eran gritos de llorar, si Damaris pudiera sentir algo de empatía por aquella vecina, diría que los de la mujer eran gritos de defensa. Pero esa mujer y ella no tenían nada que ver, estaba segura de que ni habían vivido las mismas circunstancias ni habían tomado nunca decisiones parecidas. Los gritos eran de él, aunque la culpa de los gritos sería de ambos. A Damaris la ponían muy nerviosa las peleas de aquel piso. Cuando todo se recrudecía, les tapaba los oídos a los niños. Tenía que apretarlos contra sus piernas y cubrirles el otro oído con una mano, porque eran cuatro oídos. También hacía esto cuando lo que se oía a través de las ventanas eran sonidos de cama. Ella no podía creerse que la gente no tuviera cuidado, y menos en un edificio como aquel. Con lo tranquilos que estaban en aquel bloque, era lo que pensaba Damaris. Si aquello siempre había sido silencioso, como el jardín de enfrente, algo que había pertenecido a un príncipe. De pronto se oye uno de los alaridos de él: que me dejes en paz, que no aguanto más. Entra de forma nítida por la ventana de la cocina, y Damaris, a pesar del calor que aún guarda la casa, va rápida a cerrarla. Más amortiguado, el grito se repite: que me dejes en paz, joder, que no aguanto más, me voy a pirar de aquí. Esto también lo entiende Damaris, mientras canturrea una melodía a los niños, para mezclarlo todo, y les aparta tres bolitas de carne a cada uno y rebusca las zanahorias en la salsa. Que pare ya, se repite para sus adentros, o que se vayan.

Se conocieron en medio de la calle, en medio de la noche, por un amigo común. Ella llevaba unos treinta y largos y una relación rota pero que se agarraba aún a los huesos de una niña. Él solo tenía aspecto de libertad. Eran las fiestas de algo ya cuajada la primavera, y aquel día entre semana parecía un sábado luminoso. Fue típico y espeluznante: habían estado compartiendo locales y terrazas, dentro del mismo grupo de gente que iba y venía, llovió en algún momento, las aceras de la ciudad brillaron. En mitad de una calle perpendicular a la Gran Vía, el amigo común la llamó: Oliva, ven, ¿tienes tabaco? Oliva se fue acercando mientras rebuscaba en su bolso y levantó la vista al llegar a ellos. Uno era su amigo, el otro era un tipo grande, oscuro y bello. Estaba hablando por teléfono en ese momento y cuando Oliva llegó frente a él colgó de inmediato. Se dijeron un hola de esos que significan: cómo no te he visto antes, no puede ser que se me haya escapado que estuvieras aquí. Y entonces los ojos se adentraron muy profundo, hasta donde no hay nada, porque no puede haber nada en un primer contacto visual, por muy demoledor que este sea. Escarcha para el disfraz: plástico copolimerizado, hoja de aluminio, dióxido de titanio, oxicloruro de bismuto y otros tantos materiales tóxicos que reflejan la luz, incluso en medio de la noche, hasta formar colores.

Lo que vino después fue como despeñarse por un barranco. Oliva llevaba un par de años peleando con su propia sombra. Le comían el estómago la apatía, la falta de deseo, el miedo a haberlo acabado todo. Establecida en lo profesional como trabajadora por cuenta propia, satisfecha de su autonomía social, de su papel como madre, de su labor como compañera en lo emocional, se arrastraba por meses que luego llegaron a ser años a través de la angustia que da lo perdido. Ya no se consideraba valiente; la sinceridad no basta. Un psicólogo le había diagnosticado meses atrás inmadurez, anclaje en el amor romántico, y le aconsejó hablar e intentarlo. Hablar e intentarlo era lo que llevaba haciendo demasiado tiempo. Dejó de ir. Sabía que nadie la ayudaría a deshacerlo todo.

Esa primera noche, él le contó varias mentiras y ella, una verdad. Él le dijo que se llamaba Max y un par de apellidos extranjeros. También le dijo que tenía más años de los que tenía, unos cuantos menos que ella, que había terminado una carrera de las que no sirven para nada, que había estado trabajando en París cobrando mucho dinero mientras hacía un máster en turismo medioambiental y que lo habían llamado para que volviera a Madrid a cambiar el mundo desde un partido político de extrema izquierda. Cuando ella esquivó su boca y le contó su situación, él preguntó directamente, aguantándole la mirada todavía desde aquel primer segundo, como si nada más le interesase en la vida: ¿estás enamorada? No, dijo ella. Y él se guardó el testigo, asombrado y satisfecho.

Qué fácil es dejarte empujar cuando te empujan. Una amiga suya le preguntó esa noche, con cariño y envidia, ¿por qué el más guapo de la fiesta no te deja en paz, si las que estamos solas somos las demás? Yo no tengo nada que ver, le contestó. Además, ella también estaba sola. Esquivó más besos y se fue caminando a casa.

No quería acostarse tarde. Al día siguiente la niña tenía colegio. Recibió el primer mensaje de él cuando estaba llegando al portal. Abrió la puerta con media sonrisa despreocupada, como si hubiera cazado un tigre sin querer. No vio nada más que juego, deseo y belleza. Eso no hace daño a nadie.

Max era imparable. No pedía limosna, tanteaba con fulgor, apostando a todos los números. Abrió un pasadizo entre ellos que luego se convertiría en un cable de alta tensión. Todo consistía en comunicarse, un baile telemático que duraba todas las horas del día. Él era tan directo que Oliva pensó que era ella quien estaba controlándolo todo. Era como un regalo, aunque sobrara. Por qué no aceptarlo. Eso no hace daño a nadie. Los días empezaron a tener multitud de texturas. Pasaban rápido y lento y rápido y muy apretados y a veces qué largas y laberínticas las noches o aquellos ratos robados a la rutina. Ella iba haciendo un hueco cada vez más grande en la madriguera, un hueco por donde cabían cada vez más cosas, por donde ya otras resbalaban, desvaídas y amargas, hacia abajo. Simplemente, era posible de nuevo. La boca ensanchada de reír, el tigre en extinción, ingenuo, descabellado, como un trofeo gratis en el felpudo de su casa.

Se hicieron amantes y después se hicieron todo lo demás. Oliva escuchaba sus largas peroratas sobre inflamada política y no entendía gran cosa, pensaba que, en el fondo, él tampoco. Él lucía sus plumas incluso al escuchar. Oliva detectaba los matices: las pequeñas mentiras, los gestos exagerados, los piropos de saxofón. Aparte de eso, la corriente corría brava entre sus dedos. Una vez se vieron por casualidad en la calle, en un local junto a la Gran Vía, rodeados de gente, y él quiso sacudirla entera por dentro, que le diera un almanaque con sus fechas libres. Ella decidió tomarse en serio aquella barbaridad. Él no tenía paciencia y a ella no le importaba; podía darse prisa para algunas cosas. En ese momento, ella creía que ya no le quedaba mucho tiempo. Quizá aquella fuera la clave del éxito de los dos.

Un martes subió a su casa por la tarde, escondida de todos, al terminar el trabajo. Ya en las escaleras sonaba una canción, sensual y dolorosa, que nunca habría jurado que él pusiera estando solo. Esa tarde se sentaron en un sofá y hablaron, él cocinó salmón con setas y abrió un vino blanco, le contó cosas de su infancia y de otros países. Era el primer día de calma y Oliva quizá perdiera el rumbo. Había algo extremadamente sedoso en la piel, incluso en las palabras. Ninguno quería terminar. El sexo comenzó a ser algo inabarcable, lo que ya Oliva no recordaba que pudiera ser, pero aún mejor. En un lugar nuevo, a Oliva le brillaban los ojos y los labios y el pelo, como si un foco estuviera apuntándola a traición. Ella pensó que estaba recuperando su propia vida sexual, creyó que aquello era suyo, quiso creerlo. Volaba a ras del suelo, espantaba los signos de preocupación a su alrededor, dejadme en paz, solo quiero comer hasta cansarme.

Él estaba enamorado o eso decía y ella intentaba ser cauta. Max era de otra galaxia, de otra condición, no había más que verlo, y sin embargo ahí lo tenía, revuelto entre sus cosas. Bailaban hasta tarde, solos en medio de un salón, bailaban por la mañana en la cocina, bailaban por las noches en la pista de baile y la gente podía verlos bailar y si ella hubiese sido capaz de atisbar algo de fuera habría constatado que daban envidia. La piel de Max siempre había estado prohibida. Estaba segura de eso. Estaba segura de que había algo que no encajaría nunca. Un idioma que jamás iban a compartir.

En mitad del verano ardiente, Oliva se escapó con Max a una playa del sur. Cinco días. Posiblemente ahí se cerraron las alas en torno a ellos. Estaban alojados en un apartamento que pertenecía a un viejo amigo de Oliva. Era la primera vez que compartirían horas con lo que había sido el mundo de ella. Desconfiaba. No era solo la diferencia de edad. Pero el tigre desollado resultó saber utilizar hasta los cubiertos más inverosímiles. Pinchaba y partía con la elegancia de los elegidos. Aguantó las conversaciones, disfrutó de lo que no parecía importarle. Puestos a brillar, fue un latigazo de luz. Si solo lo hacía por ella, qué grandísima actuación en todas partes. El resultado perfecto. El recuerdo de aquellos cinco días, la devastadora felicidad, el sexo. Postergaron la vuelta. Quizá los dos sabían que, de allí, no regresarían nunca.

Oliva comenzó una nueva vida mientras Max se fue de viaje a un sitio muy lejano. Él no quería irse, le repetía, porque cuando volviese de sus vacaciones programadas seguramente a ella se le habría acabado todo, el hechizo y la imantada. Ella sonreía, quién sabe, respondía. Ahora soy libre. La noche antes de que saliera el avión la pasaron juntos. Ella vio cómo él hacía una mochila para un mes en dos patadas. Todo era caos, juventud y despreocupación. Metió ropa arrugada y algunas cosas más. Ella asistía al espectáculo desde el sofá; mirarlo ya era una aventura. Le parecía un desastre, alguien que vivía al filo. Después lo vería siempre hacer maletas de esa forma. Todo lo hacía así, a patadas, menos la comida y las caricias. Escucharon tanta música, él se iba desvelando como un exquisito maestro de ceremonias. Por supuesto no paraban de hablar. Cada vez ella iba cogiendo protagonismo. Le contaba su historia y elevaba la dialéctica. Dos horas antes de que llegara el taxi, ella le dijo yo quiero estar contigo. Y él, niño gigante prohibido, emocionado y locuaz, estrujó cada palabra con su boca, me acabas de cambiar la vida, respondió. Llegó la mañana.

El mes fue largo y a ella le dio tiempo a hacer de todo. Estuvo sola en la ciudad y fue de nuevo joven. Vivió junto a sus amigos grandes cruzadas y se sintió feliz. Encontró una casa minúscula con una luz hermosa para su hija y para ella, muy cerca de donde vivía antes. Solo tenía un dormitorio, pero era algo temporal, lo que podía pagarse por ahora. Recibió mensajes cada día desde el otro lado del mundo. Los mensajes quemaban. El cable de tensión no se cortaba nunca. Construyó un refugio solo con la inconsciencia. Estuvo preparada para su vuelta, el regreso del peregrino con mochila que viene de Oriente. Estaba más delgado. Hubo una ausencia extraña en él durante esas primeras horas, mientras ella le contaba, en medio del júbilo, la cantidad de cosas que había hecho con su nueva vida. Pero rápido se esfumó.

Empezaron a dormir juntos cada noche, porque él, en lo técnico, no se fue de allí. Solo se escapaba y se escondía al principio, los días que ella tenía a la niña, y regresaba cuando estaba ya dormida. Al poco, sintiendo que se precipitaba, pero sin ser capaz de encontrar los frenos, se lo presentó. Con rapidez fue mordisqueando las raíces.

En las noches más largas, Max comenzó a purgar sus errores. Le hizo un mapa de su genealogía, complejo rosario ilegítimo, nieto de príncipes, hijo bastardo, madre faro y tortura, una tradición justificada en la mentira. Confesó sus triquiñuelas: te mentí con la edad, te mentí con mi pasado, te mentí con mi último sueldo, te mentí con mis estudios, porque, pobrecito de mí, no me enseñaron otra cosa que a mentir. Así la hizo cómplice y falsamente empoderada. Ella era mejor que él en todo, más auténtica, más honesta, más experimentada: nublada de sapiencia, tonta condescendiente, le acarició el lomo y le dijo te entiendo, te conozco, no te preocupes, no me importa, yo sabré cómo controlarlo.

Antes de dormir, justo cuando ella iba cayéndose al sueño, ahuecada en el cuerpo del hombre, que casi la cubría, de lado, en una simbiosis lunar, él le volcaba un montón de palabras al oído. Durante todo este tiempo, el tiempo de anudar la cuerda de la horca, no hubo amenazas. Ella volvería tantas veces, en el futuro, en la memoria, en el ruego, a esta llanura primera.

Cómo empezó. Era octubre y comenzaba el frío. Pero a lo mejor todavía era septiembre. Oliva intentaba construir su vida nueva como siempre había hecho. Lo invitó a una fiesta que un amigo suyo daba en la sierra, en su jardín. Un amigo que había sido su amante pero que ahora solo era su amigo, sin medias tintas. Iban todos, su gente de siempre. Querían conocerlo. Se encontró dando explicaciones y acunando una sombra cruda en medio de la cara de él. Lo intentó convencer, pero qué te ocurre, qué pasa. De pronto Max se levantó del sofá, con movimientos bruscos, con un gruñido. Tuvo que apartarla, ¿era eso un empujón?, para entrar en el dormitorio y meterse en la cama, como un niño enfadado, espantosamente dolido. Escondió la cabeza en la almohada, le negó su rostro. Oliva asistió a la escena con consternación. ¿Había sido eso un empujón? Aterrada por cómo se deshacía el suelo bajo sus pies, por si la realidad de los últimos meses se desvanecía, se metió en la cama con él. Siempre es ridícula la violencia un segundo antes de que empiece a ser insoportable.

Días después, cuando esta escena fuera argumentada y ya permitiera dar rienda suelta a piedras despeñándose desde lo alto, los motivos se grabaron a fuego en la estructura blanda. Él estaba celoso, por eso se comportaba así. Ella había provocado sus celos. Él no podía confiar en ella, de forma estructural, le dijo, porque te he visto mentir, porque has mentido siempre a lo largo de tu vida. Él no podía evitarlo. Ella usó frases inteligentes y honestas para intentar desmontar aquella cantinela de folletín. No se sintió culpable ni la primera vez ni la segunda. Pero había un elemento que de pronto oscurecía su paraíso. Un estorbo al que intentó no darle importancia. Podría controlarlo, acariciarle el lomo, porque ella era más lista, más experimentada, porque no había nada oscuro dentro del pecho de ella. A la tercera vez, quizá a la cuarta, el límite del sonido ya chirriándole en los tímpanos, con esa cosa negra que se le abalanzaba, acabó pidiéndole perdón. No sabía bien por qué. Pero lo hizo. Solo para que parara.

Luego llegó una mañana que sería la primera de todas las mañanas. Por la noche, entre ellos, las cosas eran buenas. A él le costaba despertarse de una manera insana. Todo podía pasarle alrededor sin que amaneciera. Pero aún estaban instalados en la época de los disfraces. Un día Oliva se quejó. El trajín mañanero, cuando tenía que llegar a tiempo al colegio de su hija, despertarla, vestirla, hacerle el desayuno, correr con ella por la calle, entrar siempre a la escuela diez minutos tarde. La noche anterior lo habían consensuado, ¿me ayudarás? Se nos ha hecho tarde, si me echas un cable quizá sea menos estresante, puedes recoger el sofá y calentar la leche y el pan mientras yo la visto, así ahorraré quince minutos, seguro. Claro que te ayudo, mi vida, claro que sí. Pero por la mañana había sido imposible. No se movió. Lo hizo todo sola, corriendo, y dejó a la niña en el cole, corriendo, y volvió a casa, dispuesta a prepararse un café. Ella sabía lo que era compartir. Entró en casa, él seguía en el mismo lugar. El sofá, abierto, ocupaba todo el salón. Oliva siempre había tenido lo que suele llamarse un carácter fuerte. Pero hasta las lobas saben cuándo no tienen más remedio que ser corderos. Se quejó, ni siquiera en voz alta. Le dijo, mascullando, algo así como anoche prometiste que me echarías un cable. Y lo siguiente fue una galaxia que estalla por primera vez, una constelación de metralla formándose en las paredes, en el techo, en los azulejos del baño y de la cocina, el peso de un puente de Mostar en plena guerra quebrándose sobre su cabeza, algo inexplicable, algo que sucede a pesar de todo lo demás. Un gigante que delira. El aullido fue atronador. Oliva sintió en sus huesos el impacto del sonido. No era solo un grito, el

grito más fuerte que ella había escuchado nunca, más fuerte in
cluso que los gritos que daba su padre cuando aún gritaba, igual
de inhumano, sí, y no era solo un grito, decía cosas. Entonces
Oliva cogió las llaves y el teléfono móvil y huyó.

Huir es la reacción adecuada y natural cuando se presenta un
ataque. Huir, aunque sea de la casa propia. Para que la metralla
no desgarre. Más tarde, puede caerse en la cuenta de que lo verda-
deramente efectivo es expulsar al atacante y no dejarlo entrar nunca más. Porque a la casa propia siempre se ha de volver. Porque
huir de la casa propia dejando dentro el origen de la detonación
no construye más que agujeros.

Oliva caminó enfebrecida por las calles colindantes a la suya,
eran las nueve y media de la mañana, no sabía qué hacer, no sabía qué había pasado, porque lo que acababa de ocurrirle no debía
ocurrirles nunca a las personas como ella. Libres. Tenía que haber
un error, sobre todo no era posible que la estrecha felicidad de los
últimos meses fuera mentira. La mano le temblaba mientras miraba el teléfono. Llamó a Ricardo, un amigo íntimo. Un hombre.
No supo cómo contarle aquello. Le dijo lo he dejado gritando como
un loco, me he tenido que ir. Pero no era la llamada que tenía que
haber hecho. Con el paso del tiempo, haría muy pocas llamadas y
nunca las adecuadas. Su amigo intentó calmarla sin entrometerse.
Quién se entromete en el amor ajeno, en la intimidad de otros, en
su forma delictiva de enlazarse. Dio vueltas y vueltas y cuando ya
no lloraba empezó a acercarse a su casa. Era una calle preciosa,
pequeña, donde cada primavera florecía un almendro. La calle de
la casa que Oliva había alquilado para ella y para su hija, para comenzar una nueva vida. Ella la pagaba, ella la limpiaba; era su casa.
Y allí estaba, frente al portal, sin que Max bajara asustado, corriendo lejos de sí mismo y por supuesto de la vida de aquellas dos personas a las que iba a herir sin remedio. Hubo algunos mensajes

lánguidos y Oliva continuó levantando errores. Esa mañana marcó sus siguientes años. Había huido de su propia casa y luego había intentado entender. En este acto peliagudo, el de intentar justificar la violencia, erró como solo se yerra desde la ingenuidad de quien se cree a salvo de lo mediocre. Le habló a través de un mensaje como si hablara con un ser que proviene de un mundo sin normas, le dijo eso no se hace, en el paraíso no se grita, si quieres estar conmigo esto no puede volver a pasar. Alfombra roja para un perdón triste y confundido. Mucho más tarde recordaría ese mensaje, se asustaría de su delicadeza. De cómo se agachó para mirar a los ojos de la bestia, creyéndose domadora. No sabía Oliva que ya no había retorno. Que, al agacharse, solo estaba permitiendo que le cerraran bien la correa, muy cerca de la yugular.

Subió a su casa. Allí estaba Max, esperándola sin esperarla, rellenando el aire. Volvió el amor tras los disparos. Siempre volvía. Con argumentos, con psicoanálisis barato, con riadas de perdón y desconcierto. Con mentiras.

Semanas después, cuando ya los brotes de violencia se habían convertido en un laberinto esporádico pero estructural, con postreras explicaciones hondas e insuficientes, mi madre, mi infancia, el partido, Oliva tuvo miedo. Miedo de verdad. Quizá fue la última noche que tuvo miedo realmente, porque incluso el cordero sabe que el lobo no tiene tanta hambre, ni siquiera valor. Max se transfiguró en el minúsculo salón. Estaban divirtiéndose, él disertando sobre política, ella llevándole la corriente, cuando de súbito, de una frase a la otra, llegó la metamorfosis, qué te pasa, por qué te ríes así, no entiendes lo que te digo o qué coño haces, pero no te ves, no se puede hablar contigo, pero no ves la cara que estás poniendo, y la oscuridad, la metralla.

Ella se metió en la cama y se hizo un ovillo porque no había nada que hacer ahí fuera, no había argumentos ni forma de volver a la racionalidad, al ser humano. Una vez más pensó que él se iría, al fin y al cabo aquella no era su casa, y parecía estar tan enfadado, despreciarla tanto, pensó que oiría la puerta cerrarse con un latido descomunal, pero no. Escondida bajo la sábana, con un llanto histérico que se volvería común, lo imaginó claramente. Se dijo eres una imprudente, no conoces a este hombre de nada, quizá es así como funciona, porque tras esto no puede suceder otra cosa: eres una imprudente, a lo mejor ahora entra en la habitación y con el cable del cargador del móvil te estrangula, en tu propia cama, en tu propia casa, porque quizá así es como funciona, quizá es así como les pasa a ellas, a las que esto les pasa, porque este hombre es un extraño y está loco.

Aquello no sucedió. En el fondo, lo supo siempre, no fue una victoria, sino una condena.

Hay cosas en la vida que Damaris nunca podrá olvidar. No se olvida la cara de un padre o de una madre, ni siquiera se puede olvidar el olor a tabaco de él, las piernas venosas de ella. No se puede olvidar un parto, ni tampoco dos, el cachorro pringoso de boca abierta reptando por el cuerpo hasta agarrarse. No se pueden olvidar las manos de algunos hombres, haciendo y deshaciendo a su propia fuerza y velocidad. No se olvida, nunca jamás se olvida, la tierra temblando en un crujido de espanto, durante treinta segundos, la casa derrumbándose, Damaris perdiendo el conocimiento bajo los escombros de una ciudad entera que se desploma.

El 25 de enero de 1999, Damaris estaba descansando en el sillón, después de almorzar y en medio de su jornada en el almacén de zapatos Mil Novedades, con la tele puesta de fondo. Se le cerraban los ojos a la una de la tarde, el día cargaba bochorno. Ella nunca dormía de verdad a esa hora, solo cabeceaba unos minutos, antes de que su madre volviese con los niños. Siempre les daba un paseo largo mientras ella almorzaba y descansaba del trabajo. El marido también trabajaba hasta tarde, era mecánico y hombre para todo del parque de bomberos. Damaris tenía mucha suerte de que su madre se hubiera venido de Salento. Aunque deseara estar cerca de las hijas, nunca le gustaron las ciudades, la enfadaban. Era por miedo, por la falta de control. Pero se fue con ella en cuanto se quedó viuda, en cuanto ya no tuvo que darle cuentas a nadie. Y aunque la ciudad no le gustaba, y menos esa, tan sin hermosura, como ella decía, a las doce y media cogía a los chiquitos y se los llevaba de paseo. No podía irse muy lejos, porque la pequeña iba en cochecito y al mayor no lo controlaba del todo, pero los acercaba a un parque tristón que había cerca de la casa y los dejaba jugar en la parte de la arena con unas palitas. Se los llevaba de vuelta a la madre para que los viera antes de regresarse al almacén, para el turno de tarde. Los niños no debían estar todo el día sin ver a Damaris, de la mañana a la noche, pero la madre tenía también que poder descansar, eso ella lo sabía muy bien, un rato de cerrar los ojos y de silencio, para ponerse otra vez a tono para el esfuerzo, para darle un regalito al cuerpo, aunque fuera pequeño, cada día. Así que, a pesar de lo poco que le gustaba todo alrededor, y a pesar de que caminar sola por aquellas calles, aparentemente tranquilas, no le daba buena espina, se alejaba un poco de la casa a mediodía.

Damaris no buscaba el silencio total, así que dejaba la tele encendida, a volumen bajo. Desde que habían nacido sus hijos, el silencio, que de todos modos nunca era perfecto en la ciudad, no lo aguantaba nada más que por la noche, cuando los bebés dormían y los tenía al lado. Agradecía callada aquella deferencia de su madre, aquella cosa que quizá ella no hubiera ideado nunca, pedir que los niños no estuvieran en casa cuando volvía del trabajo para comer, eso jamás se le habría ocurrido ni en sueños, ni habría tenido conciencia de merecerlo, pero desde que la madre empezó a hacerlo, cuando la pequeña dejó de mamar, se dio cuenta de que ese gesto era importante, esos escasos cuarenta y cinco minutos en los que podía comer sin atender nada más que su masticado o su pensamiento; qué extraña sensación placentera le producía que no hubiera nadie más que ella, ningún otro cuerpo, en toda la casa. Damaris, que no estaba sola desde hacía años. Que su cuerpo fuera el único importante durante cuarenta y cinco minutos, aunque solo lo dejara quieto, era efectivamente un regalo.

Damaris lo sintió venir desde abajo, desde lo más profundo, tan hondo que no habría imaginado nunca que hubiera tanto espacio más allá de sus pies. Notó partirse el mundo debajo de ella unos segundos antes de que los muebles empezaran a moverse, de que las paredes de su casa se resquebrajaran, escupiendo los marcos de las ventanas, de que la televisión, con su noticiero murmullando, solo diera chispas. No era un ruido avisándola del desastre mayúsculo que se avecinaba, era de verdad que su cuerpo, tan descansado de la hartura, tan puesto en el sillón solo para la efímera quietud de su intenso trajín diario, lo supo. Desde las plantas de los pies le subió el calambre, como una garganta de hombre retumbando, se le metió en el vientre cerrado y le llegó por la columna hasta la nuca y ya lo siguiente fue su casa, su modesta casa en el barrio La Brasilia, limpia y ordenada, con la pintura de Salento en las paredes, con la virgencita y las fotos de los niños, toda caída, toda polvo de azúcar, toda nada. A Damaris no le dio tiempo a escapar a la calle. Quizá su casa fuera entera una broma, ella no cuestionó eso, porque su casa era un hogar decente, humilde pero decente, en un buen barrio. Lo que estaba pasando era que el mundo entero se derrumbaba. La habitación donde dormían los niños y la abuela, el dormitorio donde a veces jugaba a estar desnuda con el marido, alguna noche de martes despejada, algún domingo bravo, el pasillo estrecho, los quicios de las puertas, la cocina luminosa y el salón chico pero tan bonito y de color. Su casa, que no era de adobe macizo sino de ladrillo farol. Que no tenía hierro en las columnas ni en las vigas de amarre. Pero ella qué sabía. Era una casa decente la suya. Casi recién estrenada. A la una y diecinueve del mediodía, se le cayó a Damaris la casa encima. Se la comió.

Hasta las siete de la tarde no la sacaron de entre los escombros. Estaba viva, pero ella pensaba que estaba muerta. Cómo iba a estar viva, si el mundo entero se había derrumbado, si el estruendo había sido definitivo y su propia casa se le había desmenuzado sobre los huesos. Había sentido el dolor y la asfixia, no podía mover las piernas ni tampoco los brazos, la boca y los ojos llenos de polvo, solo se respiraba polvo y dolían los pulmones porque todo era polvo ya. Damaris estuvo sepultada bajo los escombros provocados por el terremoto de Armenia del 25 de enero de 1999 durante casi seis horas, y no le había importado. Había dormido, en una pérdida de conciencia total, casi sin aire, sin despedirse de sus hijos, ni de su madre, ni de su marido ni de su hermana o sus sobrinos, y no le había importado, porque ella sabía que al fin del mundo no había sobrevivido nadie. Por eso durmió hasta que la rescataron.

La Brasilia, el Quindío, el barrio Obrero, el Popular, el Santander, Granada, Boyacá, Santafé, Los Álamos, Niágara, La Adiela... Armenia sucumbió como un castillo de naipes construido sin mérito, sin dedicación. Pero el barrio de Damaris fue el más dañado. En treinta segundos, la tierra se estremeció por dentro, desencajada, y en la superficie los estertores reventaron lo levantado por los hombres. El Quindío sufrido, entero. La falla Silvia Pijao se deslizó sin piedad, torturando a miles y miles de familias, destrozando lo humano y lo divino. El terremoto, de escala 6,2, tuvo una réplica de 5,4 a las diecisiete horas y cuarenta minutos y acabó de matar lo que le faltaba. En las montañas de escombros la gente intentaba rebuscar cuerpos con vida o sin ella, las familias apartaban piedras para salvar lo que quedara de sus pertenencias, cuatro horas después del primer temblor, sin contar con la resaca. Otra vez la hecatombe, más dura, si cabe. El parque de bomberos se había caído de un golpe seco. No había bomberos suficientes para la catástrofe, era imposible salvar ya aquella ciudad. Pero la mitad de ellos, además, murieron bajo las piedras. El marido de Damaris también. Falleció de pronto, con el cerebro abierto. Como un niño pequeño velando solo un mortuorio, frente a la montaña de cenizas, lloraba un bombero a las seis de la tarde, la cara entera mojada y sin corazón.

Armenia desapareció, sumida en la oscuridad. Quebrados desde los cimientos la mayoría de los edificios, la ciudad se convirtió en un esqueleto sin forma, irreconocible, falto de ley y de alegría. Al norte y al sur, montañas de escombros. En los bloques que habían quedado en pie, aquellos cuya construcción tenía algo de honestidad, un profundo olor a humedad y rejas rotas empapaba el silencio. No hubo agua, luz ni teléfono durante un tiempo. La ciudad negra en la primera noche iba recibiendo a los lugareños que habían podido enterarse del terremoto y acudían desde otros lugares para saber qué había ocurrido, dónde estaba su familia, su casa, si muertos o vivos. Se iban acercando los colectivos pirata que salían, por ejemplo, desde Cali, a precios desorbitados, con la gente de pie porque no había espacio para todos, y cuando subían la carretera de la loma desde la que se divisaba la ciudad, los llantos comenzaban. Armenia no se veía, no estaba. Ni una luz alumbraba la extensión urbana, que siempre había sido un campo de estrellas en la noche. Armenia había desaparecido, se la había comido la incertidumbre. Era 1999, y el siglo veinte se había acabado por completo.

En el mundo sin ley, sin orden, que fue la ciudad durante mucho tiempo, solo quedó lugar para la hostilidad. Los primeros días ni siquiera quienes conservaban un techo se resguardaron bajo él. La gente dormía en coches, suyos o prestados, en tiendas de campaña, en los jardines quienes los tuvieran, junto a las piscinas, cuya agua calentaban con fuego para eliminar el cloro y poder cocinar, los más pudientes. En las calles, en los descampados, en los parques, en los aparcamientos. Había que aprovisionarse de comida. Al principio la supervivencia arrasó con los alimentos de todos los comercios, de todos los almacenes, de las casas donde quedara un laberinto por el que entrar. Luego se hizo más afilada, y la gente saqueó cualquier objeto que pudiera ser agarrado y vendido. Cualquier cosa que pudiera ser poseída, pues en una ciudad sin luz todo es bienvenido. Las sombras acechaban tras las esquinas.

Después del terremoto vinieron las lluvias. Sobre los suelos de barro y de ceniza se iban levantando los cambuches. Plásticos, esterillas, sacos de dormir, planchas de madera, aluminio, zinc, guadua, cortinas desgarradas, sillas y mesas y lo que cada uno hubiera podido rescatar de su casa o de la de una vecina muerta. Las mujeres se sentaban en medio de la calle que ya no era una calle y se guarecían del torrente de agua bajo bolsas de plástico. Guarecían también a sus criaturas. A veces se paraba una camioneta enfrente de ellas, y alguien bajaba corriendo a entregarles un paquete de comida. No se sabía quién era portador de la esperanza. No se contaba con la solidaridad, pues no se puede vencer de súbito la nada.

La noticia de la desolación llegó como pólvora hasta las grandes ciudades. El barrio del Cartucho, de Bogotá, quedó en silencio tras el éxodo de la oportunidad. Rezaba un cartel a la entrada: «No estamos. Estamos en Armenia». La gente llegaba de todos lados a saquear o a aprovecharse de las ayudas. La burocracia se volatilizó: quién podía comprobar que mengano fuera armenio, con los papeles hundidos bajo el cemento sucio, quién podía constatar que esa casa caída era propiedad de una o de otro.

Entonces también comenzó el terror. Las familias, las vecindades, tuvieron que organizarse en guardias cívicas para prevenir los saqueos. Saquear la nada, saquear los escombros. Venían bandas armadas, muchedumbres de ladrones, desde el Cartucho, en Bogotá, pero también desde Aguablanca y Siloé en Cali: fornidos y armados, con colgantes de oro, unos manejaban los carros y otros iban atrás, disparando al aire. La gente se dispersaba y huía ante los disparos, dejando sin vigilancia sus tesoros: un frigorífico, una lavadora, una televisión, una tostadora. Les robaban lo poco que les había quedado.

Las comisiones de vigilancia fueron al principio espontáneas. Ya desde la primera noche se temió por los robos, porque la propiedad es cuestionable cuando la tierra revienta. Las familias que dormían apiñadas en los antejardines de sus casas se turnaban en la noche para hacer guardia, el corazón encogido tras cada réplica del temblor. Primero se armaron con cuchillos, palos y peinillas. Luego fueron apareciendo los rifles, traídos de las fincas en el campo. Las mujeres hacían café para la larga noche de los vigilantes y alguna vez algún chiquillo de catorce años se meó encima, con el revólver en el bolsillo del pantalón, cuando le tocó dar la vuelta en la madrugada. Los que más sabían se fueron especializando: sacaban la gasolina de los automóviles para fabricar bombas, con cristales y clavos.

Tenían que cerrar las calles para que no entraran los convoyes nocturnos de saqueadores, las cerraban como podían. Con sus propios carros, con muebles, con montañas de escombros. Poco a poco la ciudad comenzó a ser defendida por barrios. El Ejército defendió a unos, la guerrilla, a otros, los paramilitares, a los de más allá. El Ejército paseaba por sus zonas y hablaba con las guardias cívicas. Si ahora llega un saqueador, nosotros lo arreglamos, pero si llega cuando no estemos, hagan ustedes lo que tengan que hacer. Esto es una guerra. Ya vendremos a recoger lo que haya que recoger. El Ejército otorgó el permiso al pueblo. El pueblo hizo lo que pudo.

Sobre la nada, sobre el barro y el polvo de intemperie, fueron levantándose de nuevo los refugios. Para quien no tenía casa la alcaldía construyó alojamientos temporales en terrenos públicos, en parques, en espacios deportivos. Eran módulos de madera y techos de zinc, doce metros cuadrados de vivienda, doce metros cuadrados para cocina, sanitarios, duchas y comedores. Algunos levantaron un techo en el mismo lugar donde su casa se había pulverizado, eran los asentamientos en sitio. Pero la gran mayoría de damnificados vivió en cambuches. Construyeron ellos mismos, con materiales de desecho, reciclando el desastre, a golpe de ingenio superviviente, unos cuartos donde se guarecían familias enteras. Había calles llenas de cambuches. Alineados, en perfecto caos, cambuche tras cambuche, en campos de fútbol o junto a los vertederos, con sus propias manos levantaron los campos de refugiados donde estarían viviendo años, bajo la brutalidad del dilatado olvido estatal.

La corrupción de los gobiernos y el paternalismo de las oenegés hicieron de Armenia un lugar vencido por más de una década. Durante mucho tiempo las grúas levantaban escombros como rutina, desempolvando vigas y piernas desmembradas. Fueron más de mil cadáveres. Casi setecientos desaparecidos. Heridos, varios miles. Y una ciudad entera destruida, más de un millón de metros cúbicos de escombros. En la puerta del Instituto Colombiano de Bienestar Familiar iban aglomerándose niñas en silencio, mudas ante el espanto de la soledad. El impuesto del tres por mil de poco les sirvió a los armenios. En las plazas del centro siempre se había vendido de todo, el cambalache. No quedó mucho más que pobreza para el trueque. Una ciudad que vive esencialmente del trabajo informal es difícil de rescatar tras una devastación. Las autoridades ofrecieron grandes parches de inseguridad. Algunas plumas espontáneas, durante años, pintaron los muros con frases de esperanza: «Volveremos a empezar con la grandeza de una raza pujante y sacaremos adelante nuestra bella Armenia». Quién puede olvidar la tristeza que trae la tierra cuando se le abre a un pueblo bajo los pies.

A Damaris, que sobrevivió de milagro, le quedó toda la familia menos el marido. Ella nunca supo si el regalo que recibía cada mediodía era cosa de su madre o de Dios, porque a la vista estaba que, si bien Dios los había dejado escoger una casita en el barrio más estropeado, donde fallecieron doscientos vecinos y hubo otros muchos desaparecidos, después lo había diseñado todo para que, de las desgracias que podían haber pasado, Damaris lo sabía, le había tocado la menor. Y era grandísima la desgracia de quedar viuda, tan joven, con los niños tan chicos, y además queriendo al hombre. Pero el resto de combinaciones habría sido peor. Años y años estuvo Damaris haciendo estas cuentas en su cabeza: que hubieran muerto los niños y hubieran sobrevivido el padre y ella, que hubiera muerto ella en vez del marido, dejando a los niños huérfanos de madre, que hubiera muerto la abuela junto a los nietos, o incluso que hubiera muerto solo la abuela, también esta era una desgracia mayor, porque si es cierto que el marido era aún joven y la abuela había vivido ya sus años, a una madre no se le desea la muerte nunca, porque su madre la sacó de su vientre y su marido no, porque su madre había salido de su pueblo solo para ir a Armenia a ayudarla, y ella jamás habría podido perdonarse aquello, porque su madre trabajaba sin cesar, desde que ella tenía memoria, en cuidarla, en cuidarlos a todos, y el marido era un buen hombre pero un hombre al fin y al cabo, un hombre como Dios manda pero un hombre, con su distancia dura y su inmovilidad y la ausencia. Damaris había visto su casa arrugarse y hacerse añicos sobre su cabeza sin que le diera tiempo a pensar en nada más que en que se estaban muriendo todos, incluida ella. Cuando abrió los ojos al cielo raso y se encontró el rostro de su madre espantado y a su hermana con sus hijos y sus sobrinos pegados al cuerpo, supo que cualquier cosa que hubiera ocurrido era un regalo de Dios. Ser viuda con treinta y un años en medio de aquella hecatombe era lo que le había tocado. Mirara donde mirara, todo era peor.

En la casa de su cuñado y su hermana en el barrio de Belencito habían explotado los cristales de las ventanas y se habían agrietado las paredes, pero la estructura seguía en pie. Allí dentro, mientras Armenia se levantaba en cambuches, pudieron refugiarse todos al cabo de unos días, y allí se quedaron durante un tiempo. Damaris, a veces, quería pensar que aquello era como cuando llegaron a Armenia desde Salento, su hermana y ella juntas y también el que era novio y no todavía marido y padre de los hijos de la hermana, pero que ya bebía tanto como para que no fuera otra cosa que un estorbo, o al menos así lo percibió siempre ella, aunque la hermana no se quejara casi nunca y se limitara a llorar más de la cuenta. En aquel entonces habían dormido los tres apretujados en un mal cuarto. Ahora no eran tres, sino ocho, uno de ellos borracho, y no en un cuarto que es el preludio de un futuro mejor sino en una casa epílogo ya de todos los pasados, que apenas tenía lo justo, en espacio y en grietas, y de los ocho, cuatro eran niños, y estaba su madre, que antes del terremoto por lo menos había podido acostarse en colchón propio en el cuarto de los nietos pero ahí envejecía esquinada entre lo sucio, y Damaris se había quedado viuda y la ciudad se había caído y estaba llena de muertos y desaparecidos y no había luz, ni agua ni trabajo para nadie.

El día que decidieron coger lo que les cupiera en los bajos del autobús y volverse a Salento, las grúas seguían levantando escombros con sus palas de hierro. Damaris llevaba muchas semanas sin poder discernir más allá de las caras de sus hijos pidiendo comida o cualquier cosa que ella no era capaz de darles. Con la cabeza apoyada en el cristal rayado del autobús y la niña dormida en los brazos, alcanzó a distinguir una pierna rota de cuajo y polvorienta, alzándose al cielo entre la morralla de cemento molido y hierro que la máquina levantaba. Dio gracias a Dios de nuevo porque a su marido, al menos, había podido enterrarlo a tiempo.

Su amiga Teresa ha llegado por la mañana, en un vuelo larguísimo con escalas desde el Cono Sur. Llevan mucho tiempo sin verse, años; antes lo hacían a menudo, Teresa vivió en España mientras se doctoraba y luego viajó cada año a dar cursos en universidades europeas. Después, fue Oliva quien la visitó en Valdivia, en aquel viaje que hizo sola a Latinoamérica, cuando la niña tenía tres años y todo estaba medio roto pero quién sabía si todavía. En Valdivia habían bebido sentadas frente a frente a la mesa de madera de la cocina de madera de la casa de madera en medio del cerro verde y mojado. Habían cambiado mucho pero aún se deleitaban entre humo de tabaco, alcohol y confesiones. También se mostraban libros la una a la otra, aunque luego nunca completaban las lecturas recomendadas. Desde entonces, había pasado entre ellas una eternidad.

Oliva le habló a Max de Teresa en los días anteriores a la llegada. Ella confiaba en que, si le transmitía su pasión, esta sería bien recibida o incluso compartida. Es alguien muy especial, nos conocimos cuando yo estaba en la universidad y ella hacía el doctorado, pero luego nos hemos visto mucho aunque ella viva en Chile. Siempre se queda en mi casa. Suele viajar por España y a veces tiene que volar a Reino Unido, y recuerdo que una vez fue a Polonia, para dar unas clases, sí, una movida de teoría queer.

Me trajo una botella de vodka riquísimo. Max asentía con su cara de escuchar al límite. Oliva no sabía si era de verdad una incógnita o si siempre se guardaba un as en la manga, por si acaso.

Teresa está cambiada. Los ojos inmensos pero alrededor todo más carnoso, también más agotado. Su sonrisa, pletórica. Tiene menos pelo y lo lleva teñido de un color indeterminado que en algunos momentos parece verde. Oliva encuentra en ella la belleza de siempre, más violenta, más expuesta ahora en la madurez. Teresa saca de la maleta regalos, pendientes mapuches, alguna botella de alcohol, libros para la niña, zapatillas de lana de colores. Viene con ganas de hablar durante horas y pregunta cosas sin cesar. A Teresa le ocurre lo habitual, quiere pulverizar los años entre las dos, los miles de kilómetros. Es impaciente. Pregunta a Max lo que se le ocurre; no es cívica, es temperamental. Hurga en las raíces de él, por su cara, por su pelo, por su nombre, por su color de piel. Max lo niega todo. Empieza a crearse ese silencio brusco cada vez que Teresa mete los ojos donde no la llaman. A Oliva le resulta torpe e incómoda y se siente cansada. Abre un vino y llama a Ricardo, el amigo común, se reúnen en el salón de su casa. Lo que imaginó como una noche agradable, chispeante, de reencuentros y encuentros, gozosa de enseñarle a su amiga su nueva vida y a su nueva pareja, toda su osadía, de pronto le pesa en la espalda. No consigue que nada fluya. Teresa es exigente aunque revienta de amor, sus bromas son difíciles, Max demuestra una indiferencia de plomo. Ricardo se mueve entre dos aguas, sin colaborar. En algún momento le parece que se burla de Teresa, que no tiene paciencia con ella. Es como si todo hubiera cambiado demasiado, siente vergüenza. La noche tiene que acabarse, y Oliva no hará lo de siempre, quedarse con Teresa mano a mano, hasta la madrugada, cuando los demás (quienes quiera que fuesen a lo largo de la vida) se acuestan. Teresa la mira extrañada, el amigo se va, Max quiere irse a la cama, Oliva dice que madruga para llevar a la niña al colegio.

Cuántos días va a quedarse aquí es lo primero que Max quiere saber, ya tumbados en el colchón. Oliva no lo sabe. Nunca le pregunto, sean los días que sean está bien, le contesta. Max alza las cejas. La película ha cambiado por completo. No sé qué le pasa, creo que ha bebido de más. Después de tener un rato de sexo, eficaz y algo sombrío, Oliva va a la cocina a por agua y ya no hay luces encendidas en el salón. Cuando se mete de nuevo en la cama le cuenta a Max, había dos latas de cerveza vacías en la encimera, está claro que está bebiendo demasiado. Él sigue con su indiferencia de plomo, aunque a lo mejor es simplemente desprecio.

Al día siguiente, Teresa, Oliva e Irena pasan la tarde juntas. Por el suelo del salón y sobre la mesa están los libros que Teresa llevaba en su maleta, algunos para la niña, otros para la madre, otros son los que ella está leyendo. También Oliva saca algunos ejemplares de la estantería y se los va mostrando a su amiga, tesoros nuevos que ha leído en este tiempo sin verse y que quizá le interesen. La conversación salta de lugar en lugar, ninguna puerta queda cerrada, la música de fondo son los dibujos animados que Irena ve en la televisión. Teresa e Irena están sentadas juntas en el sofá. Las mujeres toman café, beben agua, se levantan para fumar con medio cuerpo por fuera de la ventana, soltando el humo hacia el patio, al cielo. La niña interrumpe de vez en cuando, interesada por las cosas que Teresa le cuenta de su propio hijo, que tiene su edad y que ahora mismo se encuentra con su padre, allá en el Cono Sur. Tienes que conocerlo. Vendréis juntas, que la última vez vino sola tu madre. ¿Por qué no me llevaste, mamá? Ay, ya, porque era muy largo el viaje. Y porque queríamos estar juntas y solas como cuando no teníamos hijos, le dice Teresa.

Irena arruga el ceño y se ríe. ¡Tienes que llevarme, tienen perros! Y gatos, no te olvides. ¡Y gatos, mamá! Teresa le cuenta a Irena cómo su madre alucinó en el mercado de Valdivia, cuando fueron a comprar ostras una mañana y entre los puestos de pescado aparecían, torpes e inmensos, los lobos de mar. ¡Hay lobos de mar! Hay de todo. También pelícanos enormes que hacen unas cacas enormes sobre los toldos del mercado y por todas partes. Irena se ríe y se queja, ¡tienes que llevarme, quiero ir! Te llevaré. La niña vuelve a abstraerse en la pantalla. Oliva está leyendo en ese momento un libro que Teresa leyó años antes, en su edición original en inglés. Es una recopilación de textos de escritoras acerca de la maternidad. Se ha convertido en un clásico, dice Teresa, y Oliva confiesa que ha llegado tarde y que ni siquiera conoce a la mitad de las autoras que aparecen. Teresa tiene entre las manos el libro y lo hojea, deteniéndose en las frases que su amiga ha subrayado con lápiz, sin pulcritud. Lee en voz alta: «Él no permitirá que lo deje aunque no se quedará conmigo». Oliva se irrita. Teresa la mira directamente a los ojos, parece desafiarla. Es tu primera frase subrayada, de Elizabeth Smart. No conocía a esa autora, responde Oliva. Ya. Están unos segundos en silencio, solo se oye el chirrido de las voces estridentes de los dibujos animados. Teresa habla con voz más grave, Oliva la nota demasiado afectada: he estado muy mal este tiempo, mucho peor que cuando me separé. Intenté matarme. Oliva está a punto de ponerse de pie o de decirle que se calle, mira a su hija, que no quita los ojos de la televisión, quizá no ha entendido o quizá ni siquiera ha oído esas palabras, está a lo suyo. Pero a ella le parece inadecuado pronunciar esas palabras así, en medio de una tarde normal, al lado de una niña de seis años que quizá todavía no ha imaginado que las personas pueden matarse a sí mismas. Joder, contesta, qué fuerte, contesta, y ni ella misma sabe si está respondiendo a Teresa o se sorprende en voz alta de lo inoportuno de la confesión. No abre camino, no es el momento, no entiende por qué su amiga tiene esa necesidad irrefrenable de conectar con la oscuridad ahora mismo, de conectar con ella. Otra vez es demasiado. Asiente con la cabeza como si comprendiera y Teresa espera un cable para seguir, pero Oliva no se lo lanza, se levanta y va a la cocina con la excusa de llevar las tazas y el plato con los restos de la merienda. Allí se para a fumarse un cigarro, también junto a la ventana. Teresa no se mueve del salón. Oliva la oye hablar con Irena, de lobos marinos y de pelícanos.

Por la noche, Irena tarda en dormirse, como cada día. Oliva tiene que entrar en el cuarto una y diez veces, le lee, inventa historias al oído de la niña, le masajea con dulzura las sienes, respira muy profundo a su lado para que se acomode al ritmo nocturno; nada sirve. Pasan las diez y luego las diez y media, la madre se desespera pero sabe que en cualquier momento ocurrirá el milagro y de pronto el milagro ocurre. Entonces ella puede dedicarse al mundo de los adultos. Su amiga está en el salón esperándola y Max no hace ningún esfuerzo por socializar. La cena ha sido atropellada y torpe, luego él se ha metido en el despacho, en la pequeña habitación que hay después de la cocina, y fuma con los auriculares puestos, mirando fijamente la pantalla de su ordenador. Tampoco ha recogido los platos, ni siquiera los ha metido en el lavavajillas, esto lo hace Teresa mientras espera que Oliva acabe el proceso del sueño. Cuando por fin están las dos tomando un vino en el sofá, charlando de cualquier cosa no demasiado importante, el quejido infantil se abre paso en medio de la calma. Es estruendoso. La niña grita poseída, en mitad de una pesadilla de la que no puede salir. Aunque la madre vaya corriendo, seguirá gritando unos segundos, porque en realidad no se despierta. Terrores nocturnos, que aparecen cada noche desde hace cuatro años y ya tendrían que haber pasado. Tanto el padre como ella han probado mil argucias, pero no deben de haber sido lo suficientemente diligentes en sus métodos, porque las victorias son escuálidas y se desmoronan con facilidad. Por lo general, la niña grita unas cuantas veces en la primera fase del sueño, despertando a todo el mundo, y se acaba calmando cuando Oliva va en su rescate. Si esto se repite en la segunda parte de la noche, Oliva, ya desesperada, se la lleva a su cama, donde la niña suele dormir tranquila hasta bien entrada la mañana si no hay colegio. Esta vez le cuesta calmarla. Oliva mira a Teresa al regresar al salón con cara de rutina; su amiga la escudriña. ¿Y esos gritos? ¿Son habituales? Oliva recupera su copa de vino y no está dispuesta al tercer grado, se queda de pie. Muy habituales, ella es así. Cómo que así. Pues eso, que siempre ha sido así, que le cuesta dormir y tiene pesadillas, desde que era un bebé. ¿Tiene pesadillas desde que era un bebé? No, cuando era un bebé no tenía pesadillas, claro que no. Luego. Acaba el vino de la copa. Quiere acostarse y dejar de hablar del tema. Hemos hecho de todo. ¿De todo? Bueno, que hemos hecho lo que hemos podido. Pero ¿está peor desde que te separaste? Pues claro que no. Está igual. No tenía la sensación de que tuvierais este problema la última vez que vine. A Oliva la recorre un nervio por la espina dorsal y se impacienta. Pues porque entonces era un bebé. Teresa se sirve más vino y parece que va a empezar a contarle cómo ha enseñado ella a dormir a su hijo, que seguramente duerme de un tirón como los demás niños del mundo, pero solo le dice, ¿no os habéis planteado llevarla a un terapeuta? La separación, y toda esta nueva situación... Oliva se ríe seca, pues no, la verdad es que no me he planteado llevar a mi hija a un terapeuta porque tenga terrores nocturnos, no. Y no lo voy a hacer. Y esta situación qué. A qué situación te refieres. No sé, Oliva, los niños... Bueno, yo me voy a la cama,

Teresa, que se hace tarde. Ya, poh, contesta Teresa, acuéstate. Ahora me preparo el colchón, voy a acabarme el vino.

Cuando también Max decide irse a la cama, Oliva intenta leer, intranquila. Él se quita la ropa y la tira al suelo, abre la cómoda que hay a los pies de la cama y revuelve uno de los cajones, buscando algo que no encuentra. No lo cierra. Oliva le pide que lo cierre. Él lo hace, brusco. Ella continúa leyendo y a la vez vigila los movimientos del hombre. Se ha sentado en la esquina del colchón y mira la pantalla de su teléfono, esa realidad que siempre conlleva una ocultación, el lugar donde ocurren las cosas importantes a las que ella no tiene acceso. Oliva quiere contarle lo que le ha pasado con su amiga y deja el libro a un lado y empieza a hablarle en voz baja. Le cuenta lo del intento de suicidio y también lo que acaba de pasar, se manifiesta cansada, juzgada. La que tiene que hacer terapia es ella, es lo único que él dice, sin mirarla. Por fin deja el teléfono en la mesa, tras escribir unos mensajes, y se tumba a su lado. Pero, como tantas otras veces, una tuerca ha salido disparada hacia algún lugar. A pesar de que ya estaban cerca del calor de los cuerpos, de esa simbiosis fuera de toda lógica, de pronto Max está de pie otra vez, sus brazos largos se agitan y su cara es un hierro encendido. Oliva no sabe por qué están discutiendo. Los acontecimientos no siguen una secuencia natural y a ella solo le preocupa que Teresa no lo escuche hablar así, que no se dé cuenta de que en el aire de su dormitorio se respira una violencia incomprensible. Algo sobre los planes del fin de semana, oscuros, el cajón medio abierto, la tensión que ella trae, todo eso explota y se agita y también ella está de pie ya, y suplica, habla más bajo, no grites, aquello dura más de lo deseado y aunque podría abrir la puerta y salir corriendo hacia el salón, donde su amiga, seguramente, está intentando dormir o está bebiendo vino sola y está oyendo aquella mugre, por supuesto no lo hace porque lo único que quiere es que no esté pasando y que Teresa no lo esté oyendo y que por favor pare. Siente vergüenza y sobre todo siente que todo lo que le ha contado a su amiga va a parecer mentira. Ella sabe que no es mentira. Solo que ahora mismo, en este instante, no encuentra las razones para vivir todo aquello. Pero por la mañana aparecerán, alineadas junto al desayuno, junto a la cola de padres a la entrada del colegio, quizá junto al sexo que vaya a tener cargado el mediodía. Las razones volverán cuando su amiga se vaya de casa, porque ahora su territorio ha sido importunado. Cuando el silencio vuelve y consigue dormirse, con el cuerpo de él, ahora inofensivo y pesado, casi encima, solo espera que su hija no se despierte, porque no quiere salir de la habitación. Tiene la vejiga llena, cuando llora le entran muchas ganas de ir al baño. La noche por fin se acaba.

Creo que no queréis entenderme, que no estáis ni haciendo un poco de esfuerzo. Yo no quiero que me prestéis atención como si fuera una niña, pero hace tanto que no nos vemos y han pasado tantas cosas. Estuve a punto de matarme y es lo que intento deciros pero vosotros vais a lo vuestro. Solo quiero que pasemos tiempo juntos como siempre, sé que estáis muy ocupados, sé que todo ha cambiado y quizá hayamos cambiado nosotros pero hacía tanto tiempo que no nos veíamos y yo necesito algo que siempre tuvimos. No queréis hacerme caso y yo he venido para eso, para que me hagáis caso, porque lo necesito. Teresa lloriquea en el despacho junto a la cocina. Oliva y Ricardo intentan poner orden al desconcierto pero sin regalar empatía. Es una mujer de más de cuarenta y cinco años que llora y se queja pero ellos la ven gimotear. No entendieron sus bromas el primer día y ahora no quieren entender su llanto. Max no está en casa pero luego le contarán el episodio, liberados de toda responsabilidad. Cada uno tenemos nuestros problemas, le dice Ricardo, y no queremos que te sientas mal, pero tampoco puedes venir aquí a echarnos en cara esto o lo otro. No podemos dejarlo todo así de golpe. El amigo común es aparentemente cordial pero su tono indica despotismo. Oliva apunta que no han tenido tiempo suficiente y que eso no se puede forzar, pero se envalentona para recriminarle a Teresa lo de la otra tarde con su niña, hablar así delante de ella. La razón del desaire. Todo esto es un poco desubicado, dice, sintiéndose fuerte. ¿No lo entiendes? La amiga ya solo asiente, lejos, con los ojos enormes reventados, no de ahora, sino de todo ese tiempo del que se empeña en hablar. Oliva nota que la decepción de Teresa es transparente. Ella también está decepcionada. No tiene tan claro por qué.

Esa misma tarde Teresa le dice que ha buscado un alojamiento turístico, en el mismo barrio, y que dormirá allí desde esa noche. Oliva no intenta persuadirla. Es un alivio. La tensión va a desaparecer, el puzle no estaba encajando, sin más, es lo mejor que puede pasar. Eran demasiados días, y no me avisaste. La casa es demasiado pequeña. Disfruta de la levedad recuperada y del territorio: ahora mismo no puede entrar cualquiera en su guarida, no así. Se lo comunica a Max como una especie de victoria. Las cosas nunca habían sido así; es una disculpa en lugar de una alarma.

Cuando Teresa lleva sus cosas al nuevo alojamiento, ambas quedan para cenar en un sitio del barrio, pegado al Teatro La Latina. Oliva puede salir porque la niña ya está con su padre. Pero ni siquiera se emborrachan. Hablan sobre libros y ponen cierta distancia con los últimos acontecimientos. No los nombran, solo los colocan en su silencio, con rigor. Se despiden, a oscuras, en medio de la plaza. Es Teresa quien le dice cuídate, Oliva, y cuida de Irena. Es Oliva quien se muestra rotunda y firme, otra vez juzgada, yo estoy bien. Nosotras estamos bien.

A través de los cristales del portal, mientras introduce la llave y dentro todo está oscuro, se fija en que hay una fina luz nueva. Sale de debajo de la puerta que está junto al patio, hasta ahora cerrada y sin vida. Aquello debió de ser, en su momento, la minúscula casa del portero, no hay espacio para otra cosa. Mientras espera el ascensor, observa. No se oye nada, pero está claro que hay alguien ahí, bajo una bombilla amarillenta, seguro, alguien que acaba de llegar. Sube los cuatro pisos y entra por fin en su casa, donde anhela cerciorarse de su plenitud, de su vida, que ha de ser buena, por favor, lo suficientemente buena.

Lleva dos años sin ver a sus hijos. Roberto trabajaba por aquel entonces en un almacén, reponiendo género por las noches, y se parecía cada vez más a su padre. Tiene la misma nariz y los mismos ojos, aunque es más alto y en realidad no tan guapo. La sonrisa del padre no la lleva. También es que Roberto no es de sonreír mucho. Hasta de chico le pasaba, o estaba serio o se reía a carcajadas que le salían lágrimas. Aquella vez que lo vio seguía así, serio, por lo que no hay ninguna razón para que ahora, aunque ella no pueda verlo, ande sonriendo por cualquier cosa. Liliana es clavada a la abuela. También se le parece en el carácter; dócil, pero áspera. Se puede parir a un hijo sin que se te parezca, igual que se puede querer a uno que no has parido. Eso es lo que Damaris se dice siempre: lo primero desde hace veinte años y lo segundo desde hace diez. Lleva dos años sin ver a ninguno de los dos porque Liliana necesita el dinero para la universidad. Cuando se despidió de ellos en el aeropuerto ya se lo advirtió a la niña: estaremos mucho tiempo sin vernos porque tú el año que viene te vas a poner a estudiar para enfermera.

Es feriado y los patrones han aprovechado el puente largo, como lo llaman, para irse de la ciudad unos días y estar en el campo, en una casona enorme de una familia amiga. Damaris ha ido con ellos. Aunque se lo pagan aparte, como un extra, nunca sabe si puede decir que no cuando le preguntan. Damaris, ¿no te apetece venirte el fin de semana al campo? Así respiras aire puro tú también, que va a hacer bueno. Normalmente, la familia se va de vacaciones por su cuenta y ella queda libre. Alguna vez la han llevado con ellos, sobre todo cuando los gemelos eran más pequeños y daban más trabajo. Incluso a la playa la han llevado, quince días, pero solo si no había que coger un avión. Damaris siempre ha dicho que sí, que cómo no, pero es porque aquello no suele ser un ofrecimiento sino una orden. Como los patrones son educados dicen las cosas de lado, por lo natural. Que parecen bonitas. Pero ella va a trabajar. El dinero extra le viene bien y además quién sabe, si es honesta tal vez pierda el puesto.

La cosa se ha organizado así. Los dueños de la finca, también con hijos pequeños, han traído a una mujer que se dedica a cocinar y a la limpieza y Damaris tiene que ocuparse de los chiquillos. Se han juntado tres familias, Damaris los conoce a todos, son muy íntimos, los lleva viendo desde que empezó a trabajar en la casa. En total, hay cinco niños. Los dos gemelos y otras dos niñas, de cinco y seis años. El quinto es un bebé y está, por suerte, siempre en los brazos de su madre, que, por lo que Damaris ha entendido, se ha pedido una excedencia para cuidarlo. Un año sin sueldo pero sin perder su trabajo; cuando quiera regresar, ahí estará, esperándola. Esas reglas de otro mundo que Damaris observa. La señora no para de darle de mamar al bebé y está todo el día con el pecho de porcelana al aire y los pezones rosados en la boca del niño. No parece cansada, aunque debe de estarlo. Repite una y otra vez que si tiene que estar otro año más dedicándose a su hijo, lo estará. El tiempo que necesite, que viene a ser lo mismo que el tiempo que le apetezca. Damaris escucha las conversaciones mientras atiende a los pequeños en los pocos ratos que está cerca de los patrones y puede distraerse un poco. Hay que vigilarlos mientras corren por la finca y se esconden en los matorrales, hay que vigilarlos mientras se entretienen en el cuarto enorme que han instalado para los juegos, o cuando van a pedirles cosas a las madres por si las molestan demasiado. Sobre todo, es importante que no salgan del vallado, porque al otro lado hay un río. Hay que darles de desayunar, de comer y de cenar en la cocina, también grandísima, y hay que bañarlos y ponerles el pijama. Son cuatro. No es que Damaris tenga mucho tiempo libre en estos días de respirar aire puro, no es que vaya a regresar el domingo a Madrid aliviada o descansada, pero es verdad que el aire que respira es más puro que en la ciudad. Además, duerme sola en una habitación, porque la casa es enorme y hay cuartos de sobra.

A Damaris no suelen interesarle las conversaciones de sus patrones a no ser que hablen de los gemelos. Eso sí le interesa porque sabe que luego le caerá encima cualquier decisión nueva que tomen al respecto de ellos y también porque le da pistas de si están contentos con su trabajo o tienen alguna queja. La primera tarde, mientras la otra mujer les sirve a las madres y los padres unos aperitivos en el porche, ella les mete a los gemelos en la boca, directamente, unas bolitas de miga de pan con jamón dulce. A las niñas no, porque no son suyas, solo les pone el cuenco delante, aunque por la noche les cepillará el pelo largo después del baño y se lo secará con mucho esmero. Antes de que le toque perseguir a los cuatro por entre los árboles para que se coman la fruta ya troceada, oye cómo el padre de los gemelos habla de algo que llama su atención. Le oye decir la antigua portería, los favores del presidente de la comunidad, que ya sabéis que es muy activista, hemos votado que sí todos los propietarios, qué remedio, veremos a ver cómo sale la historia. Una de las señoras se ríe, mira por dónde vais a tener portera en vuestro edificio, no es mala cosa. Y la madre de los gemelos corrige, no, no será la portera tal cual.

No técnicamente, porque en nuestro edificio no hay portería, sino un pequeño piso donde antiguamente vivía el portero, que lleva cerrado muchísimo tiempo, un desperdicio. Sois la oenegé de La Latina, entonces, contesta otro. Y la madre sigue, antes de que su marido tome las riendas, que no, que es un trabajo, pero se le paga poco porque ofrecemos vivienda. Limpiará las escaleras, recogerá los paquetes si hace falta y además vamos a abrir el patio principal para que lo arregle y lo llene de plantas, que tampoco se usa para nada. A lo mejor los niños pueden jugar allí abajo. Los niños ya tienen la plaza para jugar, la interrumpe el marido, y en ese patio formarían un escándalo. Los vecinos de los interiores se van a arrepentir. Es que todos los interiores están alquilados, no vive ningún propietario ahí, apostilla ella. Bueno, que sí, lo que tú digas. Activismo limpiaconciencias, coño, lo que estaba contando. Yo solo espero que por lo menos sepa hablar español. Ah, pero ¿no la conocéis? ¿No la habéis visto? Pues todavía no, porque estábamos trabajando. No íbamos a decirle a Damaris que fuera a dar el visto bueno el día que llegó. Damaris ya se está alejando hacia las encinas centenarias que cercan la finca, por donde se le han escurrido los gemelos y las niñas, pero le da tiempo a oír su nombre y el sarcasmo.

Como la otra mujer acaba más tarde sus tareas, ya que cuando la chiquillería se mete en la cama los padres aún están terminando de cenar, y las sobremesas son largas, copiosas y ruidosas, Damaris la ayuda a recoger. No hablan demasiado entre ellas, Damaris no es de hacerse amigas por cualquier cosa y la otra mujer seguramente tampoco, o quizá solo esté agotada y marcando el territorio. Al fin y al cabo, conoce la casa al dedillo y las costumbres no se explican en un fin de semana. Cada noche, sin embargo, al dejarlo todo limpio, mientras los patrones siguen bebiendo y pegando la hebra en los sofás del salón alrededor de la chimenea apagada, porque aún no arranca el otoño, la otra mujer le ofrece un chato de vino dulce, casi como una obligación o un agradecimiento. Damaris no rehúsa, y aguarda, apoyada en la encimera de mármol, a que la otra mujer vaya a su cuarto a quitarse el uniforme. Cuando vuelve, en camisón y bata, parece que le ha crecido el pelo y que se le ha quitado el enfado. Cruzan unas cuantas palabras al sentarse, pero luego beben frente a frente, cada una rebuscando en la pantalla de su teléfono, en silencio. El líquido pegajoso le entra a Damaris bien abajo y le deja los muslos adormilados.

No sabe si es por el vino pero la última noche sueña una historia pesada de otro tiempo. Algo que en realidad nunca ha ocurrido. En el pasto verde limo del valle del Cocora toda su familia está reunida, celebrando una fiesta, bebiendo en vasos de plástico de colores; también su marido muerto y su padre muerto. El paisaje lo recuerda nítido, como si hubiera ido a menudo, aunque solo ha estado tres veces en su vida. El verde brillante y las palmeras infinitas, fuegos artificiales abriéndose en el cielo. Hay risas y canciones y los demás brindan con vasos de plástico; ella es la única que alza una copa de cristal tallado, una reliquia, con un líquido espeso casi negro. Se lo bebe de un golpe abriendo mucho la boca y sonríe y toda su gente se calla y la mira seria, con miedo, porque debe de tener los dientes sucios y los labios manchados de sangre.

Oliva ha guardado en ese cajón de sastre cada vez más inabarcable los días extraños con Teresa. Debe concentrarse en quitar las capas turbias de su cotidianeidad para encontrar el corazón tierno de la alcachofa una y otra vez, para constatar que existe y que tiene motivos para comérselo. Todo lo bueno que recibe es bueno. Todo lo malo que recibe es malo. La dicotomía guarda un equilibrio. Oliva cree que no ha perdido las coordenadas. Solo ha de perseguirlas, sin cesar.

Este puente, Max y ella han decidido hacer un viaje. Siempre hay algo de reconquista o reconciliación en cada plan que se proponen, porque siempre hay algo que solucionar. Pero ahí están, en la batalla, peleando por lo suyo. Eso se repite Oliva, y se lo repite a la poca gente con la que se confiesa o se desahoga, de forma parcial, a brocha gorda. En la batalla, peleando por lo suyo. Porque se quieren muchísimo. Nadie la advierte de que el lenguaje bélico no es el apropiado para las relaciones.

Se dirigen hacia un pueblo de quince habitantes a trescientos cincuenta kilómetros de Madrid. Es Oliva quien conduce porque Max no tiene carné. Ella ya no está acostumbrada a conducir pero la presencia del copiloto la tranquiliza. A la ida, se regocijan en la ilusión de lo nuevo, de estar juntos dentro de un coche con la música a todo volumen, dirigiéndose a cualquier paraíso. Utilizan el coche del padre de Irena, que hace mucho tiempo Oliva conducía de forma habitual. No es la primera vez que Oliva pide prestado el coche a su ex y no es la primera vez que hacen un viaje por carretera, pero siempre es la primera vez para todo cuando se vive en el precipicio.

Max se lía cigarrillos y bebe cerveza, elige bien la música, mueve los brazos al compás, con mucho swing, la acaricia, dice cosas bonitas y exageradas y Oliva se ríe. Al poco tiempo están hablando, enardecidos, de algunos de sus problemas de convivencia. Como Max tiene el semblante amable y está dispuesto a todo, Oliva se envalentona. Cuando es fácil, qué fácil es, le confiesa. Él le sonríe, todo su cuerpo grande reducido en el asiento del copiloto, y le dice que la quiere. Rotundo, implacable y humano. Un niño con ganas de aprender.

Me haces trampa, confiesa ella. Déjame que te explique esto. Sé perfectamente que no te interesa nada de lo que a mí me interesa en lo cotidiano. Sé que te da igual que esté todo sucio o desordenado, sé que no entiendes que yo me ponga nerviosa si llego del colegio o del parque y están las camas sin hacer, la ropa en el suelo, la cocina hecha una mierda y el salón igual. No pretendo que sea importante para ti. Solo pretendo que entiendas que para mí lo es. Tenemos que llegar a un término medio. Vives con una niña semanas alternas. Yo no soy ninguna histérica de la limpieza, no me hagas sentir eso, te lo pido por favor, pero necesitamos encontrar el término medio, porque tu límite está muy por debajo del mío. Sí, ya sé que estás trabajando, yo también, pero cuando Irena está en casa necesitamos unas normas. Y la trampa, te voy a decir cuál es la trampa. Antes de que yo pueda hablar contigo de esto, pedirte algo sin ponerme tensa, tú explotas. Es mucho más fácil explotar, porque así bloqueas cualquier negociación. Tú explotas, acusándome de tener un problema, de estar empujándote a una obligación que no te corresponde, y entonces el problema que realmente tenemos es solucionar ese griterío. La siguiente vez, yo me guardaré de pedirte que recojas, porque no querré asumir las consecuencias. Y por eso haces trampa. Me tratas como si fuera tonta. Ya está, se lo ha dicho otra vez, y Max asiente, concediendo, mirándola extasiado, porque hoy está dispuesto a todo.

Diseñan un plan perfecto para el futuro. Uno en el que Max controlará su violencia y reconocerá sus errores al instante, sin ponerle obstáculos. Yo quiero llevar esa vida que tú me haces llevar, la necesito. Nadie, jamás, ha sido capaz de hacerme ver lo que tú me haces ver. Sabes de dónde vengo. Me moriré si me dejas. Solo tengo esta oportunidad y no voy a perderla. El partido me está destrozando, voy a buscar otro trabajo, son unos infames. No es excusa, lo sé. Te pido disculpas, tienes toda la razón, soy yo quien lleva las cosas al límite. Soy yo quien traspasa los límites. Irena y tú sois lo mejor que me ha pasado en la vida. A partir de ahora lo vamos a hacer de puta madre. Te lo prometo.

Esos son, más o menos, los planes trazados. La conversación dura tres horas, el tiempo que tardan en llegar a destino. Oliva ha puesto ejemplos, ha iluminado la realidad, tiene ahora entre las manos el corazón de la alcachofa, blando, mantequilla en el paladar, pura ternura.

Entonces llegan, y el pueblo es un pueblo casi abandonado, con casas de piedra y techos de pizarra, el coche apenas cabe entre las callejuelas pero Oliva maniobra con destreza y sube la empinada cuesta porque es valiente y la cama es inmensa y hay leña para encender el fuego por la noche y por el gran ventanal entra la montaña, verde y despojada de malicia, el reloj del placer comienza su recorrido, la carne roja y sangrante es deliciosa, nadie cocina como Max, incluso un día hacen senderismo, como las parejas normales.

La paz se instala entre los huesos de Oliva. Aunque ella siempre está vigilante. No es una ingenua. Su cuerpo se desmorona dos o tres veces al día junto al cuerpo del hombre, bajo el cuerpo del hombre, sobre el cuerpo del hombre. No hay nada que objetar al respecto. El futuro es posible. Por qué no iba a serlo.

Él, como cada vez que ha bebido de más, revienta las costuras. Le habla de la posibilidad de tener hijos. Le dice que quiere tener un hijo con ella, es más, le dice que ella, solo ella, será la madre de sus hijos. Oliva sonríe frunciendo los labios en un mohín de sabiduría. Te estoy hablando en serio, ¿crees que no? Tú eres muy joven, le contesta ella. Pero tú no tanto, y sé que es el momento porque tú eres la mujer, la única mujer que me ha hecho sentir esto. Vas a ser la madre de mis hijos, ¿entiendes? Esta amenaza se supone que es una demostración de amor. Eso ya lo veremos, Max. Pero él habla en serio, sirve dos copas más, le ofrece una, es el momento de las declaraciones. Anda nervioso y entusiasmado por el salón, frente al fuego, gozoso de oírse a sí mismo. La mira, la acaricia, la hace reír con su hueca seguridad. Al poco cambian las tornas, la estrategia es otra. Ahora, Max muestra recelo: si ya tienes claro que no quieres tener más hijos, debes decírmelo. Porque es algo muy importante para mí. Porque si no quieres tener hijos conmigo tengo que saberlo. Oliva no cree que Max esté preocupado en absoluto por tener hijos en este momento ni tampoco que necesite refrendar la intención de ella hacia él. Pero la cadencia de la conversación infringe ciertas reglas. Hay que plantearse escenarios y jugar con ellos como quien arriesga en una partida de ajedrez, quién sabe si las palabras marcan el futuro. Ella es más de dejarse llevar por los actos. Se deja remover, tibiamente, en esa irrealidad. Al mirarlo fijo lo ve borroso, se encuentra feliz. Antes de poner sobre la mesa estas cuestiones tendríamos que solucionar algunos problemas, Max. El otro se para en seco, se gira con gravedad: lo sé, crees que no lo sé. Pero contéstame a lo que te pregunto. Espera. Me refiero a lo que estuvimos hablando en el coche, entre otras cosas. Él sigue en la cresta de la ola y le sonríe. Es que vamos a solucionarlo todo. Sé que no estoy preparado. Pero tú me vas a ayudar. Ella se levanta del sofá y se estira, hoy es una gacela, pero no una presa. No es cuestión de estar preparado. Nunca se está preparado. Lo que quiero decirte es que mientras la palabra violencia esté en nuestras conversaciones, la palabra hijo no puede estar. Lo sé, repite Max acercándose, soltando su copa en la mesa, lo sé muy bien, le susurra.

Al tercer día hacen una excursión a una ciudad más o menos cercana. A ella no le apetece coger el coche para meterse de nuevo en autopista, prefiere recorrer los alrededores. Pero accede, porque él insiste y dibuja el plan como algo que no pueden perderse. Así comemos de la hostia en este restaurante que ya tengo mirado, voy a reservar. Ella remolonea y se queja de que no podrá beber porque tiene que conducir y está a punto de provocar un cisma, pero al final se meten en el coche y ponen música y todo va bien y a las dos horas y media están saliendo, cogidos de la mano, de un parking del centro de la ciudad y yendo al restaurante.

La comida está deliciosa, en efecto, y Max es solidario y no bebe más que una copa, como ella. Ha fumado hachís a la ida y lo fumará a la vuelta. Pasean, el brazo de él la rodea entera, desde arriba; ella le pregunta si quiere entrar en algún museo y él se ríe a carcajadas, ni de coña, le contesta, se abrazan por la calle y ella lo nota rígido, se pone alerta. Luego se relaja. Hace bromas con visitar iglesias. La ciudad no tiene nada de especial, admiten, y regresan.

¿Te pasa algo, Max? Él guarda silencio. El mismo silencio de agujero que ha hecho que ella le pregunte aquello, porque el hombre parece estar nervioso en el asiento del copiloto, taciturno.

¿Estás bien? Sí, dice por fin Max. Oliva debe concentrarse en la carretera pero algo está pasando. Revisa las conversaciones que han tenido en el día de hoy, también las de los otros días. No encuentra nada, pero sabe que no tiene por qué haberlo. Los movimientos de él, cuando sube o baja la música, cuando se araña las yemas de los dedos con la esquina de plástico del paquete de filtros, cuando se remueve en el asiento, llevan brusquedad. Dime qué es lo que te pasa, insiste Oliva. Lo hace porque tiene provisiones, casi tres días seguidos de placer, de confesiones, de planes de futuro. No se puede torcer. Max resopla, desesperado, y levanta la voz: que te he dicho que no me pasa nada, joder. Aquello es la confirmación y Oliva entre dientes le reprende, no me hables así, por qué me hablas así, por qué estás tenso de repente, solo quiero saber qué te pasa. Max abre la boca en un espasmo y llegan los aullidos, los truenos, el calabozo.

La tela de araña es tan tupida que Oliva nunca acierta a recordar dónde está el extremo del cabo original. El trabajo del insecto no es delicado, es obsceno, anula la capacidad de la mujer para armar con lógica los sucesos y las razones. Los gritos, dentro de una casa, son atronadores. Dentro de un coche, a ciento veinte kilómetros por hora, son insoportables. Oliva conduce con los ojos hinchados de lágrimas, muy pegada al volante. Intenta apagar la llamada sin éxito, está enfadada, dolida, asustada, para de gritarme, que pares, solo te he preguntado qué te pasa, qué dices, qué estás diciendo, para, por favor, esto quizá es una súplica pero la baba le cae por la barbilla y lo ha dicho con rabia, ha dicho por favor pero con rabia, mientras el hombre consume todo el oxígeno que queda dentro del coche, como un huracán qué coño me va a pasar, si es que no lo aguanto más, todo es mi puta culpa, ¿verdad?, todo lo hago mal, ¿a que sí?, no puedo más, qué coño tienes ahora que echarme en cara, venga, habla, lista, que eres muy lista, que lo sabes todo, habla de una puta vez, jódelo, como un huracán y por suerte no hay nadie más en la carretera pero por fin llegan a la salida que les corresponde y Oliva se incorpora al carril y no sabe cómo es capaz de reducir las marchas correctamente a la vez que el corazón le duele así dentro del tórax y Max continúa aullando en ese idioma irracional y ella sale de la rotonda por una vía de servicio que los lleva a la nada, donde no se choque contra un poste ni contra otro vehículo, un camino de tierra rodeado de matorrales bajos donde no pueda despeñarse donde no acabe muerta y echa el freno de mano y Max sale disparado del coche, corriendo, a través del erial, gritando todavía, alejándose de ella como si fuera peste.

Tardará mucho en pedirle perdón, por la noche no se solucionará, porque él ya ha entrado en esa fase avanzada de la construcción del desastre donde objeta que ambos forman parte del problema. Ya no pide perdón de inmediato. Habrá un llanto largo, de horas, doscientas mil palabras sepultadas, amenazas de regresar a casa, miedo de que los pocos vecinos de la aldea los hayan visto felices y ahora los vean en esta guerra. Habrá distancia, el hombre tumbado en el sofá, cerrado por dentro y por fuera, ejerciendo un castigo que Oliva no asume pero ha de soportar. No vienes a la cama. No me apetece. Y el colchón inmenso se le hace congelado y ella sabe que no debería estar ahí, pero está tan cansada, tan dolorida. Ha subido demasiadas veces la misma montaña, siente que la solución estaba en la primera vez y ahora ya no puede desandar el camino sino arreglarlo. Recuerda otros viajes y llora por su hija y por el padre de su hija, al que imagina sufriendo porque ella es feliz con otra persona, porque ha vuelto a formar un hogar, porque no sabe. Rememora las primeras vacaciones con Max, las noches descomunales en Fez, las tardes en Asilah, y añora esa ingenuidad, la capacidad que tuvieron para que nada malo ocurriera, porque así fue, ¿verdad? Sobre todo recuerda que leyeron un libro juntos. Uno de Emmanuel Carrère, *El adversario*. Lo leyó ella antes y le gustó tanto que le habló del libro durante un almuerzo entero, y entonces, esa misma tarde, callado y concentrado, ágil y rápido, como un luchador capacitado para la dicha, se lo leyó él. Qué fue de ese viaje o de ese espejismo. Acaso él lee libros.

A punto de dormirse, justo cuando Max decide meterse en la cama con ella y abrazarla por fin, se le viene a la cabeza una escena de aquel oasis primero. Cierra los ojos con dolor, no solo por el tacto hirviente y seco del hombre a su espalda, sino por el recuerdo. Se da cuenta de que en aquel primer viaje también hubo un desprecio terrible, una injusticia. Duró poco, en la playa estirada lo solucionaron, con la marea baja, pero estuvo. Cada vez le cuesta más visualizar la llanura. Cada vez tiene más dudas de que de verdad exista.

Irena se ha puesto enferma y llaman a Oliva del colegio para que vaya a recogerla. El cuerpo de su hija, caliente, parece más pequeño y más blando. Es como si volviera a ser un bebé. Le da la medicina y se sienta con ella en el sofá a no hacer nada. La niña se le duerme en el regazo, sudorosa por la fiebre, hace siglos que no se echa una siesta. Oliva la acaricia y la huele. Cuando se despierta, juegan, ven la tele, así hasta que la fiebre vuelve a subir y la niña pierde fuerza. Debe de ser uno de los primeros virus del curso. El padre llama por teléfono, dice que irá a verla al día siguiente.

Max también juega de vez en cuando con Irena, le hace cosquillas y se pelea con ella en la cama. La lanza por los aires y luego se deja abatir. La niña ríe y tiene las mejillas rojas. Está encantada de estar en casa y de poder disfrutar de los cuidados y los mimos de su madre y de la atención intermitente de Max. A veces se tumban los tres juntos, la madre siempre en medio, entrelazada lado a lado con los dos cuerpos del amor. La calma es plena.

Es por la tarde cuando llaman al timbre de la puerta. ¿Quién está llamando? Max vocifera desde el cuarto del fondo, se levanta de un salto de la silla y camina a pasos largos por el pasillo pero no llega al salón, espera a que Oliva abra, como si se escondiera. Pues no sé quién está llamando, hasta que no abra la puerta no lo puedo saber. Max tiene esta reacción cada vez que llaman al

timbre o al portero. Se asusta, se violenta. Como si vinieran a inmiscuirse o a atacarle. Oliva sospecha que no contesta cuando
está solo en casa.

Es Irena quien abre con cara de diversión. Desde donde está,
la madre solo puede ver una mano delgada que le entrega a la niña
un paquete de Amazon. Paquete, por la mañana, dice una voz
muy suave. Irena agarra la caja de cartón y cierra la puerta: ¿será
un regalo para mí? ¿Los abuelos saben que estoy malita? ¡Qué
rápidos! El paquete es para Max, cualquier cosa que ha comprado
por internet. No, cariño, no es para ti, contesta la madre. Pero
¿quién lo ha traído? ¿Quién era? Max insiste. Una mujer, dice la
niña. Pero ¿quién? Una mujer, no sé. Creo que ha sido la mujer
que ahora vive en el portal. Ya te dije que me pareció verla limpiar
las escaleras el otro día. A lo mejor es la nueva portera. ¿La mora?,
Max está concentrado en desempacar, pero continúa indagando:
¿llevaba pañuelo, Irena? La niña no sabe. En la cabeza, un pañuelo. No sé. Oliva ata cabos: un momento, el paquete ha debido de
llegar esta mañana y ha sido ella quien lo ha recibido. ¿Han llamado al telefonillo mientras yo he salido a recoger a Irena y no
has abierto? Yo no he oído nada, contesta Max de espaldas, mientras se dirige a su guarida.

Oliva colorea junto a Irena y Max les hace la cena, hoy no
importa que sea tarde. ¡Oliva, échame un cable!, se oye desde la
cocina. Aunque Max cocina con gusto, siempre se estresa en el
momento final, cuando toca poner la mesa y servir los platos. Ha
preparado una cena exquisita mientras escuchaba rap, y ahora se
diría que está enfadado. No soporta que se le enfríe la comida.
Todo está riquísimo. Comen, intentan buscar una película para
ver después pero no se ponen de acuerdo. A Irena le sube la fiebre
otra vez y Oliva la acuesta y le vigila la tos y la temperatura. Max
se mete en el despacho a currar, dice, y a fumar. Ha recogido los

platos pero los ha dejado tal cual en la encimera, con los restos de comida. También ha dejado las ollas y las sartenes que ha usado para cocinar, y son muchas, como siempre. Se encuentran amontonadas sin concierto en el fregadero, en la encimera y en la hornilla. Le toca recoger a Oliva, es uno de los tratos a los que han llegado para mejorar su convivencia. Uno cocina y la otra recoge. A Oliva no le parece un acuerdo del todo justo, aunque no se queja en voz alta. Le gustaría pedirle que lo dejara todo un poco mejor tras su parte del trabajo, pero ha decidido tener paciencia. Poco a poco. Max está haciendo un esfuerzo.

Cuando acaba con la cocina, quita su ropa colgada del tendedero y la dobla. Esto también lo han repartido. En primera instancia, Oliva se iba a encargar de poner lavadoras y de tender y Max de recoger, doblar y guardar, pero al poco tiempo Oliva desistió. Max podía tardar días en quitar la ropa de las cuerdas. Cuatro, cinco o seis días. Los que hiciera falta. Yo lo hago, pero cuando me parezca. Ahora no puedo. Ese es el trato. Oliva empezó a descolgar sus prendas o las de la niña, si las necesitaba, pero finalmente acabó diciéndole a Max que, mejor, cada uno se encargara de lavar su propia ropa. El siguiente reto será conseguir que Max no amontone sin control la ropa sucia en el suelo del dormitorio, que al menos la meta en el cesto para la ropa que ella se ha molestado en comprar, uno expresamente para él. Poco a poco. Max está haciendo un esfuerzo, se repite.

Los días cuidando de Irena son llevaderos, agradables. La madre disfruta de la hija. Hacer de enfermera además de hacer de madre le resta culpas. Aunque las semanas sin la niña pasan voraces y aunque sabe que Irena necesita vivir con su padre tanto como con ella, Oliva se va alejando de esa sensación de libertad del inicio de la separación, y el vacío hace estragos. Algunos domingos, en los que la niña se agarra a sus piernas con tristeza, mamá, mañana es lunes, ¿verdad?, es que no quiero que sea lunes tan pronto, le pesan a Oliva como una premonición.

Las noches, sin embargo, son más difíciles. Irena no duerme bien, y duerme peor si tiene tos y mocos. Come mal; angustiada por la infección respiratoria, solo quiere vasos de leche para cenar. A mitad de la noche, cuando se despierta llorando, a veces tiene hambre y pide más leche. Max también bebe leche. Leche y cereales a las dos de la mañana, grandes tazones llenos a rebosar, con mucho colacao.

¿Vas a ponerte otro tazón? Ambos están despiertos, en la cocina, Irena acaba de revolverse en su cama, quejándose. Sí, qué pasa. Tengo más hambre. Es que solo queda esa leche, se nos ha terminado. Pues mañana compro más. Es que Irena solo está bebiendo leche, no quiere otra cosa. Si se despierta más tarde no tendré nada para darle. Pues si se despierta más tarde iré yo a comprar más leche, joder. Son las dos de la mañana. Y qué, iré a buscar más leche. Con movimientos rápidos, vuelca el resto del brik de leche en su tazón y lo llena, otra vez, hasta arriba de cereales. Deja en la encimera el brik vacío, el paquete de cereales y el bote de colacao y se va con su botín hacia el sofá, a grandes pasos, atravesando el pasillo.

Oliva no distingue la preocupación de la tristeza. No distingue la angustia de la tristeza. La batalla tampoco la distingue de la tristeza. Ella no sabe aún que está triste. Nota el agujero, la tripa vaciada. Es un nervio, no una negrura. Hay que continuar. Hay que hacer esfuerzos, porque la calma plena sucede de tanto en tanto.

Por las noches está sola. Por el día también, pero se disimula mejor. Irena empieza a sangrar por la nariz. Le ocurre a menudo, cuando se resfría, por la sequedad de las fosas nasales. Se le rompe una vena recurrente. No es grave, pero es escandaloso. Es difícil parar la hemorragia. A veces la niña se asusta. A veces la madre también. Nunca pasa nada, pero luego hay que quitar las sábanas y lavarlas, junto con las toallas y el pijama. El rojo de la sangre es tan chillón. Esto ha ocurrido tres veces en los últimos dos días y Max no se ha levantado de la cama para ayudarla. No es su responsabilidad, se repite Oliva. Irena quiere estar conmigo. Pero al menos las sábanas o limpiar el suelo. Pero no es su responsabilidad. A la cuarta vez, Oliva se echa a llorar cuando ya ha acabado con todo y la niña vuelve a estar dormida. De pronto recuerda aquella sensación placentera, que creía le pertenecía como un derecho conquistado e inviolable, de compartir los cuidados. O de que alguien la cuide mientras ella cuida. La certeza de la pérdida la agarra del estómago y tira de ella hacia algún lugar desconocido. Oliva no se lo puede permitir. Nunca imaginó esta antigua forma de padecimiento, es un fósil. Decide ir a despertar al hombre, que hace un rato tenía los ojos abiertos, para trasladarle el lloriqueo. Quizá llega a explicarle me siento sola, tengo miedo, algo así. No quiere desatar vendavales, es muy tarde. Max está sorprendido, no reacciona con dulzura pero tampoco con hostilidad. Se crea un silencio que rompe el llanto de Irena, agitándose otra vez con la rabia de las pesadillas y los mocos, y Oliva se arrastra hacia la habitación de la niña. La consuela hasta que se pierde de nuevo en el sueño y ella decide sacar la cama nido y prepararla para dormir allí, junto a su hija, que es donde debe estar. Así podrá atenderla de inmediato.

Max se levanta, se acerca hasta la habitación y las mira desde la puerta, tiene el ceño torcido y los ojos llenos de pena. Con torpeza y ternura se tumba junto a la mujer en el colchón de noventa encajonado. Debe de estar clavándose el borde de la madera en la espalda. Recoge a Oliva entre sus brazos, la cubre, esta vez como si la acunara. Oliva aún se sorbe la nariz, pero ya no llora. Cierra los ojos y se duerme.

Junto a la plaza Mayor, a pocos minutos desde la plaza de la Paja, en el mercado de San Miguel hay varios puestos de ostras. A los dos les gusta ir ahí de vez en cuando y empaparse la boca de agua salada y beber cava, a ser posible con el estómago vacío. Hasta el esnobismo es postizo en aquel lugar, pero les divierte. Un día entre semana, en la calle el frío implacable de las noches de Madrid en invierno, se dirigen al mercado. Entre varias posibilidades, justo antes de caer en el marasmo en el que a veces se meten, donde Oliva pierde por indecisión y Max gana imponiendo un desdén capcioso a casi todo, uno de los dos dice cava y ostras y todo queda solucionado. Por las callejuelas de piedra caminan abrazados, aunque Oliva rasca el borde de la intranquilidad. Max no está hablador y se queja más de la cuenta. Últimamente tiene problemas en el trabajo. Parece que están a punto de echarlo, porque alguien a su cargo lo ha denunciado. Todo son infamias, como él dice. No debe de ser fácil trabajar para un partido político, aunque sea uno que vaya a cambiar el mundo, lleno de gente joven y talentosa que cabalga sin freno hacia la cúspide y hacia el barro. Con Max, de todos modos, nunca se sabe.

Beben en este puesto y también en el otro. Podría ser una fiesta, choque de copas, estómagos vacíos, sal, y sin embargo no acaba de suceder. Dos ostras más de las de dos euros y seguimos con el cava en esa barra de ahí. Venga. Oliva está contenta, no hay ninguna razón para no sacarle partido a la noche. Ninguno se ha quitado el abrigo, pero Max lo lleva abierto. Oliva se hunde en su calor en cuanto puede, abrazar al hombre es como meterse en una cueva cálida y absorbente. Solo mirarlo ya le causa problemas. Y cuando está serio y distante es peor. El perfil, la forma de su cráneo, su figura armoniosa. Él le dice que puede tocarlo cuando quiera, pero el deseo ha escapado por completo de su zona de confort. Lo que ocurre es que el cuerpo de él, el espacio que ocupa, su contorno y su contenido, es una ausencia. Anticipando el abandono la posee. Eso cree Oliva. Que está ligada de forma inexorable a ese vacío.

Max está inquieto. No termina de encontrarse cómodo en ninguna parte. Cambia de opinión cada segundo, primero elige esa esquina y finalmente no es la más cómoda y busca otra. La está escuchando, claro, aunque sus ojos vuelan por encima de ella. Observa alrededor. Oliva cuenta algo que supone gracioso, a ella le hace gracia, y además ya ha bebido dos copas. No consigue atrapar del todo la atención del hombre. Se supone que está ahí. En cualquier momento va a posarse en su hombro, dejará de ser un cernícalo planeando sobre el monte.

Cállate, no hables tan fuerte. Te estás riendo demasiado alto. Pero ¿no te das cuenta?, baja la voz.

¿Ha recibido una orden? Al principio Oliva no la procesa, porque ella no está hablando alto, su cara está a dos palmos de la de él, se ha reído sola con su propio chiste, le hacía gracia, y en cualquier caso sabe comportarse. Así que cierra la boca de golpe, pero los ojos no los puede controlar. Pide explicaciones. Entre el estupor y la rabia decide contestar: pero cómo me haces esto, tú crees que puedes mandarme callar así, no estaba hablando alto ni me estaba: Max se da la vuelta y se va, la deja ahí, sola, con la boca abierta, en la barra, dentro del mercado de San Miguel, dos copas de cava, cuando la cueva se desintegra el oxígeno daña los pulmones y el frío qué espanto.

Lleva botas de cowboy y las suelas hacen ruido de socavón a cada paso que da, huyendo a casa. No sirve de nada. Max ha aparecido en la segunda esquina. Nunca se va. Siempre dice que se va pero al final aparece. Ella lo mira con furia y él ya tiene cara de cordero degollado. No me sigas, déjame en paz. No quiere mirar atrás pero sabe que está ahí, a diez metros de ella, no la llama, simplemente la persigue, intentando deshacer el desplante.

No es la primera vez, ya de casi nada. En casa le ocurre constantemente. Cuando se enfada, Max se niega a mirarla. No te voy a mirar, le grita, no pienso mirarte a la cara. Y es un esfuerzo terrible buscar sus ojos para entablar una conversación. Oliva se bate en duelo una vez y otra. Quizá es mejor que esos ojos no la miren, pero Oliva todavía no sabe que está triste, ni tampoco sabe que tiene miedo. Max no se va. La deja con la palabra en la boca, y luego vuelve. Le deja los oídos atronados, pero no sale de la habitación ni se marcha de casa. La deja sola en un bar, pero la espera fuera. Si no la encuentra, la llama por teléfono, sin cesar. Max no se va nunca.

Lo peor es la calma, cuando llega. Porque allana el terreno para lo siguiente. Para el suceso en sí. Lo peor es hablar durante horas de todo lo que no va a volver a suceder. El arrepentimiento y la comprensión posibilitan la violencia futura. A los pocos días, vuelve a empezar. El cable de tensión se le enreda en los tobillos y la hace tropezar. Aquello ha pasado a menudo en los últimos meses. Otra vez más esta misma semana. Esta misma noche, en el mercado de San Miguel.

No llama al portero automático, ni tampoco a la puerta. Abre con su llave, al fin y al cabo es la casa de los dos. Oliva está en el salón y parece dispuesta a terminar con todo. Pero a ella no le gusta malgastar las palabras y mucho menos usarlas en vano. No puede decir te dejo si no lo va a dejar al instante. Porque entonces qué palabras tendrá cuando llegue de verdad el momento. Y ella necesita las palabras para hacerse entender. Sí puede decir esto es insoportable, no te das cuenta de lo que está pasando, no merezco nada de esto, qué me estás haciendo. Eso puede decirlo y lo dice y él asiente como una comadreja asustada, sus ojos de filo de espada ahora encharcados de desarraigo, me vas a dejar, verdad, me vas a dejar, voy a perderte y Oliva puede levantar la voz por fin y pedirle que se calle, ahora te callas, ahora me dejas hablar, si has venido hasta aquí tienes que escucharme.

Pronuncia la palabra como si estuviera escarbando en tierra mojada y negra y tuviera miedo de encontrar un cristal. De hecho, primero da un rodeo, al principio son dos palabras, tres, que acabarán desembocando en una sola. Hay que andar de puntillas por el yacimiento arqueológico. Le habla, efectivamente, como a un niño, aunque ella no lo considera un niño. Ella sabe cómo son los niños. No son así. Pero ahora puede hablarle de esta forma, debe dirigirse a él asertiva, directa, con el dedo extendido. Acusa.

Me tratas mal de forma sistemática. Me estás tratando mal. A Oliva le brillan los ojos porque está a punto de descubrir los restos de una civilización, el fémur de la primera mujer valiente. Max sabe que no le toca decir nada, ahora es su momento de tragar. A lo mejor él también divisa el contorno del hallazgo. De todas formas a ella le duele cada letra que pronuncia, y se da cuenta de que no lo había verbalizado antes porque tampoco ella lo sabía: me estás maltratando. Max mueve la cabeza y ya no es capaz de mirarla, se le caen los ojos al suelo.

El término se retuerce entre ellos como una revelación. Recién sacado del horno, recién nacido, brotado por vez primera en una grieta, nunca hasta ahora ha tenido sentido. Es pronto allá fuera todavía. La sociedad dice saber y dice evitar y dice prevenir y hay carteles y alguna política pero en el fondo es mentira. Es pronto todavía. Por eso el término boquea entre ellos como una rebelión, la del pez arrancado del agua. Oliva cree que ha culminado la autopsia. Ha extirpado el problema porque tiene entre los dedos ensangrentados el análisis más certero y se lo muestra a Max: lo ves, era esto y Max dice: lo veo.

La siguiente promesa ha de estar a la altura: haré una terapia, tengo que curarme, no te puedo perder. Oliva está satisfecha. Debe funcionar. Pero le exige, además, otra cosa: que se lo cuente a su gente, a sus amigos. Para Max es un tema muy sensible el de la verdad, Oliva lo sabe. Tienes que decírselo a tus amigos porque yo no puedo estar viviendo esto sola, escondida. Cómo puede estar ocurriendo esto y que nadie lo sepa. Tienes que contar todo, prométemelo, yo no puedo más. Te lo prometo. Pediré ayuda y lo contaré.

Ella, sin embargo, no lo hace. Ninguna de las dos cosas. No pedirá ayuda, no contará a sus amigas lo que ocurre. Contarlo tal cual, sin metáforas, sin paños calientes. Comenzará una vez más su nueva vida con esa victoria de fuego entre sus manos, pero en silencio. Poner en medio de ambos la palabra maltrato es tan abominable que le parece imposible que no funcione a partir de ahora. Él ha pedido otra oportunidad. Ella estará vigilante, será firme. Si no sale bien, se irá.

En el futuro, tendrá que desenterrar de nuevo frente a él la palabra tantas veces, tendrá que frotarla tanto para mostrarle el significado, ensuciado, distorsionado, teñido. Habrá de hundir las manos en la tierra tan profundo que las sacará mojadas. Vacías.

Ya es casi de día cuando se duermen. Ella se ha agarrado con los dientes a su trofeo. Es imposible no intentarlo, a pesar de la dificultad y el sufrimiento. La simbiosis entre ambos es perfecta. Además, ahora llaman a las cosas por su nombre.

En todo este tiempo, tampoco a lo largo de esa noche, ninguno de los dos menciona el episodio del hospital. Ninguno de los dos, ni siquiera Oliva, hará referencia a los primeros meses, cuando se pegaba a sí misma.

El dolor de cabeza empieza en la parte de atrás y es superficial a primera hora de la mañana. Se toma su café de puchero y unta de mantequilla un bollo de pan, rebanada a rebanada; luego estará muchas horas sin comer. Romina ha empezado a comprar jugo de naranja natural recién exprimido en el supermercado. Hay una máquina y se puede elegir el tamaño de la botella. Le dice siempre que tome un vasito al despertarse, que lo compra para todas, pero Damaris no lo hace. Piensa que es demasiado caro y además no le gusta el jugo de naranja. En su país no hay forma de equivocarse con los jugos, están todos buenos, los venden por todas partes, en la calle, en vasos de plástico grandes. Aquí solo lo ponen de naranja, lo cobran a precio de oro y hay que tener suerte con cómo salga la fruta. Bebe el café y se come las tostadas. El dolor de cabeza sigue siendo superficial, pero ya le sube por las sienes.

A Damaris no le gusta coger el metro, prefiere el autobús, y por regla general, solo para la ida. Por suerte, desde su casa a la plaza de la Paja hay un trayecto corto, el 23 la deja en la calle Toledo y en cinco minutos está abriendo la puerta de sus patrones. Baja desde su casa hasta Antonio López y espera en la parada más cercana al puente. El tráfico es intenso, desde ahí se accede a la M-30 y solo en esa calle el autobús puede demorarse quince minutos. Junto a la parada hay un colegio, que Damaris observa siempre cerrado, porque ella a las siete y media tiene que estar cogiendo el autobús. No suele ver a los niños y a las niñas haciendo cola de buena mañana, bostezando grandes bocanadas de dióxido de carbono.

No encuentra un asiento libre al subirse y se conforma con pegarse al cristal en la zona destinada a las sillas de ruedas. La cabeza le pesa sobre los hombros, una polea baja de su nuca hacia el suelo, si al menos pudiera recostarla, cerrar los ojos. Cierra los párpados de forma inevitable cuando se quedan atascados en el túnel de Pirámides y también cuando el autobús reanuda la marcha y las ruedas no amortiguan los badenes de la pista. La parte baja de la calle Toledo también es lenta, pero al menos se ve el cielo a través de los cristales.

El padre ya se ha ido cuando ella llega a la casa. Sale muy temprano, porque antes de entrar al trabajo va a nadar. Nada tres días a la semana, a veces cuatro, cuando está de buen humor le dice a Damaris, el mundo se ve de otra manera si chapoteas al comenzar el día. La madre está leyendo la prensa, maquillada y seria, como suele estar por las mañanas, mientras se acaba el segundo café, y Damaris nota punzadas en las sienes al sonreírle: los despierto en cuanto usted salga por la puerta, que si no se me hace tarde. Recoge el desayuno de los patrones mientras la señora mete en su bolso los cien objetos imprescindibles y besa a sus hijos, dormidos y cálidos, y en cuanto sale por la puerta, Damaris corre a sentarse en el sofá grande, cierra los ojos, se deja caer de un lado, la cabeza apoyada en el cojín de plumas, el pecho agitado de soportar.

Nicolás se arrebuja contra la mujer en el sofá. Si no estuviese aún velado por el sueño se asombraría, jamás ha encontrado a Damaris en esa postura. Esa es la postura de sus padres, cuando tienen tiempo. Dama, tengo hambre, dice el niño al rato. Y Damaris abre los ojos sobresaltada porque todo se le ha ido de las manos, todo, solo habita el palpitar de su frente, el cuchillo que se le ha clavado en el cráneo. Gime y se incorpora, vamos, vamos, el desayuno está en la cocina, vamos, mi rey, tu hermano, ay que llegamos tarde, mi rey, que se va el coche del colegio. En su cabeza, un chocar de huesos tiembla a cada uno de sus movimientos. Pero el autobús no se ha ido. Damaris tiene todo tan mecanizado que funciona a contrarreloj: el agua para las legañas, las ropitas bien ajustadas, las quejas, los juegos, con dedos temblorosos mete la comida en la boca de los niños, ojalá pudiera masticarla ella misma para ir más rápido, las meriendas, las mochilitas, los abrigos, los lleva casi en volandas por la plaza, alcanzan el coche de milagro, los gemelos por suerte obedecen, extrañados de la nueva velocidad de Damaris, siempre tan armoniosa, tan mesurada.

Damaris calcula cuánto puede dormir por la mañana para que aun así le dé tiempo a todo. Limpiar, ir a la compra, cocinar, y como un clavo esperar en la plaza el bus que le traerá a sus reyecitos de vuelta. Pone una alarma en su teléfono móvil, algo que nunca jamás hace durante el día. La agitación no la deja conciliar el sueño, aunque el dolor ha menguado después de tomar un calmante. Cierra los ojos durante treinta y cinco minutos en el sofá, en esa postura que en aquella casa no le pertenece, y después lidia con las tareas.

Así pasa las horas. Una batalla campal, porque el dolor no cesa. Nunca ha sufrido jaqueca. Ni siquiera después del terremoto la padeció. Solo dolor de oídos y de huesos, una casa que se le cayó encima, como ella dice, cuando tu propia casa se te derrumba en el cuerpo. Era joven. Ahora no es joven. Toma religiosamente las pastillas para la tensión. Sabe que no puede abusar de los ibuprofenos, porque son malos para el corazón. Acaba su jornada laboral y ya casi no piensa. Lo apuesta todo a la noche; cuando se meta en su cama y descanse, acabará el dolor.

La señora, al llegar a casa, le dice: Damaris, ¿te encuentras bien? Tienes ojeras. Me encuentro bien, señora Sonia, solo un poco molesta con la cabeza. De fondo, los niños comienzan a pelearse y parece que lo hicieran directamente dentro de su cerebro, el sonido amplificado de sus voces chillonas. ¡Nico, Rodri, un poco de silencio! Es la madre quien manda callar. Los gemelos continúan. No me extraña que te duela la cabeza después de aguantar a estos dos todo el día; vete ya, que es hora. Damaris se escurre entre los muebles elegantes del diáfano salón y alcanza la puerta y se despide flojito y se resguarda en el ascensor. En el portal, se cruza con la mujer que ahora vive en el bajo, a quien suele ver fregando el suelo y quitando el polvo del pasamanos de la escalera, pero no tiene ánimos de saludarla y sale rápido a la calle.

El viaje en autobús se le hace eterno. Al menos ha conseguido un asiento libre. Va junto a un adolescente vestido con ropa deportiva que lleva puestos los auriculares pero cuya música atruena también en los oídos de Damaris. Él está sentado con las piernas muy abiertas y Damaris encogida. Bajan en la misma parada de Antonio López, junto con varias personas más. Un día va a caerse de bruces al saltar del autobús, un día van a terminar empujándola. Sube las escaleras hasta Inmaculada Concepción despacio, más despacio que nunca. Dobla hacia su calle, abre, sube también las escaleras hacia su casa, estas un poco más rápido, por la impaciencia. Romina no está, por suerte, porque no quiere hablar con nadie. Dolores nunca está a esa hora, tiene turno de tarde, llega de noche. Bebe un vaso de leche, porque sabe que no debe tener el estómago vacío con las pastillas. No se ducha, aunque añoró durante todo el día el agua tibia mojándole el pelo y los hombros. En el móvil encuentra mensajes de su hijo, de un amigo y de su hermana. Mañana. Se mete en la cama y se duerme.

Durante la noche, no notará cómo la sangre va vistiendo su globo ocular derecho. Se dará un susto de muerte al mirarse al espejo.

A la puerta de la rajada iglesia azul de Nuestra Señora del Carmen, en la plaza Bolívar de Salento, se sentaron a rezar. Los niños corrían levantando el mismo polvo que los caballos y parecían felices, como si lo hubieran olvidado todo. Salía música de algún altavoz; la mayoría de las tiendas en la calle Real estaban abiertas. La madre había desempolvado su casa en el Boquerón como si fuera un tesoro y había movido los muebles y los estantes con esmero. No es que estuviera contenta pero era enorme el alivio de poder ofrecer refugio y futuro. En la casa no cabían todos, como no habían cabido en la casa de su hija mayor en Armenia, pero ella sabía de sobra que aquí no pasarían hambre. Habría querido rezarle al Cristo crucificado cara a cara para agradecerle que estuvieran vivos los de su sangre y encontró precintada la iglesia todavía. Era el edificio más alto de todo Salento y los terremotos lo habían quebrado a principios del siglo y ahora justo al final otra vez, antes de que acabase; el Cristo estaba bien, le habían dicho sus vecinas, intacto, pero algunas partes del techo se habían reventado contra el suelo y no se podía entrar desde aquel día fatídico. Así que desde la puerta. Todos a sentarse y a rezar, que esto no ha terminado.

En su casa de la infancia, tan antigua, de muros levantados con agua, tierra y estiércol de caballo, con los postigos de las ventanas pintados de color rojo, estuvo Damaris viviendo casi diez años. Trabajó vendiendo ropa infantil en una tienda de la calle Real, y sombreros en otra, y suvenires de madera y también telas de colores. Sirvió cafés en cinco cafeterías y un invierno entero lo pasó separando el grano rojo del comido por la roya. Lavó sábanas en tres hoteles y sus hijos crecieron. A su cuñado lo contrataron para conducir un jeep para turistas hasta el valle y perdió el trabajo por beber. Pero su hermana se fue apañando como ella se apañaba y pronto pudo alquilarse una casita propia y también sus hijos crecieron. Damaris vivió siempre con su madre, a quien, al cabo de un tiempo, todos en la familia comenzaron a llamar la viejita.

Salento, el lugar donde había nacido, fue un buen refugio para la pena. También fue un escudo para el miedo, porque aquellas sencillas construcciones de estilo colonial ya habían demostrado suficiente entereza tras el movimiento de la falla Silvia Pijao. Aunque era a Damaris a quien se le había caído la casa encima, la que había dormido sepultada bajo la techumbre durante horas, su hermana tuvo siempre más pánico que ella a que el temblor repitiese con la misma fuerza, o con una fuerza superior. Repetir, se repetían cada tanto. A veces como una mecedora y a veces como una batidora, pero ya no más como el cielo hundiéndose. Bajo aquel pueblo también corría una grieta, quién sabía si un día la tierra se abriría para tragarlos hasta lo más hondo. A veces, cuando eran fiestas y a pesar del trabajo podían también bailarla, o en las noches en que se acercaban la una a la casa de la otra, escapando un rato de los niños y lo obligado, y tomaban un tinto caliente o bebían una cerveza, viendo bajar la humedad de los cerros hacia el valle, se reían. La hermana se reía agarrándose el vientre lleno y llorando atrás y adelante, ya sé, decía, ya sé, que si se abre la tierra pues igual se me cae el marido, que como va siempre borracho seguro se tropieza y por ahí me salvo, o también la azuzaba para que le dijera cuál de los hombres que la rondaban del pueblo prefería Damaris. Con cuántos se había escapado ya. A Damaris le gustaba hacerse la distraída, la distante, la escandalizada. Así se reía su hermana mucho, poniéndose bruta, y Damaris con ella. Aquellos ratos de Salento fueron bonitos y la humedad bajaba oscureciendo todo el fulgor de lo verde. La pintura chillona de las casas y el ruido de los cascos de los caballos sobre la tierra, eso siempre lo iban a recordar de cuando estaban sentadas y reposando el día y juntas. A veces con el segundo trago les venía una cosa más negra que compartir y se atrevían a hacerlo. La hermana se lamentaba, ya curtida, sus hijos con ocho y nueve años, crecidos y sin otro norte que su madre, ya sin apuro. Qué haré con este marido, hermana, borracho y calladito. Si es que ni grita. Quiere mejorar. Yo creo que lo intenta cada vez, ¿cuántos trabajos ha perdido desde que llegamos? Los mismos que antes de que volviéramos. Y así. En casa ya lo ves tú, no tengo que contarte nada. Lo que pasa dentro del cuarto es lo mismo que pasa fuera. Los niños creo que lo quieren, le tienen pena. Pues como yo. Sí que hay veces que lo veo levantarse y aunque sé que todo le duele porque imagina esa cabeza por dentro, hermana, tras tantos años bebiendo, tú suponte, pero lo veo levantarse y atina a hacerme un café y me lo trae a la cama, y me mira con unos ojos que son de otra persona de la que ya no me acuerdo, y en realidad no tiene maldad, solo que está ahogado en alcohol, Maris. Ahogadito. Creo que en esos momentos querría decirme yo me ocupo, negrita, yo me ocupo de los niños y de la casa mientras tú vas a trabajar. Y luego pues ya sabes lo que pasa. Yo me voy a trabajar porque voy apurada siempre y ya he dejado las cosas preparadas para los niños, la ropa, el almuerzo, todo, él solo tiene que hacer el desayuno y en fin, eso hace, Maris, el desayuno, y luego en vez de ponerse con la casa, que a estas alturas yo creo que no le da vergüenza, no es eso, es lo otro, el ahogadito, pues se acaba escapando y cuando los niños llegan de vuelta de la escuela menos mal que dejé listo todo en la nevera y solo tienen que calentar y él vuelta a empezar con lo mismo. Y ya sé, Maris, ya sé. Pero y qué hago. Y se hacía de noche y a veces la viejita se quedaba con todos incluso con el borracho que dormía la mona y ellas podían seguir hablando como si al día siguiente no tuvieran tantísimas cosas que hacer. Búscate un hombre ya, Maris. No solo para picotear y para la cama. Uno para vivir. Tienes a los críos grandes. A ver si al final te vas a acabar muriendo en la casa de la viejita. Damaris se dejaba aconsejar por su hermana, pero nunca le hacía caso. Asentía y le sonreía y en realidad solo con ella lloraba por su luto. Con la madre era distinto porque tenía que mantenerse recia de tanto agradecimiento y por no querer preocuparla. Pero con su hermana podía deslizarse en algunos momentos, pocos en tantos años, pero suficientes entre las dos para saber cuál era el lugar de cada una. Y el lugar de Damaris era el de tomar las decisiones importantes para todos ellos. Y ella había decidido que sus hijos tenían que ir a la universidad. Uno de los dos, por lo menos. Y también había decidido que no quería quedarse siempre con la sensación de la vida truncada, que ella en Armenia había construido un pequeño futuro y que por qué no podía volver a empezar. Pero no era ella sola, eso estaba claro. Estaba la viejita, estaba su hermana y estaba ella. Estaba el ahogadito y estaba su difunto, y a ambos había que llevarlos agarrados al corazón y sobre los hombros y ninguno traía dinero a casa ni alimentaba a los niños, y estaban los niños. Tres niños y su niña.

Casi diez años después del terremoto, en Salento, los turistas llegaban y hacían fotos a los colibríes y se sentaban a tomar café en las esquinas de las calles coloridas y se volvían a ir por donde habían venido, pero ellas se quedaban siempre. Con lo que juntaban tenían para poco, solo para la resistencia, y qué limpio el aire de su pueblo y de vez en cuando viajaban a Armenia a algún asunto importante que nunca solucionaban del todo porque no les correspondían ni las pagas ni las ayudas ya que nada había sido de su propiedad. El cementerio aquel del que escaparon siguió siendo un cementerio durante años, los asentamientos habían echado raíces en la tierra y parecía que nadie los levantaría nunca de allí, poco a poco la ciudad iba reconstruyendo su paisaje pero no volvería a ser el paisaje que vieron desmoronarse.

Damaris, le decía su madre, te vas a quedar triste para siempre, ándate a mirar allí afuera, alguien tiene que haber que te cuadre, hija, todavía eres joven. Y alguna cosa le cuadraba, pero solo para el paso. Los largos recorridos la ponían rabiosa, inquieta, como si el esfuerzo empleado en sobrevivir se le fuera a ir por el desagüe, que al fin y al cabo aquellos dos hijos solo serían de ella y de nadie más.

Pasaron cosas grandes, pero nunca tan grandes como aquel 25 de enero de 1999. El año más duro quizá fue cuando la niña cogió esa bronquitis tan pesada y estuvo semanas sin ir a la escuela. No solo el susto de las fiebres altas, el cuerpo desmayado, el pelo negro pegado al cráneo por el sudor, los ojos de cristal. La tos se instaló en la casa y la hizo parecer una caverna; cuando la fiebre remitió, la tos se quedó el tiempo suficiente para que la niña no tuviera fuerzas ni para comer porque le dolían los músculos del vientre, del tórax y de la espalda. Le traían de todo, ungüentos, semillas, emplaste de hojas del valle, alcohol para los vapores; la abuela, cada vez que volvían del médico, esperaba lo prudente y cuando se cercioraba de que la niña no estaba curada, arremetía con lo suyo. Nada estaba de más. Entonces se enfermó ella también. La niña todavía no podía ir al colegio y Damaris tenía a la hija y a la madre en la cama. El niño iba solo a la escuela y después almorzaba en casa de la tía; allá pasaba la tarde entera con los primos. Pero al final Damaris tuvo que faltar al trabajo, porque permiso no le dieron. La niña perdía peso en vez de ganarlo y la abuela se asfixiaba en su casita de colores. Anemia y neumonía, le decían los doctores. Damaris de nuevo parada. Se resignaba y buscaba una y otra vez. En Salento siempre había algo que hacer, un negocio donde faltaran manos, pero todo era muy inestable. Tampoco llovían los papeles firmados. La palabra de algunos jefes era una mancha de barro al menor imprevisto. Algunas noches, en las que la tierra temblaba flojito y los caballos relinchaban intentando zafarse de las bridas, Damaris pensaba en escaparse. No en abandonar a su familia, solo en descansar un poco, cerrar los ojos, no hacer nada y que no dependiera de ella cada bocado que se comía en la casa. Los libros para el colegio, la risa de los niños y las quejas, el concepto mismo de futuro. Se acordaba de su marido, de la barriga hinchada de los embarazos tan seguidos, de cuando alquilaron aquella casa en Armenia, blanca, sobria por fuera, pero por dentro adornada de colores como las calles de su pueblo. El contrato de él en la estación de bomberos, el contrato de ella en el almacén de zapatos. Eran gente seria y conservarían su trabajo por mucho tiempo, siempre estuvo segura de ello. La cotidianeidad de aquellos años, una rutina mecánica pero amable, le parecía ahora un sueño. El calor entre las sábanas, la alegría con la que se encontraban, también.

Vecinas, amigas, excompañeras de trabajo, gente de Armenia a la que había conocido de cerca o de lejos y otras muchas personas a quienes nunca había visto y también gente que ni siquiera había estado en Armenia se beneficiaron de los acuerdos a los que llegó España con Colombia a raíz del terremoto.

Te acuerdas de Soledad, la que tenía la frutería en La Brasilia, la que perdió a los hijos, me acuerdo, cómo no me voy a acordar, qué le pasó, la viste, no le ha pasado nada, Maris, que se ha ido para España con el convenio del SENA, me lo ha contado su madre, que la vi, pobre familia, Dios la bendiga, tantos años viviendo en un cambuche y de luto ya siempre para tener que irse tan lejos a ganarse la vida, pues no sé qué decirte, a mí me parece una oportunidad muy grande, o es que tú no querrías empezar de nuevo, no te rías, Maris, estoy hablando en serio, siempre me estás hablando en serio cuando me hablas de esto, y mira que te digo, se han ido ya tantas personas que conocemos, desde hace mucho tiempo, y tú cada tanto me lo recuerdas, que si el SENA se encarga de todo, que si gestiona las ofertas de empleo, que si los currículos, que si los permisos de trabajo, que si el paraíso, qué me quieres decir, hermana, que podemos empezar de nuevo a los cuarenta años, a eso te refieres, todavía no cumpliste los cuarenta, Maris, solo los he cumplido yo, ya sabes a qué me refiero, como si estuviéramos solas, hermana, y pudiéramos dejarlo aquí todo y marcharnos y olvidarnos de nuestros hijos y de la viejita y del pueblo e incluso de tu marido, a eso te refieres con España, no, Maris, no, es que no me quieres escuchar, saca los patacones del agua que el aceite está ya hirviendo y déjate de tanta volandera, el SENA ha lanzado otra convocatoria, y ya va a ser de las últimas, si no la última, se gana dinero allá, eso lo sabes tú de sobra, que no eres tonta, se gana dinero como para ahorrar y montar aquí un hotel o una finca cafetera, qué exagerada eres, qué pesada, nunca es para tanto, es que has visto a alguien que haya vuelto de trabajar en España y haya montado un hotel o una finca cafetera, pues es que todavía no han vuelto y será por algo, Soledad no tiene hijos, que en paz descansen, que hasta nombrarlos me duele, y puede irse y arriesgarlo todo, hermana, si es eso lo que me venías a decir, que podríamos irnos tú y yo en vez de estar lavando sábanas y fregando baños, pues es que allí fregando baños se gana mucho más que aquí, Maris, y además se puede acabar trabajando en otras cosas mejores, allí se puede, eres una incrédula, y a lo mejor Soledad si sus hijos estuvieran vivos también se iba, porque a ver cómo hacía para darles a esos niños una vida en condiciones, para llevarlos a la universidad, por ejemplo, o para que su viejita no tuviera que vender su casa del pueblo, no sé, se te está quemando ese, dale la vuelta y deja de hacerte castillos en el aire, que nosotras no podemos irnos a ninguna parte, que entre las dos tenemos cuatro niños y la viejita no está para esos trotes, y encima la edad que tienen, que cuando menos nos lo esperemos ya están queriéndose ir de casa, déjate de tonterías y pon los patacones aquí donde el arroz, todo junto, que lo voy llevando, no son tonterías, Maris, que es la última oportunidad, que no has cumplido cuarenta años todavía, que tus niños están ya crecidos y la niña es muy lista y tú no quieres que acabe fregando baños y cambiando sábanas, que me lo has dicho desde que aprendió a leer, y que el niño sabe cuidarse bien y es responsable, que es lo que más miedo te ha dado siempre, pero deja de hablar de mis hijos, hermana, y qué pasa con los tuyos, es que te imaginas acaso a tus hijos aquí solos cuidando de su padre después de las curdas, es que te imaginas separándote de ellos, es que no estoy hablando de mí, Maris, ni de las dos, estoy hablando de ti, qué dices que estás hablando de mí, lo que digo, que estoy hablando de ti, que la única que puede irse eres tú, que la única que debe irse eres tú, que yo puedo cuidar de los cuatro con la viejita, que los niños van a estar bien con nosotras, que yo no puedo irme, yo tengo que quedarme a cuidarlos para que tú te vayas, porque tú sí puedes irte, eres la única que puede y la única de las dos que está preparada para hacerlo, no me mires así, Maris, te lo estoy diciendo de verdad, dicen que es la última convocatoria del SENA para irse a trabajar a España y al menos que una de las ayudas que han dado en todo este tiempo después de la desgracia caiga en nuestra mano, Maris, que puedes ganar dinero y hacer más fácil la vida de tus hijos, más fácil que la tuya, hermana, se está enfriando el arroz, cállate de una vez que como nos oiga la viejita te vas a reír del disgusto que le vas a dar, tu madre ya está enterada, Maris, o qué te crees, si ella es la primera que me lo ha dicho, llevamos un mes hablando de esto, a mis espaldas, pues sí, a tus espaldas, porque a ti cualquiera te dice nada, cualquiera te cambia las riendas a ti, pero casi lo tenemos todo planeado, y la viejita lo tiene más claro que yo, que te voy a echar en falta tanto como tú a tus niños, pero tienes que empezar de nuevo, Maris, esta vez de verdad.

Oliva entró por el servicio de urgencias del hospital Jiménez Díaz un martes de madrugada, agarrándose la muñeca inflada con la otra mano, quién sabe cuántas cosas se habían roto ahí adentro. Ya no lloraba con lágrimas pero los ojos empequeñecidos y la frente de extrema preocupación. A través del cristal de la ventanilla de recepción mostró la muñeca, abultada y azul. Me he caído. Su acompañante era una sombra que parecía cuidarla. Un hombre joven, por lo menos diez años más joven que ella, de rizos altos y expresión, cómo no, de cordero degollado. La protegía de sí misma con su anchura de hombros, con sus ojos de una miel endurecida y los labios sellados. No le correspondía hablar, hay que dejar que las mujeres solucionen lo que es suyo. En los restaurantes sí hablaba por ella. Aquí no. Su obligación era llevarla a las urgencias médicas, acompañarla en ese tránsito, y guardar silencio. En la sala de espera, algún quejido entre el resto de pacientes, no había revuelo. Cuando pronunciaron su nombre, una mujer de su edad, con el pelo teñido de naranja y la cara translúcida de hacer guardias, Oliva pensó, ¿se darán cuenta de todo?, era un atrevimiento haber venido juntos, era como traer el arma homicida colgada del cuello en el más osado acto de disimulo, voy, respondió levantándose, y él no la besó en la frente y quizá desde el mutismo le pidió, los ojos acobardados, no digas nada. Pero quizá no. Quizá lo único cierto era la apariencia.

Qué te ha pasado, y Oliva fue sincera, ocultos los matices. Una solo puede atravesar las puertas que quedan abiertas. ¿Te has caído? No, me he tirado al suelo. Estábamos discutiendo. Me he tirado al suelo desesperada. Dijo discutiendo. ¿La mujer lo anotó? Dijo desesperada. ¿Registró ese rasgo connotativo? Pero matizó: estoy muy nerviosa últimamente, no sé qué me pasa, estoy muy nerviosa. Primera persona del singular. Yo estoy muy nerviosa. No sé qué me pasa. Balones fuera. Te vamos a hacer una radiografía por si te has roto algún huesecillo, ¿puedes mover la muñeca?, a duras penas podía por la hinchazón, pero algo sí, déjame que la mueva yo, tranquila, no te asustes, ¿te duele?, no creo que haya nada roto pero por si acaso, acompáñame a esta otra sala. Entonces Oliva decidió aprovechar la cobertura otorgada por los servicios de salud del estado del bienestar que le correspondía como ciudadana pagadora de impuestos y confesó me he hecho daño también en las rodillas al tirarme al suelo y además el otro día me di un golpe fuerte contra un bolardo por la calle y ya me dolía pero ahora con la caída me duele más y la mujer le dijo está bien, déjame que te examine, bájate los pantalones. Qué rodilla es la que te duele. Sentada en la camilla, con los pies colgando, a pesar de la tenue luz, ahí estaban, en sus muslos blancos, los hematomas. Al menos diez. La piel teñida de ellos. La mujer se quedó mirándolos un par de segundos. Luego la miró a los ojos. ¿Y esto qué es? ¿Qué te ha pasado? No era agresiva ni censora. La puerta cerrada del sistema pareció entornarse unos milímetros. ¿Había un resquicio por el que ser sincera? Durante un instante, Oliva esperó la bronca. Es una obligación cuidarse, es una obligación mantener la cordura, y ella se limitó a insistir en su verdad: pues lo que te he dicho antes, estoy pasando por una época muy difícil, estoy muy nerviosa, son puñetazos que me pego a mí misma en esos momentos de angustia. El resquicio se cerró. La confesión fue suficiente, no habría riña ni cuestionamiento. No vendría ninguna pregunta más después de aquello. Había superado la prueba. Mejor que la tomasen por una desequilibrada a desvelar el circo del horror donde había entrado por su propio pie. Mejor que la dejasen solucionarlo por sí misma, ella podía. Mejor encubrirlo. Aunque la realidad era, se daría cuenta mucho más tarde, que lo único cierto era la apariencia. Su palabra, no los hechos. Los hechos, principalmente los hechos, no importaban porque, ante la más grave de las desprotecciones, ni siquiera la sangre descompuesta bajo los tejidos blandos sirve como vestigio del delito.

No había nada roto, ni una fisura. Ni en las rodillas ni en la muñeca izquierda. Qué suerte. Ibuprofeno para el dolor y en unos días bajaría la hinchazón. La mujer del pelo teñido de naranja no le dijo cuídate, no le dijo tampoco ten cuidado. No le dijo nada. Oliva se preguntó si habría anotado algo más en el informe de urgencias. Algún código específico.

Max y ella volvieron al diminuto piso de la calle del Almendro en silencio, arropados en el calor del asiento trasero del taxi, a las cuatro de la madrugada. Recibió las caricias pertinentes. No hubo diálogo. No era la primera vez, pero nunca había llegado tan lejos. Oliva supuso que se daba por hecho: la línea infranqueable estaba traspasada.

No recordaba cuándo había empezado a hacerlo, hacía unas semanas, muchos días, un mes entero o dos o tres. En el límite más alto de la asfixia, Oliva se pegaba. Él estaba cerca, siempre, mirándola o sin mirarla, azotando el aire con toda la crueldad de los gestos y las palabras, su cuerpo brillante convertido en negritud y en estertores y Oliva no tenía boca ni lengua ni nada y porque todo aquello no paraba y para que todo aquello por fin parara se abofeteaba a sí misma con fuerza una vez dos tres cuatro cinco seis siete ocho nueve veces y también se golpeaba los muslos con la misma brutalidad que impregnaba el aire, por favor, para, por favor, no le dolía nada, su cuerpo en esos momentos era una lumbre callada un hueso roído tantas veces por un perro hambriento por dentro todo le ardía por dentro por debajo de la piel todo quemaba quizá si recuperaba la sensibilidad a golpes quizá eso era lo que tenía que ocurrir quizá debía traducirse todo aquello inexplicable que recibía durante media hora una hora entera luego una hora y media casi dos horas traducirse quizá en un dolor físico externo y extremo y se pegaba con los ojos cerrados como deben de pegarse a sí mismos los torturados en medio de la rabia si tienen las manos libres y al cabo de unos minutos, entonces sí, el hombre la sujetaba de las muñecas la inmovilizaba con la fuerza de la vida y el telón se bajaba y por fin silencio. El mecanismo era perfecto.

Aquella madrugada de martes en medio de la guerra Oliva se había encerrado en el dormitorio mientras fuera Max hervía. La cama alta, la puerta del armario desordenado, una luz marchita de bombilla antigua, nada era suficiente para acallarlo, ahí dentro tampoco cesaban los estertores. Oliva se había tapado la cara con las manos y se había tapado los oídos y lloraba y su lamento era una histeria y cuando llegó un alarido Oliva se había dejado caer, todo lo alta que era, había dejado que su cuerpo muerto golpeara contra el suelo ella no quería hacerse daño quería detenerlo todo y además solo tenía sus propios huesos ninguna cosa más para la batalla y las rodillas habían crujido contra el suelo porque no se había desvanecido, se había estrellado con ímpetu, y no había atinado a extender las palmas de las manos y fue el dorso de su muñeca izquierda el que reventó en la baldosa fría.

Había mirado, atónita, cómo se le rompían las venas debajo de la piel. En unos segundos la sangre azul, sin herida por la que salir, desbordó los conductos e infló la escueta carne de la muñeca. Pudo ver el palpitar, no sabía cuán lejos llegaría, ya iba diez centímetros abajo desde los carpianos, el nervio mediano ahogado junto a la arteria radial ahora deshecha entre el radio y el cúbito. Había cerrado los dedos de la otra mano fuertemente alrededor para intentar detenerlo todo no, no, no, mira lo que me he hecho, qué me he hecho, qué me he hecho por dios, y Max abrió la puerta y cuando vio el destrozo ya está, se acabó el embrujo, como hombre cívico enmudeció, la agarró de los hombros, la ayudó a ponerse el abrigo, no te preocupes, no te preocupes por favor, Oliva hipaba tan asustada tan despojada de todo tenía tanto miedo como antes pero ahora de algo más, ahora de sí misma, te llevo al hospital, ya pasó, ya va a pasar y la metió en un taxi.

Al día siguiente todo estuvo calmado, aunque sin el delirio del arrepentimiento. El mismo disfraz de protocolo al que obligó la noche de hospital se instaló en su casa. Ella quiso refugiarse en esa quietud en principio acogedora. Max estaba callado, no tan solícito como meditabundo; triste porque le tocaba estar triste, la cantinela de los días después de las tragedias, no quiero perderte, me siento fatal, estoy muy mal, jamás va a volver a pasar esto, si te pierdo me muero, me muero, me muero, así en abstracto. No era fácil poner palabras a aquella vergüenza tras tantas palabras usadas para todo lo demás. El miércoles lo pasaron entre las sábanas, los fuegos de la cocina y el sofá. Ella sentía dolor, estaba cansada, atolondrada. El jueves era festivo. Oliva tenía una entrega importante, no había avanzado lo suficiente el día anterior, maquetar con la muñeca así no era fácil, apenas había sido capaz de trabajar. Tengo que aprovechar el día de hoy para acabar la maqueta. La niña estará aquí en dos días y todo va a ser más difícil. Lo que Oliva hubiera querido, incluso lo que sentía que merecía, era que Max le dijese por supuesto, no vamos a salir de casa, te cocinaré mis platos exquisitos y doblaré la ropa mientras tú te recuperas y avanzas con el trabajo. Pero él ya se mostraba inquieto, opaco, con esos rasgos afilados de cuando atravesaba otros mundos a través de su teléfono móvil. No había obligaciones en el amor. ¿No era eso lo que afirmaba ella cuando se conocieron? El hematoma hacía su magia de colores. Rojo oscuro, morado ya en los bordes, parecía gritar.

Me han invitado a una barbacoa mis colegas de Francia, han quedado todos, no puedo faltar; no era una sugerencia ni una disculpa, era un grillete. Es que yo tengo que trabajar, voy muy atrasada, ayer no pude avanzar. Bueno, voy y vuelvo rápido. Luego te escribo. Y se fue y luego le escribió. Le escribía siempre, a cada rato. Píldoras de control que parecían de necesidad. En soledad, a Oliva el dibujo de la noche de hospital se le hacía cada vez más hierático, más lúgubre. Más cosa suya, como la maqueta de aquel libro, como su responsabilidad de ser madre. El amor ha de estar exento de obligaciones. Qué tal vas, le decía su teléfono. Aquí estamos, en la terraza de estos, necesitaba verlos, me está haciendo mucho bien, decía Max. ¿Cómo estás tú? ¿Has comido? Yo trabajando. Sí, he comido. ¿Estás mejor? Va por rachas, contestó Oliva. Creo que tengo un poco de ansiedad. Échate una siesta, le dijo él. Tengo que trabajar, no puedo dormir la siesta. La noche de hospital se iba perdiendo entre la bruma. A través de las redes sociales Oliva vio una foto de Max, en una terraza, efectivamente, rodeado de varios amigos y de su ex, todos alegres, livianos, jóvenes, bebiendo cerveza. Max aparecía sonriente, mirando a alguien a su derecha, hermoso e inofensivo. Ajeno a todo. No parecía que nada le doliese o le preocupase o le avergonzase. Y ella, en aquel piso de treinta metros cuadrados, la madre separada, la llorosa, la que se golpeaba los muslos, la que se había reventado la radial contra el suelo, la diez años mayor, subiendo la montaña de su entrega semanal. ¿Sigues currando? Oliva no contesta. A los cinco minutos, otro mensaje: ¿hola? Es la demanda: contéstame. Sí, sigo currando, contestó Oliva. Entonces Max escribió: oye, ¿te pasa algo? Estás muy fría. La frialdad es algo que Max no tolera en absoluto. No a través de un chat, y mucho menos en persona. Estoy como cuando te has ido, igual, no me pasa nada más de lo que ya sabes. Me siento muy mal estando aquí y tú así, escribe él, y recalca: muy mal. Tomamos un par de copas y voy a tu casa, ¿vale?, no me apetece nada salir, ¿a ti te apetece salir? Oliva sintió alivio de que regresara, en un horizonte relativamente próximo, aunque cada vez más ambiguo. Contestó: ¿salir? Claro que no me apetece salir. No quiero que me vea nadie. Max cortó de raíz, la noche de hospital definitivamente perdida en la lejanía: joder, Oliva, no te pases. No me paso, no quiero dar explicaciones. ¿Explicaciones de qué? Oliva no contesta. Una hora más tarde: estamos ahora tomando algo en otra casa, ¿no vas a venir? No he acabado de currar y además se me ve mucho el moratón. Está cambiando de color, cada vez más morado. Me lo van a ver y me van a preguntar qué me ha pasado. Max: pues no lo creo, la verdad, no tienes moratones en la cara. Oliva se hace una foto con el móvil y se la envía. Max: está igual que antes, ¿no? Una hora más tarde: oye, dime algo, ¿estás rayada conmigo? Oliva: hago lo que puedo, ya sabes cómo estoy. Su drama, estaba claro, había terminado ya. Vale, me acabo esto y voy a casa. Una hora más tarde, ya casi las once de la noche: ¿por qué no te vienes? Vamos a Malasaña, son las fiestas. Anda, vente, llevo hablando de ti un buen rato, todo el mundo quiere conocerte. Oliva cerró por fin la maqueta, ya casi había acabado. Se duchó, escogió un jersey negro de manga larga y estrecha que tenía desde los veinte años.

La manga le cubría la mitad de la mano. Hacía algo de fresco en la calle, le vendría bien. Cogió un taxi que la llevó hasta la plaza del Dos de Mayo. La noche de hospital jamás había ocurrido y quizá no volvieran a hablar de ella. Max, desde luego, jamás volvería a mencionarla.

Oliva estudió su muñeca cada día. No le contó a nadie nada, otra vez, no le había contado a nadie tantas cosas últimamente. Evitó que su hija viera el tornasol de colores de su piel. Ya no estaba hinchada, solo verde. Pero, a los dos o tres días, decidió hacerse una foto y se la envió a su hermana: mira lo que me hice el otro día, me caí bajando de la cama esta de mierda, me tropecé en las escaleras. Su hermana contestó de inmediato. Qué fuerte, qué dolor. Ya estaba. No había testigos, quizá no los hubiera nunca, pero Oliva necesitaba una coartada. Mentirle a alguien que la quisiera. Por si acaso.

Continuó golpeándose a sí misma unos meses más, en los momentos críticos. Nunca tuvo que volver al hospital. Se acostumbró durante ese tiempo a ver las manchas en sus brazos, en sus piernas, la sangre saltada en su costado cuando se pellizcaba en medio de la histeria. Una vez se dejó una marca en la cara, entre la mejilla y la sien, de una bofetada más fuerte de la cuenta. Se maquilló con esmero.

No recuerda el día exacto en que dejó de hacerlo. Pegarse a sí misma era recoger la violencia a la que era sometida y aplicársela de su propia mano. No podía traicionarse así. Era estar a la altura de la barbarie. Puso fin a ese traspaso de poderes. Quizá fuera el primer intento de huida.

A Horía le faltaba el aire por las noches. No conseguía dormir. Notaba perfectamente cómo una mano huesuda le apretaba la garganta cuando estaba a punto de caerse al sueño. Se incorporaba con brusquedad en su litera, se agarraba al somier superior, abría mucho la boca para que el oxígeno llegara a los pulmones. Estaba sudando, tenía la cara mojada, aunque a lo mejor eran lágrimas. Siempre había una compañera sentada junto a su cama las primeras noches. Le ofrecía té caliente y le limpiaba la frente con un pañuelo. Cocinaban para ella e insistían: tienes que descansar un poco, dentro de un rato salimos al campo, no puedes enfermar ahora. La manijera no permitiría que se desmayase en el tajo.

Una de ellas, Munia, había sufrido un cólico nefrítico a las primeras semanas de trabajo. Cuando se retorcía de dolor en su catre, temblando, avisaron a la hermana del patrón a través de Farida. Aquella acudió, agria y displicente, al cabo de unas horas. Entró en la caravana arrugando la cara por el olor y se asomó al bulto que era Munia, torcida en la cama. No la tocó. Tras intercambiar unas palabras con Farida, algunas ya reconocibles para Horía, médico, ahora, ambas salieron y se dirigieron hacia la casa del patrón. Al cabo de un rato, llegó Farida con un blíster de pastillas blancas y gruesas. No vendrá el médico, tiene que tomar esto cada seis horas. ¿Podemos llevarla al hospital?, preguntaron. No se puede. No es grave. No le va a pasar nada. Soportó los dolores durante tres días y tres noches y la cuidaron entre todas. Pero debían dejarla sola cada mañana al irse a recoger la fruta y no sabían cómo la encontrarían a la vuelta. Munia no cobró ninguno de los días sin trabajar. Igual que ninguna había cobrado las horas extra realizadas hasta ahora. Cuando preguntaban, Farida les decía que eso se cobraba al final. Nadie la creía ya. La manijera no las dejaba hablar entre ellas en el campo, la campaña acababa y había que darse prisa, quedaban muchos kilos de fresa por recoger. Tampoco las dejaban volver antes para ver cómo estaba la compañera enferma, qué disgusto si está muerta cuando lleguemos, murmuraba Latifa mientras comían el bocadillo en el rato de descanso. Pero no murió. Latifa rezaba agradecida cada tarde, aliviada de ver cómo mejoraba. Era la más joven de todas, la que más lloraba por sus hijos al menor contratiempo. Hasta que empezó a llorar Horía.

Aziz llevaba diez días desaparecido. Horía consiguió que el taxista le trajera una tarjeta para el móvil, ahora se arrepentía de no haber estado más en contacto con él y con su madre. Debería haberlo llamado cada día. No había notado nada, en sus últimas conversaciones telefónicas Aziz se había mostrado alegre, aunque parco en palabras y en novedades. Horía rebuscaba con los ojos amarillentos en la red social donde a veces se había deleitado con las fotos que subía su hijo. La última estaba hecha a la salida de Boulanouar, al borde de la carretera que llevaba a Juribga. Posaba junto a dos chicos más, uno de ellos, vecino de la aldea, a quien Horía conocía bien: era Fadi, amigo de la infancia, su padre había trabajado siempre en la mina de fosfatos. Al otro no lo había visto nunca. No podía ser de la aldea. Más alto y más robusto, ya con la sombra del vello en la cara, pasaba un brazo por encima de los hombros de Aziz. Los tres hacían la señal de la victoria con los dedos y en sus caras había muecas de burla. Ampliando la fotografía estudió los rasgos de su hijo. Los ojos achicados, risueños, el cuerpo espigado y oscuro. ¿Estaba como lo había dejado? ¿Qué había pasado en esos meses? Aziz había crecido. Podía notarlo en la fotografía, aunque no lo percibió la primera vez que la vio. Había cumplido catorce años en su ausencia y ahora lo veía claro: la mandíbula más recta, las cejas más pobladas. Pero era un niño todavía, apenas un muchacho.

Durante las nueve horas que pasaba agachada en el tajo bajo los plásticos blancos, con cuidado de no colocar los frutos en el lugar equivocado, temiendo que alguno se echara a perder entre sus dedos ahora temblorosos, Horía imaginaba el cuerpo de Aziz en las diferentes posturas de la muerte, la violencia o el hambre. A ella le dolían todas las articulaciones del cuerpo, el sudor le escocía en los costados y entre las piernas. Hacía un calor de mil demonios, pero Horía sentía frío, porque todo se le oscurecía por dentro. Cuando por fin se arrastraba hacia los prefabricados, al final de la jornada, sus compañeras la obligaban a lavarse, ellas mismas le quitaban la ropa. El agua tibia, calentada por el sol, le quemaba en el cuerpo.

Había rastreado lo posible, desde la pantalla de su teléfono móvil y en dos visitas al locutorio del pueblo. Le había pagado al taxista un dinero extra por todo, por haberle conseguido la tarjeta de datos, por ir a buscarla cuando no tocaba, por esperarla fuera durante todo el tiempo que pasó hablando por teléfono; le había contado, en un viaje de vuelta, la situación, con una voz nueva, más asertiva, más ronca, más desesperada. Junto a sus compañeras, habían ideado un sinfín de posibilidades, sentadas alrededor de la mesa de plástico, espantando a los mosquitos, aliviadas por que las moscas ya se hubieran dormido al caer la noche. Las dos veces que había hablado con su madre, esta se había limitado a repetir los lamentos, cada vez más vacía. Por qué no intentaste contactar conmigo para decirme que ya no estaba. Porque estaba esperando que volviera. Horía consiguió recabar más información: Aziz le había robado dinero antes de irse. La abuela no lo notó raro aquellos días, cariñoso como siempre, pero cada vez pasaba más tiempo fuera de la casa, a veces el día entero. Faltaban su mochila, ropa, unas zapatillas de deporte recién compradas, su sudadera negra. Habló con la madre de Fadi, que decía no saber nada, que su hijo no sabía nada, pero que Aziz quería irse. Lo mismo le dijeron las madres de otros dos amigos. El único niño que había desaparecido de la aldea era Aziz. Había rastreado por la red social el perfil del chico desconocido de la foto. Efectivamente, vivía desde hacía poco tiempo en Juribga, pero había llegado de Berrechid. Hacía días que no se actualizaba su página. Tampoco la de Aziz. El teléfono, siempre apagado. Había conseguido que el hermano de Kenza llevara a su madre a poner la denuncia a la gendarmería, aunque sabía que no serviría de nada. Había hablado con su hermano Mohamed, le había rogado que fuera a la aldea a buscar a su madre. Ya no puede estar ahí sola. Pero tú volverás pronto, le dijo él. Todavía falta un mes, es demasiado tiempo. La madre no quería irse de su casa, Horía lo sabía. Decía que si el niño volvía ella tenía que estar allí. Pero Horía, en el fondo, no esperaba que volviese. Madre, es solo hasta que regrese yo. Todavía no puedo irme. No hemos acabado el trabajo. Ve con tu hijo Mohamed, por favor. No cerraré mi casa, contestaba su madre, bajito, en amenaza.

Dónde habría ido, en qué transporte habría empezado la ruta hacia el norte, cuánto dinero habría tenido que pagar, estaría pasando hambre, en qué oscuro agujero podría esconderse para dormir, qué cosas horribles que su hijo nunca había hecho podría estar haciendo ahora. En diez días, ya estaría muy lejos, si había ido directo. Pronto te llamará, le decían sus compañeras, vas a tener noticias enseguida. No te llama porque vas a reñirle. No te llama porque a lo mejor no tiene dinero. No te llamará hasta que no haya hecho lo que quería hacer. Está vivo, si estuviera muerto te habrías enterado ya. No existía una lógica para ese razonamiento, pero Horía solo podía considerarlo una certeza. Solo podía rezar. Come, le decían las otras, y a veces le metían el pan en la boca, como madres enfadadas. No podrías hacer nada allí, no cambiaría nada si estuvieses allí. Qué ibas a hacer, quedarte en Tánger para buscarlo. A lo mejor no está en Tánger. No sabes dónde está. Y al momento el razonamiento era el contrario. Ya pronto volvemos, *inshallah*. Allí lo verás todo más claro. Estarás con tu madre. Podrás encontrarlo.

Desde que se fue a España, Horía siempre había llamado a Aziz desde el locutorio, a casa de su madre. A través del teléfono móvil apenas se comunicaban. Ella le escribía mensajes y le decía: llamaré tal día o tal otro, a esta hora, estate en casa con la abuela. Cuando no conseguía ir al pueblo volvía a escribirle, si tenía datos; Aziz contestaba a veces enseguida, otras veces tardaba. Pero no se había preocupado nunca por ello. Durante todos aquellos meses, había imaginado a su niño haciendo las cosas de siempre, incluso las que ella nunca lo había visto hacer. Desde que supo que no estaba en la aldea, no se separaba del teléfono. Sus compañeras debían de tener razón. En algún momento la llamaría. Tenía que mantener el teléfono con batería y con datos. Por las noches, lo dejaba muy cerca de su cara.

Kenza quería que se encontraran. Le sugirió que intentara que el taxista la llevara al pueblo donde ella estaba. Podían juntarse en un café, algo que no habían hecho en este tiempo, y consolarse la una a la otra. Ella tampoco sabía nada de Aziz, le había preguntado a su hermano y a su cuñada, pero nadie sabía nada. Horía quería verla, necesitaba mirar unos ojos que vinieran de lo suyo, alguien que también conociera a su hijo, pero no gastaría más dinero. Y, además, pronto estarían volviendo, las dos otra vez, en el autobús a Algeciras, en el ferry después, y otra vez en el autobús hacia casa.

Los últimos días en el campo estaban siendo malos. Más frecuentes los gritos y los insultos, el rendimiento no era el acostumbrado. Un mediodía, el patrón mandó que la llevaran de vuelta a los prefabricados, la castigó sin trabajar y también sin el sueldo de esa jornada, junto con Fatima, una compañera. La manijera caminó tras ellas los doscientos metros que las separaban del campo de cultivo, como si fueran a escaparse, como guiando el ganado hasta su redil. Fue ella misma quien les dijo, en español, que no iban a ver el dinero de ese día. Horía la entendió. Ya se había hecho con las palabras más importantes. En las caravanas, solas, se desahogaron con rabia y se reafirmaron en lo que ya sabían: no había nada que hacer, solo bajar de nuevo la cabeza y doblar la espalda al día siguiente e ir más rápido. La cosecha estaba acabando, debían asegurarse cada euro. Trabajo de animales, dijo su compañera, y menos mal que este no nos hace cosas peores. Horía la miraba, con una lástima larga, de no saber dónde empieza ni dónde acaba. Su compañera hablaba casi con los labios cerrados. Porque a mí me hicieron cosas peores el primer año que vine a trabajar. Las cosas más malas que se le pueden hacer a una mujer, murmuró, mientras fregaba un cazo para calentar agua y preparar té. Y aquí estoy todavía. Ya pronto nos vamos, si Dios quiere, musitó Horía. Sí, pero el año que viene hay que volver.

Como su teléfono no sonaba y el de Aziz seguía apagado, Horía concentró sus rezos en aquella utopía de su madre, que el niño aparecería una mañana cualquiera, muy delgado y lleno de polvo, por su casa. El teléfono no sonaba y Horía por las noches ya no quería escuchar a sus compañeras de cháchara bajo el toldo, solo quería estarse quieta y a oscuras, tumbada en su litera, para que algo sucediese de una vez, o para que nada hubiese sucedido. Pero cuando faltaban diez días para regresar a su país el teléfono sonó. Se encendió la pantalla, vibró, emitió su cancioncita traicionera. Horía lo llevaba en la mano, se lo había sacado de entre las ropas, donde lo guardaba durante las horas de trabajo. Era un número desconocido. Estaban regresando del campo, bajo el sol cargante de la primera tarde, arrastrando los pies. Las mujeres la rodearon, cógelo, Horía, cógelo pero sigue caminando. Farida, por suerte, se había adelantado. No las miraba. Horía descolgó y escuchó, por fin, la voz de su hijo, que estaba vivo, y seguramente hambriento y más delgado y habría crecido mucho en estos meses y sobre todo en estas últimas semanas de niño solo haciéndose el hombre quién sabe por qué tierras, y no le temblaba la garganta y ella quería gritar llorándole y cogerlo por los pelos a través de la voz y rodearle los hombros y apretárselo contra el pecho y olerle la frente y el cuello que a lo mejor su niño era ya más alto que ella pero seguía siendo un niño aunque en este tiempo hubiera hecho cosas feas para sobrevivir a lo mejor se había convertido en un delincuente y quería gritarle y llorarle y sin embargo no hizo nada, dijo hijo mío y estuvo en silencio y fue Aziz quien habló: madre, estoy bien, quiero que sepas que mañana voy a cruzar a España y que no me va a pasar nada y no te tienes que preocupar, ni tú ni la abuela, porque va a salir todo bien y cuando pueda volveré a llamarte, estoy bien, de verdad, estoy bien, no me he olvidado de ti, madre. Y colgó.

Y entonces pasó la noche y un día entero más y otra noche entera y pegajosa y corta como ahora eran las noches, y Horía veía delante de ella las compuertas cerrarse, la mano apretando un poco más fuerte su garganta a cada momento. El futuro aquel que imaginó, tapar los agujeros, coser para su propio negocio, una tiendita minúscula en Juribga, su madre envejeciendo con calma y su hijo estudiando, cada vez sonaba más insignificante, aplastado por esa compuerta de acero que bajaba ante sus ojos a la velocidad de ratas que huyen. Y con esa cerrazón en la mirada iba Horía caminando junto con Basima, la más callada de sus compañeras, por el borde de la carretera que llevaba de Cartaya a la finca, porque el taxista las había dejado en el pueblo y al salir de la tienda no lo habían encontrado. Las mujeres esperaron un buen rato hasta que empezaron a tener miedo de que se les hiciera tarde; no llegar a tiempo a la finca era lo peor que podía pasarles en estos últimos días. Y Basima, nunca cercana, nunca alegre, la mujer más fría de todas las que vivían con ella en el campo, le habló, mirando al frente; a un lado y a otro, campos de naranjos. Cuando pasaban los coches junto a ellas, agitándoles las telas de la ropa, callaba, porque Basima nunca alzaba su monótona voz.

Tú sabes que yo tengo una hija y que esa hija no tiene padre. Que la tiene mi madre en el Garb, cerca de Kenitra, allí me están esperando las dos y también mis hermanas. Yo trabajé en los campos en Marruecos antes de trabajar en los de aquí. Y durante un tiempo, como mucha gente de mi lugar, trabajé en Berkán, me fui muy lejos, fui una *daglawa*, así nos llamaban los locales. En Berkán hay mucho trabajo. Recogía patatas, clementinas, remolachas y judías. Sobre todo clementinas. En septiembre empezaba lo fuerte. Pero no era como aquí, que ya sabes dónde vas a trabajar cada día y que vas a trabajar. Allí nos juntábamos todos en el *muqaf*, cada mañana, muy temprano, casi de noche, hombres, mujeres, incluso niños, y los capataces elegían sobre la marcha, cada día, a las obreras que se iban a llevar a trabajar a sus campos. Nos llevaban en remolques, apretadas, como se llevan las ovejas. Me pagaban once dírhams la hora. Pero nunca llegaba eso a mis manos. Como mucho sesenta o setenta dírhams acababan pagándome al final del día. Y recogía clementinas siete días a la semana, desde que salía el sol hasta las cuatro de la tarde. Y si llovía nos metían en el remolque y nos soltaban en el *muqaf* otra vez, sin pagarnos. Y nos pegaban con palos si íbamos lentas. Y no soy yo la única que tiene una hija sin padre. Muchas de las que vivíamos en Douar Lagrab, a las afueras de Berkán, teníamos hijos sin padre. Otras decidían hacer negocio de aquello. Y no las juzgo. No se puede evitar cuando un hombre quiere robarte así. No importa si te niegas. Al final es peor, te acaba pasando, sobre todo si eres joven y bonita como yo era. No puedes trabajar en el campo si no aguantas. Aquellas se sacaban el pan, también tenían hijos que alimentar. Cuando llegaba febrero ya no había trabajo en los campos. Así que empezaba a trabajar en las plantas de embalaje, diez horas al día. Pero cuando nació mi hija todo fue más difícil. En Douar Lagrab no se vive bien, se vive casi como aquí pero mucha gente apretada. No hay por donde se vaya la porquería, no hay agua potable y nada más una fuente. Pero sí había luz eléctrica. Para irme a trabajar tenía que contratar a una *murabbiya* que cuidase a mi niña. Y con lo que ganaba no me daba ya para nada más, no podía enviar dinero a mi madre, a veces ni siquiera tenía para pagar lo de allí, el alquiler, la comida de la niña, los pañales, a la *murabbiya*. Tuve que regresar a mi tierra. A mi madre le costó mucho entender pero al final entendió. Y ahora vengo a España y estoy sin mi hija pero luego regreso y estoy con ella y así todo el tiempo que pueda. Yo quiero decirte una cosa aunque no soy yo nadie para decirte nada. Tú has visto cómo vivimos aquí. Las cosas que nos pasan. Las cosas que nos pueden pasar si no tenemos suerte. Es la vida de los perros. Yo te diría que no te olvides de por qué viniste. Te diría que recuerdes que nuestra vida es la vida de los perros aquí y también allí. Y yo no soy nadie para decirte nada ni a ti te importa nada lo que yo te diga pero de todos modos yo te lo voy a decir. Si mi hija no estuviera ya en Marruecos, yo no me volvería. Me escaparía y conseguiría quedarme. Porque es posible que esta sea la última vez que me llamen. Y a ti también. Porque puede que cuando regresemos a casa no nos llamen nunca más para trabajar aquí. Y entonces sí que está todo perdido. Porque volver a casa podemos hacerlo más adelante. Pero salir de ella no. Allí solo se puede esperar.

Y Horía le confesó: sé lo que tengo que hacer para quedarme en España. Lo he averiguado. Si tú quieres, puedes ayudarme. Y que Dios te bendiga.

A las ocho de la tarde cierra la puerta, echa el pestillo interior y da dos vueltas a la llave. La llave la deja en la cerradura, porque sabe que así no podrán meter otra por fuera. Por la ventana que da al patio ya no entra luz. Baja la persiana. Se siente más protegida, extraña entre esos muros, con todo el espacio para ella sola.

No ha conseguido hacer desaparecer el olor que impregnaba la casa el día que entró por primera vez. Le dijeron que llevaba mucho tiempo cerrada, y que antes había vivido ahí un hombre, el antiguo portero del edificio. Pero hacía muchos años que ya no había portero. Por eso olía así: a viejo, a humedad y a cerrado. Aquella casa es su sueldo. Con el poco dinero en efectivo que recibe debe costearse la comida, la luz y los gastos que tenga y además debe ahorrar.

La estancia no tiene apenas muebles, aunque viniendo de donde viene es un lujo. Una sala cuadrada con un sofá de dos plazas, una mesa redonda, dos sillas, cocina de gas y fregadero, un mueble para meter los cacharros que hace las veces de encimera y un armario que se tambalea cada vez que se abre o se cierra. La sala se comunica con un habitáculo sin ventana que es el dormitorio, donde solo cabe una cama. En vez de ventana hay una puerta de chapa, siempre cerrada, que da a un segundo patio. El cuarto de baño, con plato de ducha, lavabo y váter, es independiente. Allí hay también una lavadora estrecha, de media carga. Tiene todo lo que necesita y más, en ese lugar podrían vivir al menos tres personas o cuatro. La han avisado de que no meta a nadie a vivir allí con ella, ni tampoco reciba visitas. Puede ocasionarle problemas con la comunidad. La persona que la ayudó a encontrar este milagro le proporcionó un calefactor, ropa de cama y toallas.

Su trabajo consiste en limpiar las escaleras tres veces a la semana. Dos veces, el patio más grande. Una vez a la semana, el pequeño. Cada día tiene que sacar el contenedor de la basura a la puerta de la calle, está guardado en un lateral del ascensor. No lo saca casi nunca vacío, porque algunos vecinos tiran la basura a lo largo del día. Se supone que no se puede, deberían tirarla a partir de las ocho de la tarde, cuando el cubo esté fuera. Pero es su propio contenedor de basura y hacen lo que quieren. A Horía le asombra la limpieza del barrio. Cada portal tiene su basurero, también los bares. Las calles se limpian a diario. Cuando cada mañana sale para recoger el cubo vacío, se queda mirando la plaza, sin mesas ni sillas, sin gente, con la tierra apelmazada y libre de desperdicios. Algunos niños cruzan la plaza, de la mano de su padre o de su madre, para ir al colegio. En la puerta del instituto, junto a la iglesia, se van agolpando los adolescentes. No hacen ruido a esa hora. Horía los mira de reojo; desde hace meses, todos los chicos jóvenes son Aziz.

Tiene que regar las plantas, la del portal y las del patio. Con esto último se ha esmerado. Había una hilera de tiestos llenos de tierra reseca y troncos y tallos muertos. Una vecina, la señora mayor que vive en el segundo, abrió la puerta de su casa cuando Horía estaba limpiando el rellano de la escalera, a las pocas semanas de llegar. Horía se asustó, siempre se asusta al cruzarse con algún vecino. La mujer abrió la puerta de par en par y le preguntó su nombre. Horía no es capaz de mantener una conversación fluida en español, pero entiende lo básico y también logra ya hacerse entender. Pronunció su nombre y la mujer quedó conforme, aunque no lo repitió, posiblemente lo olvidara al instante. Mira, llévate esto al patio, le dijo. En el recibidor había un saco de tierra y varias plantas en una caja de cartón. Horía entendió que debía trasplantar todo aquello y encargarse de regarlo y cuidarlo, y eso hizo. La señora vive del lado de la plaza, desde las ventanas de su casa no puede ver cómo Horía cuida las plantas y busca para cada tiesto el mejor lugar, dependiendo de la luz que necesiten. Por eso a veces, si se la encuentra en el portal, le pide que se las enseñe. La mujer puede entrar sola en el patio y husmear por su cuenta, pero no lo hace. Va con ella, se para delante de cada maceta y mueve la cabeza asintiendo. Un día le dijo que cambiara de sitio unos geranios. Ponlos mejor aquí, le indicó. Horía los colocó unos metros más a la izquierda y la mujer se fue, satisfecha.

Le abre la puerta al cartero, que desde que ella está trabajando ahí llama a su telefonillo, ya no tiene que probar suerte en varios pisos. Y ha de encargarse de recoger los paquetes de mensajería de los vecinos que no están. Esto no es nada fácil. Horía escucha cada vez que alguien timbra. Escucha también lo que dicen, a quién llaman, por quién preguntan, qué ofrecen. Cuando nadie abre, se asoma para comprobar si es un mensajero y sale a preguntar. No todos requieren la documentación de quien recibe, esos son los que ella recoge y luego los sube a la casa correspondiente, cuando sabe que hay gente. No ha de recoger el correo certificado.

También le sorprende los pocos niños que viven en el edificio. De momento, solo se ha encontrado con tres: dos niños gemelos de cuatro o cinco años, que van generalmente acompañados de una señora que no es su madre, y una niña de unos seis o siete, que no siempre está en casa. Vive una semana sí y una no en aquel lugar, por lo que ha deducido que el hombre alto que también vive en la casa no es su padre. Toda la información de los habitantes de la finca ha sido recogida de reojo, por las entradas y las salidas, los paquetes, los buzones, el ruido tras las puertas y el que llega desde las ventanas nítido hasta su sofá, a través del patio. No es mucha. Sabe que está de prestado. Que en cualquier momento todo puede torcerse otra vez. A veces sueña que la policía viene a buscarla, aunque ya le han dicho que eso no va a ocurrir, que esté tranquila. Pero no se fía de nada y está segura de que este refugio no le durará mucho. Solo espera que lo que sea que vaya a suceder suceda cuando le haya dado tiempo a hacer lo suyo. Al menos, cuando Aziz le haya dicho dónde se encuentra.

Le sobran horas al día. Se escribe con su hermano a menudo, para saber cómo está la madre. Él le dice siempre que se encuentra bien y que está contenta de disfrutar de los nietos, pero las veces que Horía habla con ella la encuentra apagada y resentida. A través de la pantalla de su móvil, el día que consintió hacer videollamada, la vio más pequeña que nunca, como a punto de desaparecer. Ella le mostró los geranios desde su ventana, le dijo mira a lo que me dedico, madre, a regar plantas, ahora soy jardinera. La madre achicaba los ojos y no distinguía las macetas, pero Horía no se atrevió a salir al patio hablando por teléfono, su mayor cometido es no hacer ruido nunca. También habla con Kenza, que no para de trabajar en la casa de su hermano, de cocinar, de limpiar, de quitar mocos. La nota contenta y ajetreada, con sus niñas cerca. Quiere que la llamen otra vez para ir a recoger frutos rojos. Con el dinero que llevó, no ha tenido que buscar trabajo en todo este tiempo, ha podido dedicarse solo a las tareas de siempre, y su cuñada y su hermano están contentos. Horía le pregunta si está segura de que trabajará en el mismo campo que la otra vez y si vivirá en la misma casa, y Kenza le dice que sí. Le pregunta siempre por Aziz, y entonces Horía tiene ganas de colgar. Nada nuevo, le responde. Ve a dar una vuelta hasta la casa de mi madre, no te olvides.

No le duele la espalda, no le duelen los huesos de las manos, le sobran horas al día. Las noches también son largas. Limpia su pequeña estancia con delicadeza a veces y otras con enfado. Intenta que desaparezca el olor y no lo consigue. Hay una humedad en una esquina del techo, sobre la cama, y las paredes tienen la pintura agrietada. Puedes pintarla, le ha dicho la persona de contacto, puedo ayudarte a conseguir la pintura. Ya lleva dos meses viviendo allí. Pero Horía no quiere pintar, porque no va a quedarse mucho tiempo, porque si Aziz aparece, no podrá tenerlo allí con ella. Aquel milagro es un asunto temporal.

Hace la compra en el supermercado que hay en la calle Toledo, casi llegando a la plaza Mayor, y a veces va al mercado de la Cebada a comprar fruta y verdura. Desde que empezó a trabajar allí, esos son sus únicos recorridos. No le gusta andar por la calle. Sabe que en otros barrios hay tiendas que venden los productos que ella necesita y que no están lejos. Carnicerías halal, por ejemplo. Pero allí, en esa plaza de tierra que tiene enfrente, con sus edificios majestuosos y sus esquinas de piedra, no hay nada para ella. No se reconoce en nadie. Pareciera que nadie la vigila, pero cada vez que se mueve por entre las calles, con el pañuelo bien ajustado, anclada a las bolsas de la compra, nota los ojos clavados en su espalda. Tanto el vacío de los días laborables como la muchedumbre relajada y festiva que habita el barrio los fines de semana le resultan peligrosos. No sabría decir por qué. Todo es tan ajeno que no es siquiera capaz de describirlo. Esta no es la vida de los perros, pero qué vida es.

Oliva se sienta frente al ordenador, con el segundo café de la mañana. La ventana del despacho da al estrecho patio interior donde nunca entra el sol. Como es un piso alto, no importa que los muros de enfrente estén tan cerca. Si asoma la cabeza, puede ver los tejados del barrio de los Austrias, sus tejas cobrizas, los campanarios de las iglesias. Justo enfrente, la ventana del piso vecino, que siempre tiene los postigos cerrados. Es una casa antigua, sin remodelar. Oliva cree que no está habitada, pero de vez en cuando la alquilan a extranjeros. Esta mañana los postigos se abren un poco, pero cuando la encuentran a ella, sentada frente a la pantalla, se vuelven a cerrar. A Oliva no le da tiempo a ver a nadie. A ella sí la han tenido que ver. Sonríe, por si acaso, y chequea su correo electrónico.

Tiene un correo de su casero, se lo envió a las nueve y doce minutos. El asunto dice: Solicitud Cese Perturbaciones Edificio Costanilla de San Andrés 8 (Madrid). Todas las palabras escritas con mayúscula inicial. Hay varios destinatarios: además de ella, Max y dos personas de la agencia inmobiliaria a través de la que alquilaron la casa. Oliva comienza a leer, las pupilas saltan de una línea a otra, sin querer detenerse en ninguna frase en concreto, sin atreverse a llegar al final. Le sudan las manos. Se quita el jersey de lana que se ha puesto esa mañana para ir a llevar a la niña al colegio.

El correo los saluda a los dos con cortesía, estimados Oliva y Max, pero luego se dirige solo a él: «En la conversación que he mantenido con el administrador me ha comunicado las continuas quejas de los vecinos que habitan en el citado inmueble, todas relacionadas con las reiteradas discusiones, muchas de ellas a gritos, que habéis mantenido Oliva y tú desde que entrasteis a vivir en la vivienda arrendada». Oliva no puede contar con los dedos de sus sudorosas manos los días de la vergüenza y el desastre. Ya no sabe cuántos son. Esta pequeña casa tan llena de ventanas. Comunicada por múltiples agujeros en las paredes finas. Los patios de luz, abismos desde la altura que habitan. Pero lo cierto es que ellos no oyen gran cosa. A veces a unos niños llorar. Ni siquiera arrastrar de muebles. A una mujer brasileña que vive en el edificio contiguo, a quien oyen hablar por teléfono y cantar a través del dormitorio. A través de la pared que Max había aporreado un día, que te calles, coño, que pares de cantar.

«Según me han transmitido, dichas discusiones han transcendido del ámbito de la vivienda que tenéis arrendada al resto de la vecindad del inmueble, principalmente a través de los elementos comunes del mismo, especialmente por los patios interiores, hasta el interior de sus correspondientes viviendas. Además, me han manifestado que al menos en una ocasión se ha tenido que personar, en la vivienda arrendada, la policía municipal para mediar en la situación y levantar atestado de las actuaciones pertinentes». La policía solo ha venido una vez. No ha venido más. Oliva duda de repente, ¿ha estado la policía más de una vez en la plaza, ha llamado al telefonillo y ellos no lo han oído? No, esto no puede ser verdad, habrían entrado de cualquier forma, solo ha sido una vez. Claro que lo saben los vecinos, si fueron ellos mismos los que llamaron, si la policía se lo dijo a ella, en la puerta del ascensor, aquel día de verano en el que Oliva no suele pensar. Quién fue, quiénes son los espías, los salvadores que buscan descanso y silencio. No puede ponerles cara. ¿Acaso se ha atrevido ella a mirar a la cara a algún vecino, cuando se los encuentra en el portal? No los conoce. No la conocen. Si la conocieran. Si supieran cómo es ella. A Oliva le pica el paladar. Bebe café, frío ya, nunca se lo sirve demasiado caliente. Bebe también del vaso de agua con minúsculas burbujas que quedó en el escritorio el día anterior.

«No quiero inmiscuirme de ningún modo en las relaciones sentimentales de pareja de nadie, pero lo que no es admisible es que la tranquilidad y la privacidad de los vecinos del inmueble se vean afectadas por los altercados generados por terceros, que en este caso sois vosotros dos». Oliva sigue leyendo, atropellada, solo a medias recibe la diplomacia con la que está escrito el correo. No quiere inmiscuirse de ningún modo, por supuesto que no, en las relaciones sentimentales, por supuesto que no, mucho menos de pareja, de ningún modo, de nadie, de ninguna pareja sobre la Tierra. El territorio de lo sagrado se levanta ante ella, la cerca, está encerrada en ese cubículo santo del amor conyugal, aun sin papeles. Nadie vendrá a importunarla. La comunidad de vecinos solo pide que guarden silencio. Que se comporten civilizadamente. Que no molesten. Oliva se revuelve en la silla, acomete el párrafo que le queda por leer.

«Ruego a través de este correo que toméis las medidas oportunas para solventar esta situación anómala para todas las partes implicadas, ya que en caso contrario me veré obligado a emprender las acciones legales oportunas para defender los intereses de mi familia y los míos propios». Aquí está. Quizá esta sea la parte peor, la advertencia. Aquí está el horror. Lo de antes no es más que la vergüenza. Nadie sabe de lo suyo, pero sí los vecinos. Todos ellos. Han debido de hacer una reunión de propietarios, llevarán hablando de esto muchas semanas. Oliva no puede discernir cuándo ha sido el punto de inflexión. Quién empezaría a quejarse, quién desató la alarma. ¿Los viejitos del segundo? ¿La señora sola y desaliñada que vive en el tercero interior? ¿El hombre que cada día baja en el ascensor con su bici de carreras? ¿La familia de los gemelos? Los dueños de ese piso están siempre trabajando. Pero ellos también pelean, a veces, por la noche. Hace mucho que no ocurre. ¿No es así? ¿Cuándo fue la última vez? Han estado bien estos días, se han querido mucho, se han reído, han bailado, han comido cosas deliciosas, han hablado durante horas sobre sus familias, sobre política, ella ha insistido en que se lea un libro que le está gustando mucho, como sabe que no lo leerá, se lo ha contado de pe a pa, las amigas de Irena han venido a jugar a casa alguna tarde, Max ha estado tranquilo, a pesar de todo lo que le ha pasado con el partido, a pesar de que se ha quedado sin trabajo. ¿Cuándo fue la última vez? Cuenta, Oliva. Cuándo fue. Hace cuatro días. No fue para tanto, ¿o sí lo fue? Estaban las ventanas cerradas. ¿Lo estaban? «... me veré obligado a emprender las acciones legales oportunas para defender los intereses de mi familia y los míos propios». La amonestación. La amenaza. Acciones legales oportunas. El picor del paladar se le arrastra hacia la garganta. Como aquella vez que llegó la policía, esto no le está pasando a ella. Su vida, esta cosa que nadie conocido imagina, se desliza por una espiral metálica, y en algún momento llegará al final, donde debe de estar la superficie por la que solía caminar. «... defender los intereses de mi familia y los míos propios». Oliva no piensa en su propia defensa. Solo quiere que no la echen de la casa, que acabe este bochorno, también el de los gritos.

Tiene que despertar a Max para que lea el correo. Tienen que llamar por teléfono al casero, hacer algo inmediatamente. Ahora siente frío y se pone de nuevo el jersey. Prepara más café, para al menos tener algo que ofrecerle. Pero está de suerte, no le toca acariciar a Max para sacarlo de su sueño profundo y desprenderlo de la oscuridad tediosa que nunca se sabe hacia dónde se dirige. Cuando el café ya está subiendo en la cafetera, Max aparece en la cocina con el móvil en la mano, el pelo rizado pegado a las sienes, los párpados inflamados de dormir pero, dentro de ellos, los ojos llenos de tristeza y preocupación.

Has leído el mail. Sí, lo he leído. Qué movida. ¿Nos pueden echar? No lo sé, supongo que sí, que nos pueden echar. Me muero de la vergüenza. Esto tiene que parar. Max está abatido, dócil. Oliva no da instrucciones, no repite ninguna de las palabras que ha leído en el correo. Ni siquiera la palabra policía. Max se sienta en el despacho y se toma el café, fumando. La mira como si ella tuviese el poder, ahora mismo, de expulsarlo del paraíso. La mira así porque sabe que no lo tiene. Qué hacemos. Hay que llamar por teléfono al casero. Vale. En esta sorprendente quietud, Oliva encuentra un agarradero, la hendidura necesaria para sus manos en la pared rocosa. Está decidida a tomar el control. Yo lo llamo, es mejor que lo llame yo.

La conversación con el casero es efectiva y amable. Oliva se ha metido en el dormitorio para hablar a solas y se disculpa, reiteradas veces, con sinceridad. Le cuenta que están pasando un momento muy malo, como él puede suponer, que sabe que las cosas se han ido de madre, que ha sido duro para ellos pero que lo están solucionando, que lo van a solucionar. Que aquella es su casa y están felices en ella, a pesar de todo, y que no quieren molestar a nadie. Que ellos son los primeros que necesitan acabar con aquella situación, y que van a poner remedio de inmediato. Que los perdonen. Que sienten una vergüenza terrible. Que entienden perfectamente la situación. Que lamentan todas las molestias ocasionadas. Que no volverá a ocurrir. El casero le habla en el mismo tono del mail: con cordialidad, con respeto. Hacia el final de la conversación le pregunta, solo una vez, si ha pasado algo. Se disculpa al preguntarlo, pero dice que quiere saberlo. Ella sabe lo que le está preguntando y ataja, desenvuelve el caramelo y lo muestra en la palma de sus manos, abierto, como una flor recién rociada: no me ha hecho daño, no ha ido a más, solo han sido los gritos. Y ya está. Se hace la magia. Como cuando vino la policía. Solo hay que decir la verdad, y solo si alguien lo pregunta, ni siquiera hace falta que pregunten directamente lo que quieren preguntar. Mientras eso no ocurra, todo está bien. Y eso, por descontado, no ha ocurrido ni ocurrirá. Oliva le propone algo: voy a contestar al correo que nos has enviado, contando todo lo que te acabo de decir ahora, pidiendo disculpas a toda la comunidad, y ofreciendo, si les parece oportuno, un encuentro en persona, para hablar cara a cara con el presidente. Si fuera necesario. Puedes reenviar el correo al administrador para que valoren. El casero acepta. Pero, cuando Oliva va a despedirse, dándole otra vez las gracias, le dice que quiere hablar con Max. Está ahí contigo, ¿verdad? Sí, está en casa. Pásamelo.

Oliva le lleva el teléfono a Max y él lo coge, en su cara la misma docilidad de antes, no está nervioso, ni siquiera parece tenso, está decidido a ser valiente y honesto, supone ella. Está decidido a arreglarlo todo. Esta vez va en serio. Oliva lo deja solo. Quiere escuchar lo que se dicen y a la vez no. Quiere, algo en su estómago lo desea, que aquel señor desconocido que está a punto de verse obligado a emprender las acciones legales oportunas para defender los intereses de su familia y los suyos propios pulse la tecla necesaria, reduzca o elimine el armamento, disuelva las brigadas. Oliva vuelve al dormitorio y espera a que Max aparezca para devolverle el teléfono y contarle. Al ver que pasa un rato y no llega, va ella al despacho. Max ya ha colgado. Sigue fumando, sentado frente a su ordenador. Qué tal ha ido. Bien. ¿Ha sido desagradable? Sí, un poco. Oliva no se atreve a preguntar nada más acerca de la conversación. Han hablado de hombre a hombre. Las puertas están clausuradas. En aquellos lances, nadie ofrece flores abiertas de par en par, recién rociadas.

Al día siguiente, temprano por la mañana, Oliva escribe el mail prometido. Le sudan otra vez las manos cuando escribe, por ejemplo: «Quería añadir que cuando la policía se personó en casa ya no había nada que solucionar, yo estaba saliendo de casa y estaba todo en calma. Y aquí está el hecho que nos preocupa: la policía preguntó si aparte de la fuerte discusión verbal habíamos llegado a otra fase, si había habido algo más, y no, lo negué, lo niego, lo negamos los dos y lo vuelvo a negar aquí, por escrito». Le sudan las manos y se siente incómoda con su asertividad. Max también está en copia, leerá todas sus disculpas; las disculpas, las justificaciones, las promesas y las explicaciones que da ella en nombre de los dos. El casero contesta, agradeciendo la respuesta, a los pocos minutos. Max no escribe una línea, ni tampoco le dice nada al respecto.

Los decibelios, es cierto, bajarán a partir de ese día y las ventanas permanecerán mucho más tiempo cerradas.

Horía las ha visto varias veces. Mientras la madre deja las bolsas en el suelo o busca las llaves en su bolso, en esos segundos, la niña se sube a la reja de la puerta del portal, por fuera, con los dos pies, y se agarra a los barrotes. La madre a veces le dice algo, la riñe sin verdadero ímpetu, pero luego empuja la puerta con la niña colgando de esta y cuando la abre del todo, la pequeña solo salta sobre la losa de mármol y ya está dentro. A Horía le hace gracia, las observa a las dos normalmente de tapadillo, sin que se den cuenta. Puede que ella esté en el patio, arreglando las plantas o barriendo, o puede que justo esté bajando por las escaleras porque venga de limpiar las ventanas de arriba, o quizá simplemente acaba de entrar en su apartamento y deja la puerta entreabierta para mirar. Es lo único que se atreve a hacer, mirar durante unos segundos a las personas que viven en el edificio, siempre con disimulo, desde el rabillo de los ojos.

La noche pasada llovió en abundancia y en el patio han quedado charcos, el suelo es desigual y no funciona del todo bien el sumidero. Hay tierra salpicada de las macetas y hojas arrancadas por el agua. También hay colillas que, de vez en cuando, algunos vecinos tiran por la ventana. Horía está pasando la fregona y escurriéndola en el cubo. Desde el patio ha visto la figura de la niña encaramada a las rejas del portal, pero ha seguido a lo suyo. Ahora, de pronto, la niña está bajo el quicio de la puerta del patio y la está mirando. Horía se sobresalta. Nunca han estado tan cerca, una vez subió un paquete a su casa y fue ella quien le abrió la puerta, pero Horía no levantó la vista del suelo. La niña sonríe. Le dice hola. Tiene unos ojos oscuros casi tan enormes como los de Horía y casi tan oscuros, debajo de un flequillo cobrizo que se le pega a la frente. Le falta un diente en esa boca estirada que espera una respuesta para seguir hablando. Horía no saluda, se siente cogida en falta. La niña, entonces, le dice: me llamo Irena. ¿Puedo jugar en el patio? Horía no la entiende bien, puedo y patio sí, jugar no. Se agarra a la fregona y mira hacia el portal, buscando a la madre, que tiene que aparecer en algún momento. La niña nunca está sola, pero el portal ahora está vacío. Aquí los niños no van solos a ninguna parte, aunque esta ya tendría edad de ir a hacer la compra, de limpiar y de tantas otras cosas. En la plaza de tierra, por las tardes, hay grupos de niños jugando, o dentro del jardín, pero sus madres están alrededor, sentadas en las terrazas, en los bancos o corriendo tras ellos con la merienda en la mano. Esta vez la madre de Irena no está. Horía empieza a recoger todo, la basura que había en el suelo y ha amontonado en una esquina, el cubo, las macetas que ha apartado para limpiar detrás y ahora coloca de nuevo en su lugar. A Irena no le importa que la mujer no le conteste. Entra en el patio y se coloca en el centro, donde aún queda un poco de agua estancada alrededor de la rejilla. Lleva puestas unas botas de agua azul marino y salta. No salpica, no hay para tanto. Horía, de todos modos, con un movimiento rápido, como si la reprendiese en silencio, vuelve a pasar la fregona por donde la niña ha saltado y acto seguido sale del patio con el cubo. Está nerviosa, debería haber vaciado el cubo en el desagüe, debería meterlo todo en el armario de la limpieza, que está detrás del ascensor, pero, como si quisiera esconderse, huir de la pequeña, entra directa a su casa. Como tiene las manos ocupadas, no le da tiempo a cerrar la puerta y cuando se da cuenta la niña está detrás de ella, ¿me enseñas tu casa?, le dice, mirándola desde abajo. Hay dulzura y desparpajo, el hueco que ha dejado el diente en la encía, la diminuta sierra blanca apareciendo, la pone triste. Es mejor que se vaya ya, ahora mismo. Quiere echarla de ahí, sabe que no puede meter a nadie en la casa, ni siquiera a una niña del vecindario, mucho menos a una niña del vecindario, qué le van a decir si se enteran, si aparece su madre de pronto y piensa que la ha metido por la fuerza, Horía no está en condiciones de ser hospitalaria. Dónde está tu madre, es capaz de decirle por fin, mientras le bloquea el paso, aunque la pequeña no se mueve. Mamá está en el Timón y me ha dicho que la espere aquí. Tu casa es más pequeña que la mía, le dice también. Sobre la mesa redonda, el plato de cristal con los dulces de almendra que cocinó la víspera. La niña los mira. Horía le hace un ademán con la barbilla e Irena se acerca a la mesa y coge un dulce con sus manos blanquísimas y se lo lleva a la nariz para olerlo. Entonces la mujer, que no acaba de relajarse, que sabe que tiene que decirle a la niña que se vaya, se asoma a la puerta para comprobar que la madre no ha llegado aún. Sigue sin haber nadie, solo han transcurrido cinco minutos que a Horía se le están haciendo eternos. Irena está junto al sofá ahora, sigue con el dulce en la mano, lo prueba, lo lame con una lengua del color de las fresas maduras. Horía no quiere que se siente en el sofá y está decidida a decirle que se vaya cuando oye la puerta de fuera abrirse y la voz de la madre, que llama a la niña. Entonces se sobresalta con todo el nervio que ha acumulado en estos minutos y en su idioma se dirige a la niña y le dice fuera, venga, fuera, vete, quizá demasiado fuerte, demasiado brusca, porque no quiere de ninguna manera que la madre aparezca también en la puerta de su casa, que se meta dentro, que le pregunte qué hace su hija ahí con ella, por qué le ha dado algo de comer, e Irena obedece, no se sabe si a la voz de su madre o a las palabras desconocidas de Horía, y al salir tropieza con el cubo de la fregona, lleno de agua sucia, que se tambalea a los pies de Horía hasta volcarse. Todo es un desastre ahora, las alpargatas mojadas, su casa mojada y el agua turbia que se extiende hacia el portal, por el suelo de mármol, pero Horía no es capaz de reaccionar, solo maldice entre dientes y cierra la puerta, huyendo por fin, mientras afuera la madre pregunta y la niña le cuenta cualquier cosa, con su garganta líquida y bri- llante, cantarina, hasta que se meten en el ascensor y la máquina se las lleva lejos.

En el barrio donde vive, los coches pueden aparcar en el lado de la calzada destinado a ello y también en el otro lado. Las calles son estrechas, las aceras, angostas. Pero cuando son un poco más anchas sirven para que quienes no encuentran aparcamiento puedan subir los coches a ellas. La policía da vueltas a menudo por el barrio, pero no suelen fijarse en eso. Vigilan otras cosas. No hay grúas llevándose los coches de allí, al depósito municipal de vehículos mal aparcados que entorpecen la vida de los peatones. Hay coches abandonados, con las ruedas desinfladas y los cristales rotos, que nadie reclama, que nadie se lleva. La calle que sube desde la gasolinera, Baleares, se abre con un ancho paso de peatones hacia Jacinto Verdaguer. Es una esquina del demonio. Hay coches aparcados en el mismo paso de peatones, en línea hacia abajo, dividiendo ellos mismos el cruce de calles, cerrando la apertura. Hay coches entrando en la gasolinera y aparcados en doble fila a la puerta de la oficina de Correos. Hay coches haciendo cola en los semáforos de Antonio López, para hundirse en la M-30. La gasolinera está casi enfrente del colegio y justo detrás, en un triángulo muerto, hay un parque infantil. Solo un columpio y una torre de colores. Las madres no se sientan alrededor, en los bancos, como sí lo hacen en los parques de La Latina donde a veces va Damaris con los gemelos. Pero en ese parque infantil, a la espalda de los surtidores de diésel, comido por el dióxido de carbono, ni da nunca el sol ni se puede respirar. Solo lo habitan chavales u hombres, viendo pasar el tiempo, a los pies una lata de cerveza.

Damaris sube la calle Baleares con más esfuerzo del habitual. No acaba de reponerse. En el centro de salud le han dado cita para dentro de diez días. Estuvo en urgencias por el derrame en el ojo, pero no parece que vaya a morirse de eso. Ya se ha acostumbrado, clarea cada día un poquito. A veces se le olvida que lleva sangre en el ojo. La otra tarde su hija se asustó mucho cuando hicieron una videollamada, se le había olvidado contárselo, no, no es que no quisiera alarmarte, no te preocupes, que no me pasa nada, es solo la mancha, yo tomo mis pastillas y ya está, el médico me va a hacer unos estudios para que estemos tranquilas, pero la hija sabe y se enfada e incluso se pone a lloriquear a veces porque cualquier día, mamá, cualquier día. Mientras sube la calle, Damaris se fija una vez más en la publicidad que hay ensartada en las puertas de los coches, pegada a los cristales, y en los parabrisas. También tirada por el suelo. Casi se la sabe de memoria, siempre es lo mismo, más o menos. Chicas jóvenes, solas, independientes, latinas, orientales, nalgas, pechos rebosando de los corsés, labios inflados como de plastilina, números de teléfono, llámame, copa gratis, desde treinta euros, la cámara enfoca las piernas abiertas y blanquecinas, no se distingue del todo lo que hay entre ellas, novedad en tu zona, veinticuatro años, desde veinte euros, chica sexy y caliente, Samanta, independiente Elena, madurita cachonda. No hay nada de esto en el barrio de sus patrones, jamás se ha encontrado por la calle un papelito así. Y menos mal, porque no se imagina a los gemelos cogiéndolos del suelo, coleccionándolos como si fueran cromos, no se los imagina preguntándole Dama, qué dice aquí, Dama, quién es esta chica.

Entra en la frutería de la esquina para llevarse unas paltas y unos tomates. Qué tal estás, jefa, la saluda el frutero. Vamos bien, Nassim, vamos bien, contesta Damaris mientras camina por entre las cajas de verduras. Quiero poca cosa, le dice. Para abrir la bolsa de plástico, en vez de chuparse los dedos los hunde en unas rodajas de limón que Nassim tiene siempre junto a la báscula, precisamente para eso. Estuvo aquí tu amiga, hace un rato. El hombre sonríe con los ojos, con la nariz y con los gruesos labios, mientras pesa los aguacates; nunca lo ha visto serio. ¿Vino Romina? Romina, sí, vino hace un rato. Damaris se alegra, cenarán juntas. Sube la calle más ligera ahora, parece que ha recuperado la fuerza en las piernas. Justo antes del parque de Comillas tuerce para llegar a su portal, y cuando lo alcanza la bolsa con los tomates y las paltas le tira del brazo, de repente va cargada de piedras. Hoy los gemelos estuvieron muy pesados, muy revueltos, ha corrido tras ellos demasiado por la tarde, le ha costado bañarlos, darles la cena, recoger el desorden del dormitorio, meterlos en la cama, la madre ha regresado muy tarde del trabajo, el padre aún no había vuelto cuando ella pudo salir por fin de la casa. Quizá es por eso que otra vez siente el corazón como si se le tropezara dentro del pecho, como si se le cayera de un escalón. Respira hondo y recupera la calma, sabe que envejecer tiene estas cosas, sabe que no hay forma de escaparse.

Romina está en casa, pero encerrada en su habitación. Damaris saluda al entrar, agradece encontrar luces encendidas y la calefacción puesta. Oye a Romina hablar con la voz agitada, pero parece que habla por teléfono, que está sola. Damaris se descalza en su cuarto y mete los pies en las zapatillas blandas que le alivian por fin los juanetes. Cuando ya está preparando la cena, Romina entra en la cocina y le dice que se ha quedado sin trabajo otra vez. Damaris coge aire profundo porque todavía tiene una puntillita clavada en el costado. Vamos a comer algo y me cuentas, no llores, Romina, eres joven y te va a salir algo pronto, venga, ven conmigo, siéntate, quieres un poco de ensalada.

La palta no le sabe a nada y el tomate tampoco. Casi no les ha puesto sal. Romina mastica con apetito a pesar de las lágrimas, es la tercera vez que se queda sin trabajo en un año. Estoy cansada, Damaris, ya lo sé, límpiate la nariz y no llores más que te pones muy fea. Qué más me da estar fea, contesta Romina, pero se suena los mocos con la servilleta de papel, arrugada y llena de aceite. Es que está lo del contrato del piso y si nos lo suben qué hacemos. Pues qué vamos a hacer, buscar otro, pero a lo mejor no lo suben. La casera me llamó el otro día y no le cogí el teléfono, me dio miedo. ¿A ti te ha llamado? A mí no me ha llamado, no. ¿Ha llamado a Dolores? A Dolores tampoco, ya le pregunté. Pues entonces mira a ver qué quiere, que no será para tanto. Llevamos tres años aquí y hemos pagado siempre. Por eso, Damaris, tres años, ahora ya nos pueden echar si quieren. Y por qué nos van a querer echar. Y por qué no. Damaris recoge los platos de la cena y los friega con agua templada. Romina sigue sentada a la mesa viendo vídeos en su móvil, con los ojos hinchados de llorar. La llaman. Se mete otra vez en su habitación, Damaris la oye contar lo mismo, con los mismos pelos y señales que le ha dado a ella antes, igual de agitada, ahora que sabe de qué habla la entiende. Deja la cocina limpia y apaga la luz. Tiene dos puntillitas en el costado, en vez de una. El aire no le llega abajo del todo, está un poco mareada. Quiere dormir. Se mete en la cama después de asearse y se queda muy recta, los pies juntos, entrando en calor, mirando al techo. Puede notar cómo palpita. No solo su corazón, sino las propias venas, a lo largo de su cuerpo. Respira más calmada, comienza unas oraciones, pero su teléfono suena en la mesilla. Es su hija, que le manda mensajes.

Has mirado lo de los billetes, mamá, o te los miro yo. Se van a poner caros. ¿Te llamo? No me llames que ya estoy en la cama y me desvelo. Qué pronto, mami, qué hora es allí. No es pronto, ya es tarde, son más de las diez. Bueno, pues mañana, llámame tú. Yo te llamo, sí, hija. Lo que he mirado ya es lo de la universidad. Es lío pero se puede. Ya lo hablaremos, hija, hay que preparar mucho antes. Pero me dijiste que mirara, hay que ir sabiendo. El año que viene aquí no quiero, mamá. No, hija, pero hay que preparar mucho, cuando estemos juntas hablamos todo. Pues para estar juntas busca los billetes, mamá, o te los busco yo. Mañana pregunto, te prometo. Tengo que dormirme ya, estoy cansada. Buenas noches, mamita. Buenas noches.

No se le ha ido el cansancio pero sí el sueño. Al otro lado de la puerta, Romina sigue con su parloteo y su desconsuelo. Con la luz apagada, Damaris piensa las cosas una a una, todas seguidas y también entremezcladas, nota los asuntos importantes detrás de su frente, no se deshacen. Hasta que no se evaporen ella no conseguirá caerse en la noche. Si fueran papeles los quemaría, pero son sus problemas, las cosas que debe solucionar. No funciona. En vez de pensar, es como si gritara. Está tentada de coger el teléfono otra vez y llamar a su hermana, necesita desahogarse, con su hija no puede, con su hijo tampoco, ni siquiera con Romina, que hoy forma parte de todo lo que la angustia. Pero debe dormir. Cada pensamiento ahora es un latido fuerte, un latigazo, los nota en los dedos de las manos, en las sienes, por un momento se imagina que al día siguiente tendrá los dos ojos encharcados en sangre, no solo uno. Mientras solo sean los ojos, acaba diciéndose. Cierra los párpados para oscurecer más la oscuridad y retoma las oraciones murmurando, los bramidos dentro de su cabeza permanecen a pesar de los rezos pero ella continúa, porque con un poco de paciencia, un poquito más, el cansancio acabará con todo.

Algunas cosas, atrás en el tiempo, ya se han quedado en nada. Por ejemplo el largo viaje en avión que hizo desde Pereira, junto con otras dieciséis mujeres desconocidas, hasta Madrid. El dinero que le costó ese billete, solo de ida. Los primeros quince días en Sigüenza, en el centro en donde las alojó la oenegé que les tramitaba todos los papeles. Los cursos de servicio doméstico, en los que recibieron instrucciones, advertencias y trucos. El cielo azul, intenso aunque fuera invierno, la sequedad del aire, los labios cortados. Las entrevistas en la capital, cuando ya estaban preparadas. El dolor de estómago cada noche al meterse en la cama, el recuerdo de sus hijos, la certeza de haberlo perdido todo. El alivio al ser de las primeras contratadas. La casa en Mirasierra donde trabajó el primer año, los niños repeinados, las hojas secas que había que retirar de la piscina cada mañana y cada tarde, el uniforme que llevaba, las medias blancas. Los celos de la patrona cuando el bebé gritaba de alegría al verla, las recetas de cocina española que tenía que preparar frente a una señora muy mayor que no quería ser sustituida y la trataba con un desdén amargo que luego se convirtió en cariño. El dolor de cabeza cada noche, cuando se metía en la cama de aquel cuartito pequeño junto a la cocina y soñaba que un temblor derrumbaba la casita de su madre en Salento, con sus hijos dormidos, y las vigas los aplastaban y morían en el acto. El patrón, ese hombre enjuto, con barba, belga, que insistió durante meses en enseñarle francés pero ella no se dejó porque no estaba allí para eso. El llanto de los tres niños el día que se despidió de ellos, a la puerta del chalé, y ella que no soltó una lágrima porque ya había llorado suficiente por los suyos. La residencia de ancianos donde estuvo trabajando después. El olor a meado, los meados y los gemidos. La primera habitación alquilada, en el barrio de Tetuán, en la casa de una familia numerosa y colombiana. El primer viaje a Colombia, dos años después, el recibimiento de sus hijos, sus sobrinos y su hermana en el aeropuerto, los chillidos y los llantos, la sombra del bigote en el labio superior de su hijo, los ojos idénticos ahora sí a los de su padre, dormir abrazada a su hija cada noche y de pronto una mañana regresar y otra vez esos dolores en el cuerpo y las pesadillas y también el peso de la costumbre de la soledad, de su silencio y su espacio, el hombre con quien tuvo una relación justo después de aquel primer viaje, al que conoció en su tercer trabajo, con quien iba al Templo de Debod algunos domingos a besarse y a ver el atardecer sentados en la hierba y también a bailar al Cafetal de Carabanchel y que olía siempre a tabaco, toda su piel olía y sabía a tabaco, hasta cuando estaba recién duchado, y a ella le encantaba, y a quien echó de menos durante un mes entero cuando él se fue de Madrid pero a pesar de recordarlo con dolor cada noche no contestó a sus llamadas de súplica ni a sus mensajes ardientes porque no pensaba seguirlo a ninguna parte, ni a Vitoria ni a ningún otro lado, Damita, le decía él, que yo tengo trabajo para los dos, que voy a ganar bien, que allí todo es más barato, que no tendrás que limpiar culos de nadie, y ella apretaba los labios y dejaba su teléfono muy lejos para no desarmarse y para no rabiar, que por ella no iba a trabajar nadie, con ese cuento que no le viniera, que para algo acababa de empezar a cuidar a esos dos gemelos tan delicados, tan resbaladizos en sus manos, tan calentitos y blandos cuando por fin se saciaban, en un piso bonito en el centro, recomendada precisamente por el patrón belga, donde al menos no la tenían de interna pero por supuesto le hacían contrato. Todas esas cosas, atrás en el tiempo, ya se han quedado en nada. Esas y otras muchas, porque Damaris cree haber vivido varias vidas en estos últimos diez años. La vida de ella, su agria libertad, cada euro ganado y convertido en pesos, invertido, las muchísimas pruebas a las que ha sido sometida porque al fin y al cabo el Señor no pone la vida fácil a algunas personas y ni siquiera a otras que sí parecen tenerlo todo a mano, que ella que ha trabajado en casas donde el dinero sobra, donde todo es dinero, se dio cuenta hace mucho de que la amargura atraviesa todos los caminos y derriba todos los muros para acabar instalada en el corazón de la gente, que eso no significa que dé igual tener dinero que no tenerlo, cómo va a dar igual, pero la amargura se lleva en los ojos, otra cosa es que el dinero te ayude a transportarla y a olvidarte a ratos de ella. Y además de las vidas que ella ha vivido por sí misma, también carga con las de su gente. La vida de su hija y la vida de su hijo, la vida de su hermana, de sus sobrinos, la vida de su viejita y un poco también la vida de su cuñado. Hasta la vida truncada de su marido. Las vidas que ha seguido e imaginado y soñado y deseado y temido en estrecha y continuada comunicación a una distancia de más de ocho mil cien kilómetros, a través de distintas tecnologías, cada vez más inmediatas y eficaces.

La patrona le dice a Damaris a ver, déjame que te vea ese ojo, cómo lo tienes, y Damaris se acerca con uno de los niños en brazos, suelta a ese niño, Damaris, por favor, que es ya muy grande, si al final los tienes muy mimados. Nico, desde el suelo, le pide entonces a su madre que lo coja en brazos porque dice que tiene sueño y quiere dormir como cuando era un bebé, pero a la madre cuando toma una decisión no hay quien la tumbe, ni siquiera la vocecita de su hijo en una tarde lluviosa de domingo. Acaricia la coronilla de Nico con la mano nerviosa de venas marcadas y le ordena que vaya a jugar con su hermano. Damaris está en casa de los patrones aunque sea domingo porque el padre está fuera, de viaje, en una ciudad de Italia, desde hace varios días, y la señora le ha pedido que se quede con ella el fin de semana para ayudarla con la casa, que si los niños, y ella sola, y un par de asuntos que tenía que resolver del trabajo el sábado, la tarde encerrada en el despacho frente al ordenador, en fin, la necesitaba, siempre la necesita. Ven, ponte aquí a la luz del baño, y Damaris le ofrece la cara con los ojos muy abiertos. Yo te lo veo mucho mejor, se te está yendo el derrame. Esto no es nada. Sí, está mejor, gracias a Dios, pero la semana que viene iré al médico, le avisé, verdad, que tengo cita médica y bajaré a mi barrio el miércoles cuando los niños estén en el colegio. Sí, sí, me lo has dicho un par de veces, pero es que cuando llegues al médico seguro que tienes el ojo perfecto. Damaris aprovecha que están en el baño que usan los gemelos para empezar a llenar la bañera, que es domingo por la tarde, el señor tiene que estar a punto de llegar y ella se quiere ir a su casa. Buena idea, Damaris, mejor que se vayan bañando, ¿los bañas tú o prefieres que los bañe yo?, a lo mejor puedes ir preparando tú la cena y así yo juego con ellos un ratito, que mañana es lunes. Damaris le contesta que lo que ella diga, que se pone con la cena, la tiene casi preparada, ¿querrá cenar ella también o va a esperar a que llegue el señor? No, no, prepárales a ellos, yo no tengo hambre. Damaris ha estado todo el fin de semana midiendo los tiempos y los espacios y las palabras y sobre todo estudiando en la medida de lo posible el ánimo de la patrona, su tono de voz dirigido a los gemelos, a ella o el usado en los largos ratos en que ha hablado por teléfono, más o menos en susurros, más o menos alegremente, para calibrar si era el momento oportuno de preguntarle todo lo que tiene que preguntarle. Pero es domingo ya oscuro y no ha encontrado la manera. Tampoco ahora, las dos en el cuarto de baño, en aparente hermandad, el borbotón de agua cayendo en la bañera, el vapor, la calidez. Se va a la cocina. Quizá luego.

Ese mediodía, mientras la señora bajaba al Timón con los gemelos, a sentarse en la terraza para tomar el vermú, me voy a bajar a tomar el vermú, Damaris, ¿vas recogiendo tú mientras la casa?, creo que hay bastante que planchar, puedes aprovechar, solo estaremos un ratito, que hace sol y nos han guardado una mesa en la terraza, sobre las tres subiremos a comer, bueno, o sobre las tres y media, pero tú prepara todo para las tres, por si acaso, que luego estos se ponen hechos unos energúmenos, ya sabes, vente, Dama, le dice Rodrigo, vente con nosotros y vamos al jardín a jugar al escondite, y la madre no, Rodri, que Damaris tiene cosas que hacer en casa, si además abajo están los amigos, ¿no los has visto por el balcón?, venga, chicos, ven que te ajuste el abrigo, Nico, así, y desaparecían en el ascensor con el buen humor y el olor a perfume, Damaris supo que no llegarían a las tres ni tampoco a las tres y media, no le hizo falta asomarse a los balcones del salón para ver a la señora sentada como una reina en las mesas de la terraza, con sus gafas de sol enormes, la sonrisa blanqueada, saludando a unos y a otros, departiendo con su amiga del alma que vive tres calles más abajo, y con aquel otro matrimonio de toda la vida, primero con el vermú pero luego serán vinos, al menos hay dos mesas juntas, sacarán comida para los niños, que están subidos a los árboles del jardín del Príncipe de Anglona, unas hamburguesitas enanas con kétchup y queso fundido, luego chorizo picante, mejillones al vapor y boquerones en vinagre para los adultos, y ensaladilla de caballa y alcaparras, y más vino y más vino, Damaris supo que la señora estaba feliz y tranquila, despreocupada de todo, y casi la podía oír reír y de sobra sabía que solo subiría cuando se fuera el sol de la plaza y ella empezara a estar un poco mareada y necesitara acostarse para pasar los tragos, pero aun así tuvo que hacer lo que le había dicho, tener el almuerzo listo a las tres, por si acaso, y después de recoger todo y planchar lo que le dio tiempo se metió en la cocina e hizo dos tortillas, una de berenjenas y otra de patatas, que con un poco de suerte serían la cena, y también por si acaso preparó una ensalada grande con la lechuga de roble, tomate y aceitunas negras, y la dejó sin aliñar para que no se estropeara, y ella se comió unos huevos cocidos y un poco de arroz que había sobrado la noche anterior, por eso ahora preparar la cena es fácil, ya lo tiene todo hecho, así que saca la licuadora y trocea fruta para hacer batido de postre, que a la señora le van a venir muy bien las vitaminas y los niños le harán fiesta seguro.

Entre una cosa y otra, ha sido imposible encontrar el momento adecuado para hablar. En realidad es que son demasiadas cosas y no sabe por dónde empezar. La señora le preguntó hace meses si pensaba viajar a Colombia esas Navidades. Damaris sabe que se lo preguntó porque ellos tienen planes de celebrar las Navidades en la finca aquella con varias familias y quizá necesite que se vaya con ellos. Damaris no va todos los años a Colombia, más quisiera, pero además este año su hija le está insistiendo mucho y ella le ha prometido que hablará con los patrones, que a lo mejor acceden a pagarle la mitad del billete, como una vez, aunque ya es tarde y serán carísimos, ella desde luego no se lo podría costear sola, que este año ha sido duro con todo el lío de la casa de su madre y los problemas que tuvo su hermana y la niña con la universidad. Pero no es fácil preguntarlo cuando intuye que los patrones no cuentan con ello. Por otra parte, no se encuentra muy bien, esa es la verdad. No sabe qué le va a decir el médico pero ella no se encuentra muy bien. El trabajo la cansa más de lo normal. Le dan palpitaciones casi cada día. A lo mejor solo se está haciendo vieja pero al fin y al cabo no tiene tantos años. Luego está lo de su casa de Marqués de Vadillo, todavía su patrona no lo sabe. Que sí que es verdad lo que decía Romina, que al final es verdad que se van a tener que buscar otro piso, pero Romina no tiene trabajo ahora y tampoco ahorros. Dolores sí, pero no tiene contrato. Y el tema de su hija, eso tampoco se lo ha dicho. Cómo no va a querer ella que su hija se venga a España por fin, a seguir estudiando aquí. Pero eso es muchísimo dinero, porque entonces necesita un piso donde también su hija pueda vivir. No la va a traer a cualquier parte, no van a dormir juntas en una cama estrecha ni la va a poner a dormir en el sofá. Su hija ya es grande y necesita independencia. Entre una cosa y otra, no se ha decidido a hablar con su patrona de todo esto. No sabe por dónde empezar. No quiere que piense que le está pidiendo ayuda ni dinero ni mucho menos, esto la pone negra, que pretende aprovecharse. La semana que viene se lo contará, al menos una de las tres cosas, pero hoy no.

Cuando los gemelos están revolviendo en sus platos los triangulitos de tortilla de berenjena, con el pijama puesto y el pelo peinado hacia atrás, mojado todavía, llega el padre a casa. Suelta la maleta en el dormitorio, se quita el abrigo, besa a su mujer en la frente, abraza a los niños, que dan saltos y le preguntan por sus regalos, y saluda a Damaris. Todavía estás aquí, Damaris, anda, vete ya a tu casa que es tarde, y saca la cartera para darle el billete para el taxi. Damaris recoge la cena de los gemelos y la madre insiste, ahora sí, venga, vete, ¿te llamo un taxi? No hace falta, ya lo cojo yo en la calle Bailén, le contesta Damaris mientras va a buscar su bolsa con la muda para el fin de semana. Al despedirse de los pequeños, que se están lavando los dientes sin esmero, con sus cepillos de colorines y de cerdas suaves y abiertas, Damaris oye a los patrones hablar en la cocina. Se me ha olvidado reenviarte el correo que ha mandado ella a la comunidad, le está diciendo el padre, he estado hablando con el presidente y con el administrador estos días. Ah, que ella nos ha escrito un correo, pregunta la mujer. Sí, se ha disculpado y ha insistido en que no han llegado a las manos, y si ella lo dice será verdad. Pues no lo sé, responde la mujer. ¿Qué tal estos días, mucho jaleo? Yo no he oído nada, de todas formas creo que la niña está esta semana con ellos, porque me ha parecido verla esta mañana en el Timón un momento. Bueno, pues mejor, echarlos no va a ser fácil. ¿Le has preguntado a Damaris? Ella es quien más los oye. No le he preguntado, no, ya sabes que no le gusta hablar del tema. Por qué no le va a gustar, a ella qué más le da. Porque no le gusta entrometerse y se pone muy tensa. Todo esto lo ha escuchado Damaris desde el pasillo y piensa que ella tiene muchas cosas que solucionar como para andar solucionando la vida de otra gente y se cierra el abrigo y se ajusta al cuello el fular y desde la puerta se despide, hasta mañana, buenas noches, que descansen, queden con Dios, y cierra, dejando sola por fin a aquella familia, con su vaho de apatía, con todo lo que tienen siempre por hacer, y en la calle el frío, sus huesos, el latido apretado en el pecho y el camino hasta cruzar el puente de Toledo, que esta noche se le hace oscurísimo y eterno.

Oliva pulsa el botón del piso cuarto en el ascensor. Se mira en el espejo, viene cansada del viaje pero se ve guapa, está a punto de acabar su carrera de obstáculos hacia el deseo. En la casa familiar ha dormido más de siete horas cada noche, en una cama grande, pegada al cuerpo suave y cálido de su pequeña. No se ha saltado ninguna comida, ha peleado con su madre en la justa medida, ha corrido junto a la niña por la playa fría, ha terminado los trabajos que se llevó. Ha estado pendiente del teléfono más de lo que le habría gustado, pero los días se han sucedido amables a través de los mil doscientos mensajes diarios.

Despedirse de Irena no ha sido tan difícil como otras veces, el padre las ha recogido en Atocha y en el taxi los tres estaban de muy buen humor; la tristeza de la niña por separarse de ella se mezclaba, como cada semana, en un confuso cóctel, con la alegría de encontrarse con el padre. Todavía su niña es pequeña, todavía puede paliar la consternación con paños calientes, abrazos, ahora aquí y ahora allá, todavía sabe que su hija quiere estar con ella cada noche de su vida aunque eche de menos a su padre, aunque con su padre esté tan bien como lo está con ella. Todavía es ella quien le corta siempre las uñas. Todavía es una madre imprescindible, porque, si no, las uñas crecerían demasiado y acabarían rotas, enganchadas en los leotardos de lana. Aún no se le escapa de las manos la infancia ni se ha abierto la grieta en la que cabe que con su padre quizá esté mejor que con ella, algunos días.

Mete la llave en la cerradura y abre la puerta de su casa. Max aparece en el salón, con cara de enamorado, con los ojos blandos. Su hola es meloso, anticipador. Oliva se deja abrazar y se deja besar, con media sonrisa. Ella no es capaz de ejecutar la alegría y el deseo en las bienvenidas, le cuesta desentumecer el lomo. Está agitada. Cualquier cosa le parece bien.

Lleva la maleta al dormitorio, pero no la deshace, ya habrá tiempo para eso. Max la sigue, liándose un cigarro, bueno, qué, siéntate conmigo un rato en el sofá. Oliva observa que la casa está recién recogida, pero en la disposición de los objetos, en las sábanas de la cama, en la encimera de la cocina, puede ver perfectamente que minutos antes todo era un caos. De todos los asuntos pendientes que tiene con Max en cuestión doméstica, este es el único milagro. Sabe que cuando ella no está, él vive en medio de un estercolero. Una vez aparecieron hormigas en el salón. Hormigas diminutas y marrones, en un cuarto piso de un edificio de la plaza de la Paja. En el día a día, los asuntos domésticos son un conflicto, pero Max se esfuerza en una sola cosa: lo limpia y lo recoge todo unas horas antes de que ella llegue, si aquello se ha vuelto inhabitable incluso para su conciencia.

El frigo está casi vacío, eso sí, anuncia él. Oliva mira la hora. Es temprano, es mediodía, no hay nada que hacer. ¿Qué tal si vamos al mercado juntos y lo llenamos? He cobrado. Eso le parece a Max una idea espléndida, pero antes, le dice, nos sentamos un rato en el sofá. Porque Max nunca hace nada con diligencia. A Oliva le habría gustado que Max se la hubiera comido nada más entrar por la puerta. Se habría desembarazado de él, seguramente, para dejar la maleta en el dormitorio, para quitarse el abrigo, o lo habría intentado, porque Oliva nunca consigue desembarazarse de Max sin ofenderlo, y no quiere ofenderlo. Le habría gustado, sí, que en cuanto ella hubiese dejado la maleta y el abrigo sobre la cama, él se la hubiera comido. Es algo que ha ocurrido muchísimas veces, si llevan tiempo sin verse, si han estado escribiéndose mil doscientos mensajes cada veinticuatro horas acerca de sus ganas y de todo lo que harán cuando se vean. Pero Max no parece tener prisa. Ella ya sabe que es perezoso también para eso. Que en muchas ocasiones lo deja para el final, aunque ambos estén merodeándose, sin nada mejor que hacer. Pero ahora llevan días sin verse y antes de que Oliva se marchara tampoco habían podido despedirse, porque Max había estado con su madre un par de noches. Oliva lo observa. Ha de medir sus movimientos. Los ojos blandos que le puso cuando entró por la puerta, enamorados, ahora lucen opacos.

Ha acabado de fumar pero no se levanta del sofá, y Oliva se lanza. Quizá solo haga falta coger lo que es suyo, como él siempre le dice. Se lo ha repetido mil veces, no tienes que esperar ninguna señal, ni que sea yo quien me acerque; si quieres algo, lo coges. Para eso es tuyo, suele puntualizar. Así que se le sienta encima, a horcajadas, como aquella primera noche del final del mundo. Se pega a él, lo abraza y le huele el pelo, mete la nariz entre los rizos del cuello de Max. Luego intenta besarlo, pero no funciona. Es por este tipo de reacciones por lo que ella no suele atreverse. Porque el rechazo en Max no es algo liviano, esponjoso. No tiene tacto cuando las cosas no le apetecen. Oliva nota bajo sus piernas, en su pecho, la tensión de él por salir airoso de aquel momento. Nota que querría tenerla lejos, y no encima, pero intenta no ser susceptible y no se levanta todavía, aunque él la está empujando, milímetro a milímetro. Cuando él cierra la boca, apresurado, y le dice venga, ¿no querías que fuésemos al mercado?, Oliva se pone de pie.

No quiere que se le note pero se le nota. ¿Qué te pasa? No sé, nada. Venga, vamos al mercado, está bien. ¿Ya estás rayada? No, no. Y los ojos los pone en cualquier sitio que no sea en el lugar del que acaba de ser expulsada. Claro que estás rayada. No sé, el mercado va a cerrar, dijiste que fuéramos al mercado. Oliva sabe que a Max el mercado le importa una mierda. Él podría haber ido al mercado solo, a llenar el frigorífico, mientras Oliva se encontraba en el tren. Al fin y al cabo, cuando ella se fue de viaje estaba lleno. Pero eso es algo que Max jamás haría. Querría decirle lo que piensa, pero si ahora le dice, por ejemplo, aquello de no sé por qué insistes en que yo puedo acercarme a ti cuando lo desee, porque eso no es verdad, porque siempre follamos cuando tú quieres, y porque no puedes pretender que me sienta segura si has sido capaz de apartarme de un empujón algunas mañanas, que no quiero follar, coño, que me dejes, ¿ya no te acuerdas?, pero si ella ahora mismo le dice eso se haría de noche instantáneamente o algo peor, así que se calla y dice solo la verdad: es que hace mucho que no nos vemos.

No van al mercado. Oliva no sabe por qué. Están en el sofá, otra vez, cada uno sentado en un lado, ahora fuman los dos. La conversación se ha enredado. Lo mejor habría sido agarrarse a lo cotidiano, al funcionamiento rutinario de los movimientos, pero en el fondo ellos no tienen de eso. Oliva mantiene la calma. Está dispuesta a desvelar el secreto. Algo ocurre, no hay duda. Cruza las piernas encima del sofá, a pesar de todo vuelve a sentirse segura. Cuando está cerca de la verdad, Oliva se siente fuerte. Es la oscuridad lo que la atrofia.

Max ha intentado dar argumentos. El problema sexual de Oliva. La necesidad histriónica de Oliva. Lo que viene de atrás con Oliva, con lo que Max no tiene por qué cargar. La inseguridad de Oliva. Eso sobre todo, la inseguridad de Oliva es el mayor de los contratiempos. Incómoda, paralizante y asfixiante. Oliva casi cae en el marasmo pero huele la verdad cerca y decide no desfallecer. Se esfuerza, ha de ganarle el pulso al relato. Se arriesga.

Intenta, ella también, sus argumentos. No le da tiempo a recuperarse de cada vez. Les pasan cosas muy fuertes. Ella no tiene tiempo de levantarse. La violencia también es eso, estar insegura luego. No dice violencia ahora, porque es temprano, es de día, él no va pedo, no sabe cuánto puede hablar y cuánto no. Algo pasa. Lo nota ausente, rígido, distinto. No a través de los mensajes, no, sino ahora, cuando se han visto.

No puede evitar acordarse de la vez que lo notó así, y él le negó y le negó, y él le gritó y le gritó, y le dijo que estaba loca, pero siguió comportándose así, ausente, distante, rígido, hostil, e hizo cosas raras, y dijo que venía cuando iba y dijo que iba cuando venía, y le dijo a ella que no fuera a este sitio o al otro, aquí no vengas, no, nos vemos mejor en no sé dónde, y hubo unas cuantas mentiras fulgurantes como luciérnagas escondidas en la vereda de un camino oscuro y ella hizo eso que no había hecho jamás con nadie y espió su móvil y la encontró, a esa amante mucho más joven que ella pero casi de la edad de él y no quiso escarbar más y soltó el teléfono dinamita y entonces la bomba atómica de siempre y luego el desamparo y las explicaciones y la reconciliación y la confirmación de la injusticia, porque él era quien preguntaba a cada momento estás con otro, te estás acostando con otro, dímelo por favor, me voy a volver loco, pero entonces cómo era ella la loca si el loco era él, porque si él era quien la agarraba fuerte entre sus brazos y le ponía la cara muy cerca, muy pegada a la suya y con gesto infantil fingido le decía dime la verdad, que estoy celoso, te estás acostando con otro y ella no podía creer que fuera en serio la pregunta y respondía incómoda la verdad lapidaria por favor, le decía, he salido solo a comprar el pan, por favor, le contestaba, si he bajado al parque con mi hija, cuándo quieres que me acueste con otro y él la acusaba de ponerse tensa al responder y de responder así y la acusaba de ponerse tensa al ponerse celosa y ella intentaba explicarle que no podía manifestarle su desconfianza con cariño porque la desconfianza no era cariño sino una helada, un polo norte de escarcha, y luego siempre venía la reconciliación y luego esa nigromancia que sucedía entre ellos y que posibilitaba que aunque fuera él quien acusara y que aunque fuera él quien mintiese y que aunque fuera él quien chica joven que llama a deshoras y canta rap me echas de menos, bichito, cómo estás, feo, podemos vernos hoy, no, hoy no, voy a casa de mi vieja, espera, me paso, dónde estáis, llego en diez, aunque fuera él quien todo eso sin embargo fuera ella la insegura, la insoportablemente celosa, la rompedora de las cartas telúricas, la portadora de lo soez.

Oliva se explica con calma y como por encima pero prefiere dejar aquello tan escabroso fuera, al fin y al cabo fue hace tiempo, y detenerse en las últimas vacaciones, ahí también ocurrió parecido, le dice, ahí también estuviste frío y distante y no quisiste estar conmigo y yo me acercaba pero tenías sueño o cualquier cosa y me apartabas y qué te pasa.

Se diría que Oliva ha desmantelado por fin el nudo. Max está a punto de confesar. Ella se siente en paz, quizá porque intuye que lo mejor que puede pasarle sea eso, que él abra la boca y suelte el sapo, el parásito protozoario, y aquí paz y después gloria, después nada, después se acabó. Pero Max está acobardado como un perrito, sedado por las palabras de ella, por la aparente honestidad de la conversación, y no suelta un sapo, sino una frase a la que, a pesar de parecer verdad, indudablemente le falta algo.

Tengo ganas de acostarme con otras mujeres. Ya está, ya lo he dicho. Por favor, contesta, dime algo. Oliva lo mira, de hito en hito. A ese gigante que tiene enfrente le queda ridículo el disfraz de monaguillo. Qué quieres decir con que tienes ganas de acostarte con otras mujeres. No se le mueve una ceja. ¿Alguna mujer en concreto? No, de qué estás hablando, contesta él exasperado, negando lo que acaba de decir. Mujeres que veo por la calle, me vienen imágenes, voy por la calle y veo a algunas mujeres y quiero acostarme con ellas durante unos segundos. Pero... Oliva lo examina, tierna, indómita. ¿Eso es malo, acaso? Él abre los ojos descomunalmente, el color tierra del desierto, me pasó en el viaje a Portugal, ahí empezó a pasarme. No sé si te entiendo, le responde ella, me parece normal que te pase. Otra cosa es que no quieras acostarte conmigo. ¡No! ¡De qué hablas! ¡Por qué piensas eso! ¿Qué he dicho yo para que pienses eso? No digo que piense eso, digo que si lo que te ocurre es eso, solo eso... Quedan en silencio, unos segundos. Oliva rectifica su postura en el sofá. A lo mejor lo que quieres decirme es otra cosa... Él mira al suelo, quieto. Pero, a ver, no pasa nada. Si tú quieres acostarte con otras mujeres, nosotros tenemos que reubicar lo nuestro y ya está. No pasa nada, no es tan grave. Pero debemos organizarnos de otra manera. Y pasea los ojos alrededor, tranquila, recuperada de lo inhóspito; a él, en realidad, no quiere mirarlo.

Algo no ha salido bien. Todo este camino tortuoso, velado de certezas, ha sido recorrido para esto que ahora viene. Max empieza a contorsionarse, desesperado, envenenado por su propio sapo, se ha debido de morder la lengua. Llora, gime poseído, se retuerce, literalmente, en el sofá, hasta caer al suelo. Oliva lo mira con pasmo, qué te pasa, Max. Qué he dicho. Pero la furia del teatro ya lo ocupa todo. Hay que borrar lo sucedido, la trampa no ha surtido efecto, o quizá hay que levantar otra promesa infecta encima de las cicatrices que ya tienen. Max patalea, ha movido la mesa, la alfombra, como si le hubiera picado un escorpión, no lo entiendes, no me lo puedo creer, qué he hecho, lo voy a perder todo, no quiero, me siento tan mal, llevo sintiéndome mal todo este tiempo porque cada vez que me pasa eso siento que te hago daño y yo no quiero, no quiero que me pase eso, yo no quiero acostarme con nadie, Oliva intenta sujetarlo, ya no puede quedarse al margen, hay un hombre de casi dos metros a sus pies, en trance, en un agitar extraño, no quiero que me pase, yo solo quiero acostarme contigo, no quiero que me pase nunca más, por eso estoy raro, no lo entiendes, y tú te lo tomas a mal cuando estoy raro, y brama, y brama, y brama, y tú ahora vas a dejarme, me vas a dejar, verdad, lo he conseguido, lo estropeo todo, todo lo que toco lo destruyo, soy un animal, me doy asco, no puedo más, eso es lo que me ocurre, no me hagas esto, no me dejes, no vas a querer estar conmigo, y llanto, y llanto sin lágrimas, la boca torcida, la voz de ultratumba ahora en falsete, Oliva no lo puede evitar, ha de consolarlo, detener esta cosa amorfa que no entiende, que no sabe, que se desdice, que afirma moqueando que no le ocurre nada, que no quiere acostarse con nadie, ahora afirma como si rezara que lo único que quiere es estar con ella, ahora ya no sabe por qué la ha rechazado todas las últimas veces pero sería por eso, el estruendo una vez más la aturde, pobrecito el gigante con el disfraz de monaguillo, le hacen daño las costuras en la piel, la piel dorada que no está preparada para todo eso, para lo cotidiano, para el amor, para la calma, para la confianza, no está preparada para el bies de la camisa, para los puños, no está preparada para ella, no pasa nada, ven, calla, para, te he dicho que no era grave, él sigue gritando entre muecas, no, no te voy a dejar, ven, por favor, silencio, el majadero continúa en el suelo, ella no lo ve ya loco sino herido por su propio parásito protozoario, logra abrazarlo, consolarlo del todo, apagar la mecha.

No ha ocurrido nada, no han ido al mercado, se está acabando el día, no ha habido fiesta ni revolución, el confesionario se les ha quedado asfixiante, tan pequeño como el disfraz, conseguirán acabar con todo, no saldrán a la calle, tendrán un polvo de reconciliación, de reconciliación por qué, el saloncito y el silencio, comida basura de la que traen a la puerta de casa, no deshará las maletas hasta dos días más tarde, justo antes de que vuelva su hija, habrá subido una montaña más, se habrá deslizado por la ladera, durante unos días él se aplicará, y luego estará ya a sus cosas, distraído, con este horizonte calcinado de nuevo, porque a él no le pasaba nada, eso que dijo era una tontería, no había nada en absoluto que confesar, la mentira agoniza sobre la alfombra, pierde su carne, es ahora un pellejo seco, trabajado por el sol, vacío.

Oliva e Irena vuelven del parque, de la mano. Tienen un juego para los caminos que hacen sin hablar. Atravesando el parque de la Cornisa la niña va por delante, sin atender a las advertencias de la madre acerca de los charcos enfangados. No llevas botas de agua, no te metas ahí. Y la niña se mete. Y luego otra vez. Al entrar en la calle Jerte, Irena aloja su pequeña mano, todavía fría, dentro de la huesuda mano de la madre. Se detiene un momento a mirar a los gatos gordos de la ventana. Oliva tira de ella suavemente. Doblan en San Buenaventura y pasan por el seminario, con el ladrillo oscuro y los cipreses y los cedros. Suben Don Pedro y se paran en el semáforo de Bailén. Es la madre quien empieza. Lleva a la niña en la mano izquierda y en la derecha sujeta el móvil, lo mira un segundo, no tiene mensajes, lo guarda en el bolsillo del abrigo pero no lo suelta, lo mantiene entre sus dedos. Se propone no mirarlo más hasta llegar a casa. No sabe si lo conseguirá. Mientras el semáforo torna a verde, Irena parlotea, le va contando una discusión que ha tenido en el parque con su mejor amiga y también le pregunta si lleva algo más de merienda encima. Entonces Oliva aprieta la mano de la niña cuatro veces, como si fuera un código. Uno, dos, tres y cuatro. Irena reacciona instantáneamente y se calla, mira al frente y comienza el juego. Cruzando el paso de cebra de la calle Bailén, es la niña quien aprieta cuatro veces. La madre sigue: dos apretones fuertes, tres débiles, uno fuerte. Irena tiene que responder de la misma forma. Lo hace. La madre sube el nivel de dificultad. Tres apretones rápidos, imperceptibles, luego dos más largos y uno corto. La niña se equivoca: hace dos rápidos, dos largos y uno corto. Oliva estalla de júbilo: ¡no, te equivocaste! Irena se queja: ¡pues me toca a mí! Y empieza ella. Cinco apretones rápidos. La madre contesta igual. Tres lentos y dos cortos. Uno largo, dos lentos, tres más rápidos. Así van jugando, calladas, acortando camino por Yeseros y subiendo la calle Redondilla hasta llegar a la plaza, que los días entresemana luce casi vacía, las terrazas solo apenas ocupadas, los árboles sin hojas alzados al cielo entre las piedras. No quiero ir a casa todavía, mamá, ¿por qué no paramos un ratito aquí en el Timón? El Timón está vacío, tarde de miércoles, la terraza recogida. Suena música electrónica suave, desde el interior oscuro, e Irena se le escapa a su madre para saludar. En la puerta está fumando Rashid, que pertenece a la familia del bar. No es camarero, no es cocinero, pero puede ser cualquier cosa en cualquier momento. La ensaladilla de caballa, plato de la casa, es obra suya. Hoy no lleva puesto el delantal negro. Simplemente espera, en la puerta, y saluda a ambas con el cariño de siempre. Una camarera da la vuelta a la barra y le hace fiestas a la niña. Irena habla un momento con Rashid y Oliva la llama: vamos, Irena, que hay que ducharse y un montón de cosas más, y la niña vuelve, contenta, porque Irena está contenta casi siempre, su alegría no responde a las circunstancias. La tristeza o el miedo son en ella un trámite coherente, puntual, que hay que atravesar de vez en cuando y que ella transita con mesura. Le duran los enfados lo mismo que los caramelos que le dan en el Timón.

Al abrir el portal, se encuentran la puerta del patio abierta, igual que la de la casa portería. Irena tiene el impulso de volver a escapar, sube los escalones rápido, quiere meterse en el patio, donde está la portera vaciando un cubo de agua en el desagüe. Oliva la retiene. Irena, ven aquí, vamos a subir ya a casa. Quiero hablar con ella un momentito, le dice la niña. Pero la madre la coge de la mano y la pega a sus piernas, mientras esperan el ascensor. Déjala trabajar. En ese momento sale Horía del patio y se mete en su casa con el cubo. A Oliva le da la sensación de que su primera intención era ir al cuartito junto al ascensor, pero que cuando las ha visto se ha metido en su casa para evitarlas. Como si se hubiera escabullido. Aunque no tendría por qué. Las dos mujeres se han mirado de frente durante dos segundos. Oliva se ha sorprendido de los ojos tan grandes y negros. No sabe si la mujer la ha saludado. Oliva no sabe por qué se siente nerviosa. La mujer es más joven de lo que ella creía o al menos lo parece. Es más joven que ella, en cualquier caso. El ascensor ya está en el portal y Oliva no abre la puerta, tanta prisa que tenía. Es Irena quien la abre como puede, venga, mami, vamos, vamos, entra. Durante un momento, Oliva está esperando a que la mujer vuelva a salir, ya que las puertas están abiertas, ha debido de entrar solo a buscar algo, querría mirarla de nuevo, fijarse bien en sus rasgos y en su cuerpo, pero no hay suerte. Entra al ascensor y pulsa el botón del cuarto. Yo quería darle, mamá. Pues mañana. Irena juega en el espejo con su propia lengua, hace muecas, y cuando ya están llegando, mira a través de este a su madre: ¿está Max en casa, mamá? Oliva se extraña, se retrotrae a aquel primer tiempo de la calle del Almendro, cuando no vivían juntos y la niña, llegado un momento, preguntaba siempre eso al llegar a casa, sin querer decir la verdad, claro, porque conoce los límites, porque sabe que no puede decidir sobre la vida de su madre. Sí, sí está, ¿por qué? Irena levanta los hombros y retira los ojos de Oliva: no sé, por saberlo. ¿Es que no te parece bien?, pregunta

Oliva antes de abrir la puerta del ascensor. Yo no he dicho eso,
responde Irena.

Pero al entrar en casa, Irena saluda a Max con alegría. Se lo
encuentran asomado a la ventana, mirando abajo, al patio. Está
fumando, pero Max nunca fuma ahí; las semanas que la niña vive
en la casa, suele estar encerrado en el despacho. Casi tiene medio
cuerpo fuera de la ventana, o eso le parece a Oliva. También le
parece que Max está ahí asomado porque está mirando a la portera. Se queda seria mientras Irena y Max se abrazan, qué haces,
Max, nada, estoy aquí tomando el aire, como no tenemos balcón,
le contesta él. Claro, ¿me coges?, yo también quiero tomar el aire.
Pero Oliva se interpone, no, Irena, esto está muy alto, no quiero
que te asomes a las ventanas, te puedes caer. Pero me coge Max,
mamá. El hombre la aúpa sin esfuerzo y la asoma un poco, aga-
rrándola bien del pecho con sus manos enormes. Está ahí, dice la
niña, es mi amiga. ¿Cómo que es tu amiga?, dice la madre. ¿Es tu
amiga también, Max?, le pregunta la niña al hombre. Este la deja
en el suelo y la madre aprovecha para quitarle el abrigo y decirle
que a la ducha, todavía no, mamá, quiero ver la tele, pero hay que
ducharse que luego se nos hace muy tarde, y mira a Max y le dice
cierra la ventana, ¿no?, hace frío. Max se asoma un momento antes
de cerrar la ventana y entonces maldice, joder, joder, mierda. Había dejado un cigarro en el alféizar cuando ellas entraron y se le ha
caído, esto es lo que adivina Oliva, porque Max no contesta cuando ella le pregunta qué pasa ni tampoco cuando la niña da saltos,
qué pasa, qué pasa, Max está asomado a la ventana todavía y dice
algo en francés, como una disculpa, una sola frase, pero nadie parece contestar, y entonces sí, la cierra por fin, estaba encendido,
coño, y era un peta. Oliva se va con la niña al cuarto, la desviste
mientras Irena se queja, le va quitando la ropa con dificultad, porque la niña ha cogido un libro y está leyendo al mismo tiempo.

Más tarde, en la cocina, quiere preguntarle, pero no sabe cómo. Tampoco sabe qué preguntarle. Si ha hablado con ella alguna vez, por qué le habla en francés, si la colilla encendida ha caído encima de la mujer, si la ha visto recogerla, si se ha quejado, si estaba asomado a la ventana para mirarla moverse por el patio, para observar cómo se agacha al reordenar las macetas, al recoger las hojas secas, si en algún momento ella ha mirado hacia arriba y él se ha encontrado con aquellos ojos negros bajo las cejas puntiagudas. No dice nada. Él la abraza por detrás, le dice cosas bonitas al oído. ¿Hago la cena?, se ofrece. Sí, hazla. Tendría que ponerme a trabajar cuando se duerma Irena, voy fatal con una entrega. ¿De verdad tienes que trabajar hoy? Quería que nos tiráramos en el sofá a ver series. Oliva se ablanda, ahora es ella quien lo abraza por detrás, la cabeza encajada entre los omoplatos de él. Échame un cable, vamos, que esto ya está listo, ¿está puesta la mesa?

Irena lee en la cama y llama a su madre repetidas veces porque no le entra sueño, la madre tiene que tumbarse junto a la niña e inventarse un cuento sin ton ni son para recitárselo al oído hasta que se duerme. Y ya en el sofá, mientras Max trastea con el mando de la tele hasta que se decide por algo, Oliva le pregunta si ha hablado alguna vez con la mujer de abajo. Él alza las cejas y niega, sin darle importancia. Ella intenta parecer curiosa, no desconfiada. Como le has hablado en francés, acaba diciendo. Pues porque es mora, coño, responde él. Es más fácil que hable francés que español. De todas formas no habla mucho. Da al play y se desparrama en el sofá.

Están tomando unas cervezas con los amigos de Max en una terraza de la calle Argumosa, en Lavapiés. En ese bar no ponen buena música y tampoco sirven buena comida, pero para aquel grupo de veinteañeros de izquierdas es una especie de templo. Oliva también tiene amigos, en su barrio algunos, desperdigados otros, antiguos y más recientes. A todos los frecuentó al principio de su nueva época, pero, desde hace un tiempo, hay algo que ha dejado de ser como era. No se permite ser tan hospitalaria y espontánea. No puede organizar fiestas ni cenas imprevistas porque no siempre está el horno para bollos. No todos los días Max es alguien sociable. No es que se lo prohíba, es que Oliva intuye que es mejor así. A veces ella queda con alguien para almorzar, por su cuenta, porque sabe que no debe aislarse y porque le sale de forma natural. En alguna ocasión no le ha dado tiempo a comunicárselo a Max y cuando este se despierta a la una de la tarde y lo primero que hace es llamarla, desde la cama, como siempre que no la encuentra en casa, se enfada porque no lo ha invitado. Porque va a comer con alguien y no ha pensado en él. Pero ella sabe que habría rechazado la propuesta, que ya no se apunta a casi nada, porque a Max, en realidad, le interesa muy poca de la gente que ella transita.

En la calle Argumosa suele haber una alegría descuidada y juvenil. En la propia calle, en las terrazas colindantes a la de ellos, incluso alrededor de la boca de metro. El típico ambiente de los barrios del centro de Madrid que han quedado para un ocio pintoresco y a la moda. Barrios que tienen más ideología que certezas. En la mesa que comparten con los seis o siete amigos de Max se fraguan las próximas celebraciones. Nadie tiene hijos. El viernes próximo, como siempre, hay un evento. Esta vez es el cumpleaños de una amiga no muy cercana a Max, de estas personas con quienes Oliva no sabe si él se lleva bien o no. Manifiesta desdén hacia ella en privado, pero cuando la ve saca su cara más aduladora. Todos los animan a que se apunten, será una fiesta grande, han alquilado un local. Una de esas pachangas de bailar, de ser feliz durante muchas horas, en las que Max la querrá exageradamente y lo demostrará. Lo que ocurre es que Oliva tiene a la niña ese fin de semana. A ver, puedo buscar una canguro, o que se quede en casa de una amiga del cole. A Max le parece una buena idea. Oliva nunca hace eso, porque está con su hija solo la mitad del tiempo y la otra mitad puede hacer lo que quiera. No le gusta desperdiciar los días con Irena. Pero por una vez quizá no pase nada. Los amigos jalean, veníos, va a ser un fiestón, lo vamos a pasar genial, tú ya no vienes nunca, Oliva. Vale, vamos, sí, está decidido. Los colegas aplauden. Max mira a Oliva con cariño, bebe su cerveza, le lanza un beso.

Varios días después, en la quieta rutina de una noche de miércoles, Max cambia de opinión. Es habitual. A Oliva la desconcierta, pero al fin y al cabo cambiar de opinión constantemente es legítimo. No quiero salir este fin de semana. Max dice esto con pesadumbre y hartazgo. Pero ¿y la fiesta? Hemos dicho que iríamos. Bueno, y qué, podemos decir que no vamos. Pero ¿por qué? No me apetece nada salir. Prefiero que estemos aquí en casa, con Irena, y ver películas y comer de puta madre. Paso, no quiero ir. Oliva no insiste. Es buen plan lo que él propone, desde luego.

Aunque le apetecía airearse, vestirse de negro, pintarse la raya en el ojo. Hace mucho que no sale a bailar. Últimamente, Max va de fiesta los fines de semana que ella está con Irena y cuando están solos prefiere quedarse en casa. Porque le duele el estómago, porque no quiere ver a nadie, porque está cansado. Oliva accede. ¿Tiene otro remedio? Bueno, está bien. Nos quedamos, no buscaré canguro. Él le extiende los brazos desde el sofá, con una sonrisa. Ella acude, se hunde en medio del cuerpo del hombre. Mi vida, le susurra Max al oído.

El viernes por la mañana, caminan por una Gran Vía soleada. Están rodeados de movimiento, como solo se puede estar en esa calle de Madrid. Gente que sale de las enormes tiendas, gente que camina, porque por esa avenida no se pasea, gente que se escabulle en las bocas de metro, gente que atraviesa, en multitud, los anchos pasos de cebra. Ellos van de la mano. A veces, Max le pasa el brazo por encima de los hombros y ella se agarra a su cintura, sintiéndose más pequeña de lo que es y sintiéndose bien por ello.

Max saca el móvil del bolsillo mientras andan. Esta noche me pasaré un rato por el cumpleaños, le dice, después de contestar unos mensajes. Oliva cambia el paso, lo mira extrañada, se suelta de su abrazo. ¿Vas a ir al cumpleaños? Max ya es un arma de defensa. Te he dicho que voy a ir un momento, a darle el regalo, lo hemos comprado entre todos. Pero pensé que no querías ir. No he buscado canguro ni nada porque dijiste que no querías ir ni de coña, que nos quedábamos en casa con la niña, juntos. Te he dicho que voy a ir un rato, son mis amigos, joder, sabes lo que me cuesta estar bien con ellos. A Oliva la atraviesa el bullicio, gente que parece calmada, ausente, mecánica. Qué pasa, ¿también esto te parece mal? Contéstame. Oliva mira a Max, su perfil regio recortado por los coches de la Gran Vía y por los altos edificios. Bueno, pensé que iríamos juntos. Pero tú tienes a Irena. Entonces

Oliva se revuelve, sí, joder, claro que la tengo, por eso iba a buscar una canguro y no lo he hecho porque dijiste... Y ahí, en medio de la arteria comercial de la ciudad, rompiendo la apacible mañana de viernes, Max explota, resguardado por el anonimato del gentío, porque nadie lo conoce ni lo acusará de nada. Le grita. Tarada, histérica, celosa, insegura, estoy hasta los cojones de tus mierdas, le dice, y se va, caminando muy rápido, desesperado, delante de ella. Oliva se queda parada en medio de la calle, se le caen las lágrimas de los ojos. Cruza la Gran Vía, se dirige a Montera, es invisible entre la muchedumbre, la conciencia de su propio cuerpo solo, regresando a su barrio, la hiela.

Max aparece en casa al poco tiempo de que Oliva llegue. Ya no está llorando, está enfadada. Él no pretende reconciliarse esta vez, su único objetivo es que llegue la noche y desaparecer. Se muestra frío, porque la culpa es de ella; lo coarta, lo limita. Pasan las horas, cada uno en una habitación, hasta que Oliva se va a recoger a Irena al colegio.

No hay parque hoy, Irena, estoy cansada, es viernes, planearemos algo para mañana, vamos a casa, no he traído la merienda. Oliva mira el móvil a cada momento mientras se dirigen a la plaza. La niña camina distraída, al doblar la esquina ya está conforme con la situación. Oliva carga la pequeña mochila y una cartulina con un dibujo enorme que su hija ha hecho para ella. Está firmado con su nombre con esa grafía atrevida de la infancia, para mamá, pone, en letras grandes. En el dibujo aparecen las dos y un gato que no existe.

En casa, Max sale del despacho cuando las oye entrar. Su gesto es otro, es el gesto dulce que suele poner con la niña. Saluda, le hace unas bromas. Luego, en el pasillo, coge a Oliva del brazo y la atrae hacia sí, mirándola con el entrecejo en alto, su cara de pedir perdón y los ojillos de pena. Oliva se deja abrazar, aunque rígida, está la niña. Mientras la niña ve la tele y merienda, ellos van a la guarida de Max.

Él intenta besos y caricias pero Oliva, creyendo que ya ha bajado la marea, pide explicaciones. Enseguida, el huracán regresa, esta vez en sordina, porque no están solos. Son los mismos argumentos pero en voz baja, la mirada se afila y el poco aire está lleno de desprecio. Oliva rompe a llorar, con la voz agónica de la ansiedad cerrándole la garganta. No hay cordura, Oliva cierra la puerta de la cocina, está mi hija, esto tiene que parar ahora mismo, claro que va a parar, estoy hasta los cojones, qué te crees, que solo estás harta tú, te lo estás cargando todo, eres una inmadura, y en ese momento Irena abre la puerta, su carita espantada de sorpresa, qué pasa, mamá, estás llorando, qué pasa, dímelo, es que no me lo vas a contar, qué pasa, soy tu hija, cuéntamelo, y Oliva la coge de la mano y la lleva por el pasillo, no pasa nada, vámonos, tenemos que irnos, los abrigos, el bolso, la mano caliente de la niña latiendo en la suya, la puerta cerrada de golpe, el ascensor.

Abajo, en el portal, al abrir está Damaris con los gemelos. Las mujeres se miran de frente unos segundos. Oliva lleva los ojos encharcados y la respiración alterada. Querría contarle lo que le ocurre, necesita un juez, alguien que devuelva a su realidad el equilibrio. Damaris abre la boca una vez y no dice nada y luego la abre otra vez, ¿se encuentra bien, necesita algo? Pero Oliva tira de la mano de Irena y negando con la cabeza se va, a zancadas, y sale a la calle.

Max volverá el domingo por la noche, tras la larguísima fiesta, como un perro mojado, con todo su arsenal de arrepentimiento y lástima.

Salió de la finca una noche, mientras la manijera dormía. Basima y Latifa la habían ayudado con los preparativos la tarde de antes. Basima la acompañó hasta la verja. Latifa no se atrevió, lloraba desconsolada cuando Horía se despidió de todas, pero es que Latifa lloraba con facilidad. El taxista ya tenía sus bolsas, se las habían dado la tarde antes, al caer el sol, cuando la manijera se metió dentro de lo suyo para ducharse. Él lo había organizado todo. El guardia de seguridad abrió la cancela cuando llegó el Mercedes, ya lo habían apalabrado. Basima apretó las manos de Horía entre las suyas, se las llevó a los labios y le deseó suerte. Horía se montó en el coche, en el asiento del copiloto, y miró la noche del camino, cerrada, hasta que el taxista encendió las luces al salir a la carretera.

No era la primera vez que estaba sola con el taxista pero sí era la primera vez que estaba completamente en sus manos. Había confiado en él sin más remedio. Una chabola en un asentamiento en Lepe. Trabajo seguro, mucha gente se queda a trabajar fuera de temporada. También mujeres como ella. Trabajo seguro, no fijo pero suficiente. Ciento cincuenta euros la chabola, más el viaje, más lo que él se llevaba. Claro que conocía a gente allí, era un sitio fiable. Yo te presento a un amigo, sí, te he dicho. El Mercedes avanzaba por carreteras secundarias, sin desviarse hacia la autopista. El pueblo siguiente a Cartaya, en dirección a Portugal, es Lepe. Llegamos pronto, no te asustes, mujer, hay confianza. El primer camino sin destino de su vida se le hizo a Horía lento y atronador. Por qué paras aquí, ¿es que ya hemos llegado? Aquí no hay nada. No, pero voy a fumarme un cigarro tranquilamente, mucho trabajo hoy. Horía se endureció por dentro, apretó las manos para lo que iba a llegar. Quería abrir la puerta y salir corriendo, pero no se movió. Me he portado bien contigo, eso no lo podrás negar. La barba del hombre olía a comida rancia y a tabaco. Doblada sobre él, con la garra del taxista forzándole la nuca, Horía estuvo a punto de vomitar. Treinta minutos más tarde, Horía entró en su chabola, soltó las cosas en el suelo de tierra y se derrumbó en el catre, saturada de asco y de vacío.

No había luz, ni agua, ni sanitarios. Había pagado ciento cincuenta euros por vivir en un estercolero, peor aún que los prefabricados de la finca. Aquel era uno de los asentamientos más grandes de Lepe. Gente de Mali, de Ghana, de Senegal, de Rumanía, también de su país. Hombres, en su inmensa mayoría, pero también mujeres, al parecer cada vez más. Su casucha estaba fabricada con uralita, cartón y plásticos, los mismos que cubrían los invernaderos. Hay que tener cuidado con los incendios, le decían. Arden asentamientos enteros. Luego cuesta levantarlos otra vez. Iba a todas partes con lo suyo, con lo importante. Cargaba el móvil en un centro de día de una oenegé. Hablaba con su madre, con su hermano, y mentía. Hablaba con Kenza, que ya estaba en el pueblo, atemorizada por ella, enfadada a veces. Le decía la verdad. Seguía sin noticias de Aziz. Ya debía de estar en España, en algún lugar, pronto se pondría en contacto con ella. Driss, el hombre con quien la había dejado el taxista, no le daba miedo. Tenía los ojos parecidos a los de su hermano. Se sentaba junto a ella, en una silla de plástico, a la puerta de su casucha. Él sabía moverse por allí. Había ido y había vuelto varias veces, había estado en el norte de España y también en Almería. Le contaba historias. También era de Beni Melal. En una chabola grande, cercana a la suya, vivían tres mujeres de su país. Ellas la ayudaron a encontrar trabajo, pero solo días sueltos. Iba a los campos, doblaba el lomo durante diez horas, volvía. Pocas veces. La temporada había acabado, ahora solo quedaban los restos. Eran muchos los que estaban sin trabajo. Seguía sin noticias de Aziz. Quizá no había cruzado todavía. Le decían eso. Que nunca se sabe. Que el tiempo pasa diferente en la frontera. Que los chavales saben buscarse la vida. Llamó por teléfono a aquel número que había anotado en el autobús, una eternidad atrás. No recibió respuesta. No lo intentó más. Driss le traía té, pan y fruta algunas noches. Horía no le preguntaba por qué ni tampoco si quería algo a cambio. Lo escuchaba hablar de España y de Marruecos y esperaba el momento en el que todo se torciera, si él lo decidía. Era una planicie irreal su vida, una carrera de obstáculos constante. Como lo había sido en la finca, pero ahora sin objetivo y sin recompensa. Algo nuevo en su estómago, doloroso pero propio, la hacía resistir. La posibilidad de dormir cada noche y despertar al día siguiente, en medio de la más absoluta desolación, sin coordenadas, sin lugar para lavarse o ir al baño. Mientras no enfermara, podría continuar. Había gente que llevaba años viviendo allí. Eso debía de significar que era posible. La verdadera miseria era regresar a su casa oscura sin saber siquiera dónde estaba su hijo. Volver a su país con las manos vacías, con la certeza de que el hijo que había nacido de su vientre caminaba por algún lugar de aquel mundo áspero siendo todavía un niño.

Una noche en la que la lluvia cayó como un torrente, formando ríos de fango entre las chabolas, Driss fue a buscarla. Horía había cubierto el catre y sus pertenencias con plástico gris y estaba sentada en una esquina de su casucha, donde no había goteras, esperando que escampara para poder tumbarse, con el teléfono entre las manos. El hombre entró sin llamar y también sin pedir permiso la agarró de la muñeca y tiró de ella. Vamos, en mi casa no te vas a mojar. Y se la llevó, haciéndola tropezar en el fango, mientras la lluvia los empapaba a ambos, el pañuelo de ella cosido al pelo por el agua, hasta su cama. Las piernas le temblaban y también la mandíbula. Apretó los párpados para que no se le saliera el pavor. Y Driss la fue cubriendo con las manos primero y luego con el resto del cuerpo y Horía entró en calor y luego se quedó quieta mientras él se movía con rabia y acabó dormida, la boca hinchada y abierta, despojada de conciencia, en un desamparo recién estrenado.

Vente conmigo, aquí poco vas a poder hacer, ya lo has visto, no es un buen sitio para una mujer sola, no debes quedarte. No hay trabajo hasta dentro de unos meses. Yo me voy a Francia, dos años en España han sido suficientes. Puedes venir conmigo, tengo contactos y es fácil encontrar trabajo. Más que aquí. Esto no es un lugar para vivir. Mucho menos para ti. Voy a ir primero a Madrid, allí tengo un buen amigo con quien puedo alojarme, nos alojaría a los dos, ya se lo he preguntado, tiene una habitación libre ahora, y desde allí a Francia. Vente conmigo, Horía. A tu hijo aquí no lo vas a encontrar, nunca va a aparecer por este lugar. De hecho, tu hijo querrá ir a Francia. Podemos estar en Madrid un tiempo, dormir en una casa, ¿no te apetece lavarte como Dios manda, cocinar en una cocina de verdad, pasear por la ciudad? No te puedes quedar aquí sola. Quiero que te vengas conmigo. Es lo mejor. En Francia sí hay trabajo, yo tengo contactos, tengo un familiar allí.

Horía sabía que los chicos querían llegar a las grandes ciudades, a Madrid o a Barcelona. Le dolían los huesos, notaba cómo su cuerpo, siempre recio, se rebelaba a mordiscos en las noches. No confiaba en nadie, pero no tenía miedo de Driss. Era consciente de que la mejor forma de escapar era junto a un hombre. A pesar de haber llegado allí sola, a pesar de haber estado sin un hombre durante tantos años. No quería que la encerraran en el Mercedes desvencijado de un taxista con la bilis quemando la garganta, no quería oler aquello. Tampoco sentía aquel arreglo como una obligación. Sabía que no lo era del todo, a pesar de las palabras de Driss, de su asertividad. Kenza le decía cosas falsas, demostraba un entusiasmo pueril con la decisión. Su hermano y su madre no sabían nada de aquel hombre. No tenía noticias de Aziz. Madrid le sonaba a monstruo abominable, como el sol que arrasaba su chabola al mediodía, como el letargo de las horas sin trabajo. Se montaron en un autobús con destino Madrid una noche de septiembre. El aire acondicionado le pegó en la cara todo el viaje, otra vez. Al llegar a la estación de Méndez Álvaro, no conseguía hablar.

Entró en el piso de Vallecas muda, exhausta, una mujer casi invisible. El amigo de Driss, Jalil, fue seco y respetuoso. Tenía un piso amplio, aunque despojado de adornos. Apenas unos pocos muebles y todo sucio. Los alojó en un cuarto estrecho con una cama que era solo para una persona, cuya ventana daba a un ruidoso patio interior. Horía agradeció cada sonido estridente de la rutina ajena. Los cazos chocando en las cocinas, los niños gritando, la música. Había agradecido también el aire acondicionado del autobús y el cemento de la ciudad desbordante. Cada baldosa del suelo del cuarto de baño le pareció un milagro cuando se sentó en el váter la primera noche, desnuda y sola, antes de meterse en la ducha. Durante los primeros días, con la garganta aún cerrada, limpió cada esquina de la casa y cocinó para todos. Driss parecía contento, la trataba como si fuera su mujer. Ella apenas lo miraba a la cara cuando estaban en público, aunque le hablaba con suavidad. En la intimidad, tenía un poder especial para abrir su cuerpo o para cerrarlo, según la angustia. Él era paciente aunque a veces demasiado tosco. La abrazaba por la cintura al dormir, los dos estirados y quietos en el colchón de noventa centímetros.

Jalil llevaba cinco años viviendo en Madrid. Era de la misma ciudad que Driss y aún no tenía mujer. Decía que querría casarse en su país y no volver. Había otro hombre más viviendo en la casa, pero estaba siempre fuera. Jalil tenía una furgoneta y hacía trabajos con ella. También sabía de fontanería y algo de electricidad. En aquellas semanas, Driss salió con él a hacer varias mudanzas. El amigo le pagaba, y Driss, por las noches, le decía a Horía que ese era el dinero para Francia. Que podían quedarse otra semana, porque así ganaba más dinero, que había dos mudanzas apalabradas. Horía se daba cuenta de que Jalil la observaba moverse por la casa, hacerla suya, quitar el polvo, limpiar los cristales de las ventanas. Notaba cómo se sentía satisfecho por la presencia de una mujer silenciosa y trabajadora. Cuando los hombres no estaban, ella veía la televisión, se familiarizaba con las palabras ajenas. Un día, tras un almuerzo que había preparado, especialmente copioso, los dos hombres hablaron de Horía, con ella delante, pero como si no estuviera allí. Driss le contó lo de su hijo, lo de su padre y lo de su madre. Jalil dio su opinión. Horía había recuperado la voz, pero no pronunció palabra. Miró a Jalil con determinación, a los ojos, advirtiéndole de que no quería saber nada que tuviera que ver con la desesperanza.

A las tres semanas de haber llegado, Driss anunció que era el momento de irse. Lo dijo por la mañana, muy temprano, mientras bebían té y comían el pan que Horía había cocinado en el horno. Ya nos vamos a ir a Francia. Jalil estaba con ellos, ese día no tenía trabajo que hacer. Horía se dio la vuelta, mostrando la cara, los ojos negros y ojerosos, con las manos mojadas de fregar los platos, y comenzó a llorar. Le salió un llanto guardado durante mucho tiempo en un lugar cálido. No había llorado nunca delante de Driss, mucho menos de Jalil. Pero ahora tocaba. Por sus muertos, por sus vivos y por sus desaparecidos. Quién sabe si por ella misma. Los hombres guardaron silencio, ninguno se acercó a consolarla.

No puedo irme. Tengo que quedarme aquí. No puedo ir a Francia hasta que no sepa dónde está mi hijo, no puedo estar cada vez más lejos. Él me dijo que España, me dijo que me llamaría, tarde o temprano lo hará, *inshallah*. Yo no puedo irme a Francia, no me voy a ir. Necesito un trabajo para darle dinero a mi hermano y a mi madre, para tener algo que ofrecer a mi hijo. Si encuentro un trabajo aquí, cuando me llame le diré que venga, y seguiré cuidando de él como siempre he hecho. Si él está aquí, aquí tengo que quedarme. Me lo habéis dicho todos, los niños quieren ir a Barcelona o a Madrid. Aquí lo voy a esperar. No puedo irme a Francia, no voy a ir.

Horía manifestó sus deseos delante de aquellos dos hombres, sabiendo que necesitaba de los dos para hacerlo todo más llevadero. Ellos no contestaron nada. Jalil se levantó, recogió sus cosas y se fue a la calle. Driss se quedó sentado en la cocina, mirándola fijamente. Horía había parado de llorar pero no había vuelto a sus quehaceres. Tenía los ojos en el suelo de la cocina reluciente. Se dio la vuelta y siguió fregando los platos y los vasos. Cuando notó la mano del hombre en su cadera, se derrumbó, aferrada a su agonía.

Dos días después de aquello, Driss le dijo, en la cama estrecha, con el aliento agrio, que Jalil iba a ayudarla. Que él sabía lo duro que era estar en su situación. Que un español para el que trabajaba desde hacía tiempo le había ofrecido algo. Que tenía mucha suerte, como había tenido mucha suerte de haberlo conocido en el asentamiento. Que Jalil sabía que era una buena mujer y que se había apiadado de ella. Que hiciera todo lo que él le dijese, que no podía hacerle quedar mal con su empleador. Que él quería que fuera con él a Francia pero que podía quedarse en Madrid por su hijo. Que, si cambiaba de opinión, a lo mejor él todavía estaba interesado. Que probara.

Horía lo miró con vergüenza, se mordió la lengua y rezó para dentro, dando las gracias por la clemencia.

Damaris trajina en la cocina mientras los gemelos duermen la siesta. Es sábado, el matrimonio ha salido a almorzar con unos amigos y le han pedido a Damaris que se quede con los niños. Volverán para la cena, que ella ha de tener preparada sobre las nueve. Algo ligero, que nos vamos a meter un cocido entre pecho y espalda, le ha dicho el padre. Está cociendo patatas, huevos y zanahorias, para que dé tiempo a que se enfríen. Los gemelos no suelen dormir la siesta, pero hoy Nicolás se encontraba pachucho y ha caído rendido después de comer. De aburrimiento, Rodrigo se ha acabado durmiendo también.

La doctora que la examinó días atrás insistió en que tenía que hacer ejercicio y reducir la sal en las comidas. Es usted muy joven. ¿Hay en su familia antecedentes de enfermedades cardiovasculares? Mi padre falleció de un infarto. La doctora no le dio demasiada importancia al derrame ocular pero sí se interesó por los vértigos. ¿Le cuesta coordinar, ha tenido dificultad para andar? No, solo cansancio y mareo, y el corazón latiendo muy fuerte. Debe usted acudir a urgencias si vuelve a encontrarse así, porque ahora ya no podemos saber si era algo puntual, incluso nervios. ¿Está usted nerviosa? Pues no sé. Un poco preocupada sí estoy. Bueno, siga con las pastillas e intente descansar. No se olvide de lo del deporte diario.

Romina le había aconsejado que fuera a Madrid Río a caminar muy rápido, una hora cada día. Ya vuelvo caminando del trabajo, le dijo Damaris. Sí, pero eso no es hacer deporte. Caminar es caminar, contestó Damaris. Qué más da por dónde camine. Pincha las patatas con un cuchillo para comprobar si están blandas, pero aún falta. Enfría los huevos bajo el chorro del grifo y comienza a pelarlos. La otra tarde intentó hablar con su patrona sobre el asunto del billete de avión. Están caros. Su hija la ha reprendido, no sé qué pasa, es que no quieres venir, se van a poner más caros todavía. Damaris no le ha contado lo del piso, que van a tener que dejarlo. Tampoco le ha dicho que su patrona se puso muy seria cuando ella le insinuó que quizá podrían asumir ellos la mitad del billete. Es cierto que lo había mencionado con torpeza, sabe que debería haberlo pedido con más ahínco. Más bien fue una sugerencia y todo ha quedado en el aire. La patrona le ha dicho que busque y que se decida, y que le vaya contando. Pero con esa cara suya de cuando no le salen bien las cosas o quiere que los niños se callen o que todo el mundo la deje sola. Esa cara que le hace sentir a Damaris que se está aprovechando y que ellos no son ricos. Damaris la despreció al instante. Está aturdida, pero confía en que todo salga. Dolores les había anunciado a Romina y a ella que iba a irse a vivir a casa de su novio cuando las echaran del piso, que no tiene para una fianza y que allí hay espacio, al fin y al cabo, casi siempre duerme con él, en Vallecas. Romina se pasa el día buscando trabajo y buceando en una página de alquileres. Cuando Damaris llega a casa, le enseña las cosas que ha encontrado, ninguna interesante. A veces le manda un mensaje con un enlace, mira este, Dama, es un chollo. Damaris abre el enlace en su teléfono y pasa las fotos del piso. Sin calefacción, las ventanas viejas, sin amueblar, una sola habitación, setecientos euros. Deja el móvil a un lado y sigue con sus tareas.

Nicolás aparece en la cocina, con la carita hinchada y caliente de después del sueño. Quiero agua, me duele aquí, le dice. Damaris se limpia las manos en un paño y le toca la frente. ¿Te duele el oído, mi rey? Eso lo arreglamos ahorita. No tienes fiebre, te habrás resfriado. No pasa nada. Busca en el armario del cuarto de baño la medicina infantil y rellena una jeringa con la dosis. Abre la boca, ahora te doy un juguito para quitar el mal sabor, muy bien, así. Ven, vamos a despertar a tu hermano, que si no esta noche no hay quien los duerma. ¿Quieres ver un rato la tele? Yo acabo enseguida con esto. Rodrigo no abre los ojos, pero Damaris le hace cosquillas en la espalda sudada y lo logra. ¿A ti te duele algo, Rodrigo? ¿Te duele la garganta o el oído? El niño niega con la boca mojada de baba y se incorpora en el sofá. Tengo hambre, quiero merendar.

Desde la cocina, mientras trocea las patatas y las zanahorias y las mete en un bol, escucha a los niños pelear, más atontados que de costumbre. Se están poniendo malos, piensa, y esta semana no irán al colegio. Su hermana le ha aconsejado que le pida sin miramientos la mitad del billete a los patrones, que no se deje amilanar. Y que también les avise de lo de la casa, porque ellos tienen que saber que se va a quedar en la calle. Están en la obligación de hacerse cargo, le ha dicho varias veces. No sé qué te está pasando, Maris, que pareces una niña, con todo lo que has peleado. Y con todo lo que haces por ellos, por dios, que casi vives ahí, que no te tienen de interna porque no hay más habitaciones en la casa. La viejita está en forma, que sí, pero cada día más arrugada. Necesitas verla. Y tus hijos, bueno, qué te voy a decir. Liliana no te insiste por capricho, Maris. Se quiere ir contigo, cada día lo tiene más claro. Damaris ahora se arrepiente de aquellos ahorros que le prestó a su hermana un año atrás. Y la casa de Salento viniéndose abajo, porque hay problemas en el techo y ya no resiste las aguadas, debe de estar llena de humedades. La viejita no tiene intención de venderla y de todos modos a Damaris no le gustaría, siempre ha soñado con volver allí cuando deje España. Pero todo se desfigura. Ese puñado de dinero del que se desprendió le habría venido ahora tan bien. Compraría el billete sin pedir nada a nadie, asumiría los gastos de una nueva casa. No se queja a su hermana porque sabe que no se lo va a devolver.

Encima de la patata blanca, tibia, cae un goterón de sangre. Durante unos segundos Damaris lo observa como si hubiese caído del cielo, hasta que se da cuenta de que es ella quien sangra. No ha notado nada, ha sido muy rápido, la sangre ha bajado por su nariz y ha caído sobre la comida. Suelta el cuchillo y se lleva las manos a la boca, manchada de rojo. Nunca le ha sangrado la nariz, pero recuerda cómo le sangraba a su hijo cuando era pequeño. Va corriendo al cuarto de baño y con papel higiénico trata de cortar la hemorragia. No quiere que los gemelos la vean porque se alterarían. Se siente torpe, la sangre brota, mojando el suave papel de cuatro capas. Se ha manchado el jersey. Necesita más papel, el lavabo se va llenando de bolas arrugadas y gotas rojas. Está a punto de avisar a su patrona de lo que le ocurre, pero por fin aquello se corta. Con algodón, hace un tapón y se lo mete en el orificio derecho de la nariz. Dos veces tiene que cambiarlo, hasta que ya se queda blanco. Es demasiado grande. No quiere sacarlo por si la hemorragia empieza de nuevo. Los niños se ríen de ella cuando la ven así. Con un producto quitamanchas, saca la sangre de su jersey y tira la patata sangrona a la basura. Luego prepara la ensalada y la mete en el frigorífico, aliñada.

Los patrones llegan más tarde de las nueve, casi a las diez. Ella no quiere cenar, dice que está hasta arriba, que tiene náuseas. Él parece contento y borracho. Los gemelos ya en la cama, están poniéndose malitos, señora, pero no tienen fiebre, les puse el termómetro a los dos. El patrón busca el billete en la cartera y no encuentra. No tengo efectivo, cariño, ¿tú tienes algo? La mujer sale del cuarto de los gemelos apesadumbrada, con hastío, no tendríamos que haber estado fuera todo el día, hay mucha gripe en el colegio, van a caer los dos, deberíamos habernos quedado en casa, te lo dije. No me dijiste nada de eso, pero ¿tienes un billete de diez? Damaris está cerca de la puerta, con el abrigo puesto y el bolso cruzado en el pecho, dispuesta a la caminata. Casi dice que no pasa nada y se marcha sin el dinero pero recuerda las palabras de su hermana y se queda esperando. La mujer le da un billete de veinte euros, quédatelo, está bien así. Damaris lo coge y esta vez se lo mete en el bolsillo del abrigo, estrujándolo entre los dedos.

El ascensor baja demasiado rápido, con Damaris dentro, como si se estuviera precipitando al centro de todas las cosas. Desde la nuca la agarra un tirón que recorre toda su espina dorsal, se le nublan los ojos. Se mira en el espejo y se ve borrosa y envejecida. Empuja la puerta y sale, en el portal puede respirar mejor. Camina todo lo recta que puede, pero al bajar el primer escalón no le responden las piernas y se desploma.

Al abrir los ojos, una mujer a la que no reconoce le está pasando por la frente un paño mojado que huele a menta. El olor se le mete en el cerebro. La mujer lleva un pañuelo en la cabeza y así sabe que es la portera. Ayúdame a levantarme. No, no, dice la otra. Médico. No, médico no, ve al tercero y avisa. Ve borroso y le duelen las rodillas y el hombro izquierdo. Se sienta, con trabajo, en un peldaño. Se seca con las manos temblorosas la frente y las sienes. Estoy bien. Médico, repite la portera. Solo quiero irme a mi casa, le dice Damaris. Estoy bien. Prefiero irme a casa, mañana es domingo y puedo descansar. Al intentar levantarse, un remolino de aire alrededor la desestabiliza de nuevo. Se agarra a la portera. Horía no quiere dejarla sola pero sabe que ha de llamar a alguien, así que decide abrir la puerta de la calle y pulsar el botón del tercero, la casa donde sabe que trabaja. No sabe el nombre de Damaris. Se lo pregunta desde la puerta pero esta no contesta, tiene la cabeza agachada, casi entre las rodillas. Logra hacerse entender cuando un hombre responde.

Le saca brillo al pasamanos de la escalera con un producto para maderas barnizadas. Se lo ha dado la vecina del segundo. Nadie más le habla y nadie más le ordena hacer nada. El presidente de la comunidad le había dicho que estaría pendiente, por si necesitaba algo, y que le iría dando indicaciones, a ver si aquello resultaba. Es una prueba, la advirtió, unos meses. Si todo va bien, pues ya veremos. Jalil parecía tener confianza con él y a Horía no le queda más remedio que ir de acá para allá, de unas manos a otras, y hacer lo que le ordenen. Pero el presidente no le ha preguntado gran cosa en todo este tiempo. Casi nunca lo ve. Sale muy temprano a trabajar y, eso sí, a veces se lo encuentra, enfundado en una ropa que es como otra piel cosida a su cuerpo delgado, saliendo del ascensor con una bicicleta.

La señora del segundo está pendiente de todo y cuando Horía llega a su rellano, frotando la madera del pasamanos, abre la puerta. Primero la mira de arriba abajo y espera unos segundos, cerciorándose de que no hay más movimiento que el del trapo. Ven, entra, le ordena. Horía duda, pero se acerca a la señora y atraviesa el umbral. Esta vez no hay nada junto a la puerta: ni bolsas de basura, ni cajas con macetas. La mujer cierra tras ella y le hace un ademán para que la siga.

Es la primera vez que entra en una de las casas del edificio y le sorprende el largo pasillo con sus recodos y las múltiples habitaciones. Toda una parte de la casa da a la plaza y el salón, dividido en dos estancias, podría estar cargado de luz, por sus cuatro balcones, pero la señora mantiene una penumbra concienzuda, con los postigos medio cerrados. Horía se detiene detrás de la mujer, que camina a lo largo del pasillo de su propia casa deslizándose, frente a la puerta de un dormitorio. Míralo, aquí lo tengo. No hay quien lo mueva. Yo, por lo menos, no soy capaz. Desde la cama grande, apoyado sobre una almohada larga en el cabecero de hierro, un viejo las mira o mira a través de ellas.

A Horía le cuesta reconocer en aquel hombre al señor esbelto al que ha visto alguna vez salir del ascensor y caminar junto a su esposa del brazo, a pasitos cortos. Se da cuenta de que es el mismo, solo que está en pijama, con la barba sin rasurar y el escaso pelo cano alborotado. Buenos días, saluda él, cómo se encuentra. Horía saluda de vuelta, bien, gracias. La señora entra en la habitación y se acerca a la cama. Sin delicadeza, retira las ropas y se lo muestra a Horía. Él no se inmuta, en su cara una lejana sonrisa que puede que ya no sea suya. El olor ácido a meado llena la habitación. La señora se comporta como si estuvieran solas. Me ha vuelto a pasar, musita él, sin perder la mueca. Así lleva toda la semana, afirma ella. Todas las mañanas igual. Y el caso es que, en vez de levantarse, se queda ahí, con todo eso mojado. Ayer conseguí que se pusiera de pie ya casi al mediodía. Y luego la ducha y lavar las sábanas y lo demás. Así que tienes que ayudarme, porque no estoy para estos trotes. Horía no capta toda la información, pero sabe cómo funciona la maquinaria. Espera recibir dinero por aquello y también que no le ocupe demasiadas horas.

Por suerte, el viejo no está impedido del todo. Solo empieza a tener bloqueos, especialmente en las mañanas, si se ha hecho pis encima. Por alguna razón, se niega a salir de la cama cuando esto ocurre. Lo que para su mujer es un trabajo imposible, para

Horía reviste relativa facilidad. Él no se opone a las manos de la portera. No se levanta hasta que ella llega, le coloca las zapatillas a los pies de la cama y le pasa el brazo bajo la axila, para ayudarlo a incorporarse. El camino hasta el baño es más aparatoso, arrastra como puede las piernas, descansa a cada paso. La señora revolotea alrededor, aparta una silla, coloca la ropa limpia en el mueble del baño, les da órdenes a los dos. Luego se refugia en la cocina, donde se pasa media mañana haciendo sopas de pescado o lentejas sin chorizo. Horía tarda más de media hora en salir del cuarto de baño con el señor. Para ese entonces, él ya ha recuperado la movilidad, como si la esponja al frotar su espalda y sus pellejos, el peine al alisar el pelo fino, la colonia en la nuca, los dedos y el murmullo de Horía lo revivieran cada día. El bastón lo espera en la puerta del dormitorio y se agarra al puño de nácar para conquistar el largo pasillo y meterse en la sala de estar, donde esperará pacientemente el almuerzo oyendo la radio. Cuando Horía lo ve alejarse, tembloroso pero erguido, cada mañana al salir del baño, se pregunta si todo es una treta de viejo. Con los viejos nunca se sabe. Al menos este no ladra, no insulta, asume la vergüenza también desde el privilegio. Su docilidad le hace más llevadero el trabajo, aunque espera una reprimenda o un ataque en cualquier momento. Horía dedica una hora más a limpiar y recoger el baño, poner sábanas limpias en la cama y ventilar el dormitorio y a lavar y tender las ropas meadas. Unos días más tarde, la señora se hace con unos pañales gigantes y el protocolo varía ligeramente.

Dos horas o dos horas y media al día, cada día de la semana. Horía no ha peleado por el sueldo ni lo ha negociado, pero la primera mañana, tras terminar las tareas, se quedó esperando en la puerta, muy recta, a que le pagaran. La mujer se acercó despacio, demorándose en comprobar la pulcritud de los lugares por los que había pasado Horía. Luego, cuando estuvo enfrente de ella, le sonrió y le dijo: te pagaré los domingos. El primero le dio treinta euros y dos briks de leche, había empezado un martes. A partir de ahí, cincuenta. A veces, en el umbral, junto a la basura que debe bajar al salir, hay también una bolsa con varias patatas, unos pimientos, un paquete de arroz y las gracias.

Horía no sabe nada y por las noches, estirada en la cama y a oscuras, nota la mente hervir. No sabe si el resto de la comunidad está al tanto de su nueva ocupación, ni si el presidente cree que es correcto. Tampoco quiere preguntarle a Jalil, por si acaso. Al mínimo problema todo puede destruirse. Aquella casa en la portería le parece un milagro y los milagros son asuntos muy frágiles. No hay que montar ruido. Cuando habla con Kenza, esta la lleva una y otra vez a los mismos argumentos. Le dice que si el viejo empieza a cagarse además de mearse igual la necesitan más horas y que al final todo el día y luego por la noche y después interna. Que es la mejor solución. Le pregunta si tienen hijos y Horía contesta que no lo sabe, pero que hay fotos de familia. Nunca ha visto a nadie por allí. Horía teme que algún vecino la vea entrar o salir de la casa, que alguien se queje. Su amiga le dice que a lo mejor eso hace que tenga más trabajo todavía, que la contraten para limpiar en más pisos. Pero Horía le contesta que aquello no es la gallina de los huevos de oro. Jalil le había insistido mucho en lo particular de aquella situación, le dijo que era un favor personal para con él, pero que era ilegal tener a alguien ahí sin papeles y que debía tener mucho cuidado y no meterse en líos, no solo por la reputación de él, que la había recomendado, sino porque estaba en peligro. Kenza, lejana, imbuida en la rutina de Boulanouar, en su rumor de días cargados y planos, solo llora lastimera cuando Horía le habla de Aziz, pero todo lo demás lo ve con optimismo y despreocupación. En las fresas ganábamos lo mismo por hora, y dime tú si no prefieres limpiar mierda de viejo que destrozarte el cuerpo así. Kenza intenta transmitirle a su amiga la sensación de futuro. Horía no sabe nada ni tampoco quiere saber nada, solo que pasen los días y conseguir dinero y esperar al hijo. Que tiene que llamar todavía. Que a lo mejor no ha llegado a España, que por eso no la ha llamado. O sí ha llegado pero no la puede llamar. Porque sin teléfono no es fácil llamar, ni siquiera a una madre. Claro que cada día un rato, a veces con una intensidad especial, a veces durante tanto tiempo que ha de arrodillarse donde esté para controlar el espasmo, visualiza el cuerpo de su niño muerto, la lengua hinchada fuera de los labios morados.

Oliva está sentada en el sofá del salón, rodeada de papeles. El olor de Irena recién nacida, ese veneno del pasado, se le ha metido en la nariz. Levanta la barbilla y mira un punto del techo, la lámpara de papel oscurecido. La han contratado en una escuela para que dé una asignatura de maquetación. Ha desempolvado los apuntes del máster que hizo hace años; aunque la mayor parte de la clase será práctica, quiere llevar preparada una introducción teórica. Está entretenida pero cabizbaja. Desde hace algunos días los recuerdos la muerden, son peces caníbales en un embalse estancado. Sobre todo los que tienen que ver con su maternidad. Ya no se atreve a revisar las fotos antiguas, no quiere pensar dónde está la caja con la ropa pequeñísima que dobló y atesoró por si el día de mañana.

Mientras ordena los papeles y subraya de amarillo fosforescente las líneas importantes, le sobreviene la imagen de Irena mamando. Concretamente un día, cuando la bebé tenía semanas y ella le daba el pecho, sentada en el borde de la cama de un dormitorio cálido y sin aventura, varias casas atrás. La pequeña succionaba concentrada y de repente se retiró de la teta y miró a su madre. La miró a los ojos, directa, encontrándola por primera vez ahí arriba, y sonrió. Luego volvió a chupar, cerrando los párpados. Oliva se lo dijo, primero a la niña y luego al padre: así que acabas de darte cuenta de que es tu madre quien está detrás de esta teta en la que pasas el día enganchada. Cuando se separó, tenía claro que no sería un nuevo embarazo lo que arreglaría las cosas, de hecho era mejor evitarlo, arriesgarse a no volver a ser madre y poner empeño en ser coherente, pero el tiempo va transcurriendo y los huesos de Irena son más largos cada vez, la carne redondeada de los codos y las mejillas se afila cada semana. Como el vapor del agua sobre el fuego, así se le desprende a Oliva del cuerpo la nostalgia, el miedo, cuando menos se lo espera. Empieza a no controlar la idea del deseo.

Es el cumpleaños de Max. Por la noche vendrán a cenar a casa su madre y su hermano. No ha organizado nada más, dice que odia su cumpleaños, que siempre se pone muy triste ese día. Lo dice con el tono misterioso de quien esconde un trauma o una desgracia, pero no da más explicaciones. Luego, cuando llega el día señalado, no parece que nada de eso le ocurra, pero nunca se sabe.

Max camina por la casa a grandes zancadas, habla por teléfono con unos y con otros. Algunos asuntos son de trabajo; desde que lo despidieron del partido, trabaja por su cuenta haciendo páginas web, tiene un par de clientes. Aparece en la puerta del salón y mira a Oliva. Se fija en su gesto. Qué te pasa. ¿Estás bien? Estás triste. Ella baja la cara hacia los apuntes. Max no se acerca pero levanta el entrecejo con pena, allanando el camino de la confesión. Oliva podría decirle no me pasa nada pero con Max no tiene sentido dar rodeos. Desde hace algún tiempo, viene siendo normal que él la sorprenda en medio de cualquier oscuridad. Cuando se queda sola, los malos pensamientos le crecen, altos y tupidos, es muy difícil mantener a raya la vegetación salvaje. Por qué estás triste, dímelo. Mi vida, qué te pasa. Ven aquí. La llama desde el quicio de la puerta. Oliva se mueve lentamente, habría preferido que fuera él quien se acercara; transportar la quejumbre la hace arrastrar los pies. Pero va. Ya frente a él, el susurro del hombre confortable, los brazos poderosos, apoya la cara en el pecho y se deja mecer.

Estaba pensando en Irena cuando era un bebé y me he puesto muy triste. Me agobia este tema, ya lo sabes. Dice esto y siente cómo se tensa el cuerpo en el que está apoyada. El cuello de él se estira unos milímetros más arriba, los ojos la examinan. Así que es eso. Oliva se ha equivocado. Es una ruleta rusa. A veces tiene suerte y otras no. Justo hoy, en mi cumpleaños, vas a venirme con eso. Qué injusta eres. Qué negatividad de mierda. Y se da la vuelta, ofendido.

El ovillo se ha desenredado por toda la casa y Oliva sigue los hilos desmadejados. Se defiende porque su atmósfera de quejumbre se ha roto. Su tristeza solo tuvo el tiempo de la pregunta. Él no la deja hablar, se acerca la hora de ir a buscar a Irena al colegio y no han comido, debería irse ahora mismo, en su cabeza el bosque crece y crece y crece, prepara una merienda para Irena con las manos temblorosas mientras la fiesta sigue a sus espaldas, sale y llama al ascensor y se suena los mocos mirándose al espejo.

En la puerta del colegio, cinco minutos más tarde, se mezcla entre las demás. Los niños y las niñas salen con algarabía y exigencias, saltan, se suben a los brazos, piden, enseñan, lloran, tironean. Oliva estrecha a Irena sintiendo que ninguna otra madre allí tiene dentro aquella descomposición. Las observa, en el parque, sacar sus tarritos con fruta recién cortada, los zumos naturales, las galletas ecológicas. Mira todo aquel enjambre deseando formar parte, estar tranquila como ellas. En su teléfono sigue librándose la batalla y no puede evitar leer los mensajes. Lo único que importa es tu agobio, tu pulsión. Podríamos hablar de congelar óvulos, pero no, tú siempre tienes que ver la peor parte,

siempre con esa negatividad. Qué injusta eres. Oliva sigue a trom-
picones la conversación de las mujeres. Se acerca a la papelera y
tira lo que queda del sándwich de salami de Irena. Lleva el móvil
en la mano. Me presionas. Oliva se sienta en el poyete, junto al
arenero. Una de las madres tiene una niña pequeña, un bebé todavía. Irena está subida a un árbol cercano. Vuelve a mirar el teléfono. Y a mí no me hables mal, te enteras. Oliva se desliza por
el pozo de siempre, si no contesta los mensajes seguirán llegando,
quizá incluso empiece a llamarla. Pero, si los mensajes se detienen,
se angustiará. Le hierve la palma de la mano. Escribe. Yo no te he
hablado mal. Cada minuto hay un mensaje o varios. Ahora ya se
ha convertido en una conversación entre los dos. Oliva está en el
parque pero no está en el parque, Irena salta y corre, mira, mamá,
y Oliva mira y sonríe con los ojos angustiados y todo sigue bullen-
do alrededor sin que ella despegue los dedos de la pantalla y el hilo
arde, ha entrado de lleno, pero cómo me dices que soy injusta, Max
escribe sin cesar, es que nunca puedes reconocer tus errores, qué
problemón tienes, es acojonante, es mi cumpleaños, joder, analiza
las formas y lo que te estoy diciendo de una puta vez, por dios,
basta ya, Oliva, basta, basta, basta, para, para, no lo soporto, pero
si no estoy haciendo nada, ¿que no estás haciendo nada?, para,
para, ¡basta ya!, quiero estar tranquilo, repito, vienen hoy mi madre y mi hermano por mi cumpleaños, ¿voy a poder estar tranquilo o me voy a casa de ellos?, dime si vas a poder y si no, me voy,
los dedos de Oliva sobre la pantalla aciertan a escribir, ¿me estás
preguntando si voy a montar un pollo?, Oliva, para ya, para, para,
hoy ya no vamos a hablar de nada, es mi puto cumpleaños, y además lo hablaremos el lunes, porque yo me voy, piensa en cómo te
estás comportando, haz un puto esfuerzo, y ya abajo del todo,
Oliva en la ciénaga, Max, no quería joderte el día, todo lo que está
pasando entre nosotros es muy duro, por qué me haces esto.

Después hablan por teléfono. La voz catacumba de él la envuelve, ahora quiere reconciliarse. Ha ido a tomar una cerveza con un amigo y a comprar una tarta para el postre y las velas. Estoy muy triste, le dice, Oliva, por favor, estoy muy triste. Yo también, contesta ella, después de unos segundos. Lleva a Irena de la mano hasta la Puerta del Sol, vuelve a mezclarse entre el gentío, ahora tiene un cometido, ya no mira el teléfono sin parar. En la sección de menaje de El Corte Inglés, compra unos cuchillos de cocina, marca alemana, caros, afilados, varios tamaños. Uno de ellos es un cuchillo cebollero, de los que sirven para rebanar de un golpe la cabeza de un besugo. En casa, Max ha asado costillas de cordero para todos, una bandeja gigante. También ha cocido judías verdes redondas, de las francesas. Hay cerveza. Tarta, velas, las bromas entre ellos, el lenguaje indescifrable, un código extraño, esa familia que le resulta tan ajena, gracias por el regalo, mi vida, es increíble, siempre quise tener unos cuchillos de verdad.

Cuando se van, la niña ya en la cama, Oliva se enfrenta a una cocina grasienta, llena de platos, vasos, cubiertos, sartenes, bandejas, huesos relamidos de cordero lechal. El fregadero le duele hasta el fondo del recuerdo de otra vida. Max fuma, frente a su ordenador, en el despacho. No se mueve de ahí durante todo el tiempo que tarda Oliva en recoger. No se inmuta con el entrechocar de los platos bajo el grifo. No dice nada. Oliva limpia.

No quiero asustar a nadie, me encuentro bien. Un poco más cansada de lo normal y ya está. Y los médicos pues me van a mirar todo, estoy esperando la cita. Me mirarán la cabeza por si acaso. Pero que no puedo viajar. ¿Eso te ha dicho el doctor? ¿Que no viajes? La señora Sonia me dijo que no era recomendable viajar así. A mi doctora no le pregunté, ya lo había decidido. Además, que si me llaman para hacerme la prueba y la pierdo no es bueno, pueden pasar muchos meses hasta que me llamen otra vez. Y la patrona te dijo que no viajaras, claro. Así no tenía que pagarte el boleto y así puedes cuidarle a los hijos por las fiestas. Estaba asustada cuando me lo dijo, lo sé, la conozco. La noche que me desmayé me lo dijo. Me subieron a la casa y cuando me repuse me llevó el patrón a urgencias y al día siguiente descansé. Ya habías trabajado todo el fin de semana. ¿Le has preguntado si puedes irte más adelante, cuando te hagas las pruebas? No le he preguntado nada porque poco a poco se irán viendo las cosas, tengo mucho que solucionar. Las pruebas pueden tardar. La doctora sí me ha comunicado que la lista de espera es muy larga. ¿Y por qué no te llevan los patrones a un médico de los suyos, y así va rápido y nos quitamos de dudas? Tus hijos están muy preocupados. Peor sería que hubiera viajado y que me pasase allá. Allá qué hubiéramos hecho. Los médicos de los patrones son los médicos de los patrones, ellos los pagan. Yo tengo mi seguro social porque pago los impuestos y eso es lo que hay. Soy una trabajadora como otra cualquiera. Si estuviera trabajando en un almacén y me enfermo, el jefe del almacén no me iba a regalar sus médicos pagados. No es la misma cosa, Maris. Que ahí en esa casa trabajas los sábados y los domingos si la señora está ocupada o con agobio, y lo mismo les quitas los platos de la mesa el día de Navidad que duermes junto a los gemelitos cuando tienen compromiso. Si te pasa algo y de pronto no puedes acudirles al trabajo ni cuidarles los niños, ya verás como te llevan. Que no es tan fácil encontrar a alguien a quien confiar la casa y los niños. Hermana, ya para. No me metas en la cabeza más porquería que yo tengo mi propia rabia. Que no soy tonta y no nací ayer. Que no te meto porquería. Yo solo digo que más te valdría ser interna otra vez, Maris. Que ahora te quedas sin piso. Y total, para estar independiente apenas los domingos, tener otro sitio que limpiar, andar buscando el alojo y las fianzas y todo eso que me cuentas, ¿por qué no les preguntas? Que resolvemos varios problemas en uno. Y el sueldo pues completo. Hermana, qué difícil hablar contigo algunas veces. Te piensas de verdad que estoy aquí agachando la cabeza sin saber lo que es bueno y lo que no, o creyendo que me están haciendo favorcitos y no, yo no creo eso, no estoy atontada. Conozco lo que hay. Son muchos años sirviendo. Que puede ser que me equivoque, pues también. La señora Sonia nunca ha sido de mi devoción, bien lo sabes, pero ahí estamos las dos y ya son años, más o menos nos respetamos, las he tenido peores, no me hagas recordarte. No quiero internarme en casa de nadie, quiero mi casa propia, ¿o es que tú no la tienes? Y quiero que venga la niña a estudiar aquí y pueda vivir conmigo en una casa las dos, y a lo mejor el hijo también, quién sabe, que aquí también hay motores que arreglar. Y para eso mejor no pedir demasiado. Damaris, te pones enrocada. Como si yo estuviera malmetiendo. Yo solo te repito lo que tú me has dicho muchas veces, cosas que me has contado. Yo me quejo de lo mío y tú te quejas de lo tuyo, y ahora te vas a la defensa si yo repito. Mucho tiempo ya sin verte y me dices que si mareos, que si un vahído, que te van a hacer pruebas. ¿Tú crees que no me voy a preocupar? A la viejita no le he dicho nada, descuida, pero yo me preocupo y se preocupan tus hijos. Y no te vemos. No hay que preocuparse tanto, solo tengo la rodilla magullada por el golpe. He trabajado estos días como siempre. Lo único los niños que me tienen enrojecida de tanto que se pelean, cada vez están peor, cuanto más grandes más chinchones. Mira, además una cosa que te voy a contar, a ver si dejamos ya el tema. ¿Es una buena noticia? Cuéntame. Ni buena ni mala, solo me da curiosidad. Me contactó Diego, después de tanto tiempo. Lo recuerdas, verdad. ¿Diego el patilargo? ¿El que bailaba bien? Ese mismo. ¿Y qué es lo que quiere? ¿Te va a sacar a bailar otra vez? ¿No se fue de Madrid? Pues sí se fue, por eso es que dejamos de vernos, pero es que ha vuelto, parece. Ay, Maris, pues no tengas dudas, ¿quiere verte?, ¿le dijiste que sí? Eso es lo que te hace falta, un buen bailecito, quizá se te quita así todo el desequilibrio este. Todavía no dijimos de vernos un día concreto. Él llamó por teléfono, que no sabía si yo conservaba el mismo número, y luego me ha escrito unos mensajes. Pero lo que ha llovido. Y qué más da lo que llueva, así crece la hierba, Maris. Casarse no se ha casado, por lo que parece. No te vayas a ir de orgullosa y queda con él el domingo próximo. Ya iremos viendo, tengo mucha cosa en la cabeza ahora mismo, lo que me faltaba ahora es un hombre. Pues claro que te hace falta un hombre, Maris, además que te lo estoy notando, se te ha cambiado la voz, os dais un buen reencuentro, te va a saber a gloria. Que recuerdo yo que te gustaba el patilargo. Ríete, sí, ríete un poco, te pintas y te arreglas y listo, te va a venir estupendo. Lo que no me da risa es lo vieja que estoy. Hace por lo menos cinco años que no me ha vuelto a ver, hermana. Y qué crees, que él se ha conservado en un frasco. Tendrá la panza gorda y la nariz más roja. Pero seguro que no se olvidó de bailar.

Mamá, yo quiero que Max solo venga a casa algunas veces, como venía antes. No todo el tiempo. Irena le dice esto a su madre una tarde, sentada en el suelo del salón, mientras dibuja un paisaje nevado y algo que se supone que es una ardilla. Oliva acerca su cara a la de la niña, le acaricia el pelo, ¿te refieres a que no quieres que viva aquí? No sé, no quiero decir eso. Pero mejor como antes. No pasa nada si es eso lo que quieres decir, cariño, le dice Oliva. No pasa nada, está bien si es eso lo que sientes. Está bien que me lo digas.

Oliva no le cuenta esto a Max. Tampoco se lo cuenta a ninguna de sus amigas. Ni a nadie de su familia. Tampoco a su ex, porque se muere de culpa y de vergüenza. ¿Cuánto tiempo lleva sin decir la verdad de su vida, exponiendo solo un panel reflectante con algunas manchas, con una extraña simbología? A Max no puede decirle que Irena no quiere que viva con ellas porque solo lo aceptaría después de tensar el cable hasta la asfixia, cuando ya no tiene más remedio que soltar y dejar caer las manos y la guadaña. Ahí cuando baja la cabeza y empieza con aquello de tienes razón, tienes razón, tienes razón, soy tóxico, lo estoy haciendo mal, pero yo la quiero tanto, te quiero tanto, no quiero perderos, me muero. Si le dice ahora que Irena no quiere que viva con ellas, Max sacará la artillería de siempre: otra vez estás igual, si quieres un padre para tu hija conmigo no cuentes, venga, qué me vas a echar en cara, qué más, que todo lo hago mal, ¿verdad?, todo lo hago mal, que no me he quedado con ella dos días, ¡dos putos días!, porque tenía cosas que hacer, ¿entiendes?, había quedado con mis amigos, iba a salir, no podía hacerte de canguro, estoy muy estresado con el nuevo curro, o qué me vas a decir, que no limpio, otra vez con tu problema con la limpieza, me vas a decir que no he cambiado, que no lo estoy haciendo mejor, pregúntale a ella, ella me dibuja, ¿entiendes?, cuando hace un dibujo me dibuja a mí también, ¿crees que eso no significa nada?, qué injusta eres, qué manipuladora, no sabes el daño que me estás haciendo, es que no puedo más, no lo aguanto. Oliva no quiere pulsar ese botón y tampoco es capaz de pulsar ningún otro. Se deja tocar, se balancea en las horas más lentas. Se escurre en los rincones de lo cotidiano. Hace planes. Disimula. Llora muy a menudo. También consigue reír. Apresa aquel cuerpo cuando puede, con una codicia que la enferma. La posesión, en su caso, no tiene que ver con la pertenencia, sino con el agujero de la ausencia amenazada. La propia presencia es en sí misma un agujero. En realidad, su mente ya solo funciona en la distorsión.

No pasa nada si eso es lo que quieres decir, cariño, le dice a su hija. Su hija que no quiere importunarla y que sabe que no es ella quien puede decidir esas cosas tan determinantes, como con quién vive su madre, como si su madre vive con ella todo el tiempo o solo la mitad. Su hija que no ha presenciado jamás la locura total en la que su madre vive, pero ¿es que acaso no la ve llorar, no la ve con los ojos de tormenta, ausente, fuera de sí, con los pies en el fuego casi cada día, contestando mensajes sin parar, yendo de un lado a otro de la casa, atolondrada? Su hija es perfectamente capaz de distinguir, seguro, lo que es acompañar de lo que es invadir. En oleadas de brea le sube a Oliva la culpa. Quiso que fuera bueno y está siendo peligroso. No pasa nada, cariño, yo también creo que sería mejor así, le dice a la niña, tan bajito que nadie más que su sombra puede oírla.

Rashid está ayudando a la camarera a sacar las mesas y las sillas a la terraza. Lleva puesto el delantal negro que usa cuando le toca preparar los kilos de ensaladilla de caballa y alcaparras. En los días previos a la Navidad, la plaza se llena de gente alegre. El Timón suele tener las mesas llenas a la hora del almuerzo, si toca sol, a pesar del frío. En esta esquina de la plaza de la Paja no hay adornos estridentes, no hay luces desquiciadas, solo el privilegio del ocio de una muy pequeña parte de Madrid, ajena a la mugre y a la desobediencia, eternamente guapa y egocéntrica en los días de luz, desperdigada en las terrazas, sobre la arena.

Todavía no hay clientes. Es temprano y solo atraviesan la plaza los caminantes del barrio y los trabajadores que preparan la jornada. A Horía le pesa el estómago, lleva días durmiendo mal. Es de los nervios. Ha ido pronto al mercado, entre tarea y tarea; le faltaba comida. Baja la cuesta agarrada a la bolsa de plástico, con el sol brillándole en la cara. Tiene prisa, la vecina del segundo le ha pedido que se pase por la tarde a hacer limpieza en los dormitorios, porque tendrán visita. Ella sabe que posiblemente le toque, si la noche la coge en la casa, ayudar al viejo a quitarse la ropa, embutirlo dentro del pijama de franela, a lo mejor prepararle la cena. La señora se ha estado interesando por sus dotes culinarias y algún que otro día tenía en la encimera de la cocina los ingredientes necesarios para la *harira*. Lo bueno de estar trabajando dentro de esa casa es que cada vez se defiende mejor con el idioma. La mujer charla mucho. Lo malo, que sus ingresos no aumentan. Cocina, limpia, ducha a un viejo. Pero no se atreve a pedir más.

A la altura de la puerta del bar se cruza con Rashid, que la mira, educado, desde sus gafas de pasta, y la saluda con la cabeza. Ella normalmente no se para a hablar con nadie, pero hoy se detiene, suelta la bolsa y suspira. Siente un alivio inmenso al hablar en voz alta en su propio idioma, allí, en la plaza, mezclándose su aliento y el sonido propio con el aire que a otros pertenece. Rashid la invita a tomar un café. Horía niega, coge la bolsa de nuevo, busca las llaves del portal, intenta escapar, por si acaso, quién sabe, pero Rashid insiste, la camarera pasa entre ellos sonriendo, desde la cocina del bar suena la voz del dueño, dicharachera, parece que no hubiera peligro, cuando se da cuenta está dentro del bar, como si pudiera ella estar ahí, como si un oscuro local a medio abrir, con ese olor pegajoso del alcohol derramado, no fuera el fin del mundo.

La pequeña taza blanca llena de líquido negro le quema entre las manos temblorosas. Lleva meses sin tomar café. Hoy le recuerda al caldo de los caracoles que venden a la puerta de la mezquita de Juribga. Horía quiere salir, necesita la claridad, pero también quedarse dentro para que nadie la vea. Rashid se hace cargo de su angustia y la anima a llevarse la taza a los labios, bebe rápido, esto calienta, es bueno para el trabajo. Se han visto muchas veces de reojo pero hoy es el primer día en el que hablan de lo que tienen que hablar. Porque Rashid no escarba en ningún lugar que la incomode, Horía se da cuenta. Así que, cuando ya solo quedan los posos al fondo de la taza, decide contarle lo importante, en voz baja. Le dice que está buscando a su hijo, ¿tú tienes hijos?, que está esperando a que cruce, ¿vinieron contigo?, que hace meses que no sabe nada, nada de nada, se lo ha comido el silencio. Está a punto de llorar y de salir corriendo. Pero Rashid le habla. Eso pasa todo el tiempo. Se quedan en la frontera durante meses, malviviendo, sí. No tendrá nada, no podrá llamarte, no tendrá nada que contarte ni nada bueno que decirte. Tendrá vergüenza y miedo, tú eres su madre. No sabe que te encuentras en España. Está esperando, seguro, a que llegue el momento de cruzar. Ya no será el hijo que dejaste, pero será tu hijo. No pienses en lo peor. Guarda esperanza. Son muchos los que están en su situación. No tendrá dinero para pagar el cruce. Pero acabará llegando. Estará con amigos, no solo. Se habrá vuelto un hombre en este tiempo. Aquí vienen muchos, y a Barcelona, y para Francia. Pero si son menores de edad, los llevan a los centros. Quién sabe, incluso puede que tu hijo ya esté aquí. Bajo techo, con cama y comida. Hay un centro en el barrio de Hortaleza. A veces salen en el telediario. ¿No ves el telediario? ¿No tienes televisión? Hortaleza, sí. Pero eso está lejos de aquí. Tú tienes que preocuparte de ti misma, de tu salud, de tu trabajo. Todos los días y así va pasando el tiempo, no puedes hacer otra cosa que esperar. Cuídate y trabaja, sí, ya se verá, seguro que tu hijo es un chico fuerte, Dios lo guarde, hay que seguir hacia delante.

Horía no oye el murmullo de las terrazas llenándose, las cañas de cerveza, los boquerones en vinagre, el vermú, las patatas fritas. Solo el ruido del ascensor subiendo y bajando por los rieles, encastrado en la verja de hierro, resuena en su cabeza. Las posibilidades la debilitan, la dejan rota, sentada en la esquina del sofá de muelles, mirando la pantalla de su teléfono, sin saber qué es lo próximo que debe hacer. Nada, esperar. Esperar, como si hubiera hecho otra cosa a lo largo de su vida.

Desde la distancia, con el horizonte afilado del mar al fondo y la calma de los últimos días, Oliva toma una decisión. Es una decisión pequeña, esbozada entre el grumo. No se atreve a llamar por teléfono y prefiere no sucumbir a la agonía inmediata del chat, así que enciende su portátil y escribe una carta a Max.

Al principio, al teclear, le falta el aire. Borra una y otra vez los párrafos. Ha explicado tantas cosas que los razonamientos lógicos le resultan estériles. También ha probado antes este método, el del archivo adjunto en el correo electrónico, como si la página en blanco, reliquia de un modo de comunicarse más pacífico y verdadero, fuera a hacer algún efecto en los ojos astillados del receptor. Pero ella confía, una vez más, en el bálsamo.

Las grandes estrategias han ido cayendo una a una, como árboles heridos por el rayo atroz. Las promesas, los ultimátums, el llanto monocorde de la súplica, las gestiones consensuadas, la tristeza monumental, las bravas reconciliaciones empapadas de sexo y de precipicio, la embriaguez confundida con la pasión. Aquella terapia que iba a hacer. ¿La hizo? Oliva cree que la empezó. Ella dejó de preguntarle cuando la terapia, como ocurría con todo, se le volvió en contra. Al principio le mosqueaba que él llegara tan contento tras las sesiones. No se atrevió a indagar si le había contado a la terapeuta por qué estaba allí. Si había pronunciado la palabra maltrato o la palabra violencia. Sabía que la historia familiar de Max daba para encandilar a cualquiera. Pero él volvía fascinado, pagado de sí mismo. Con las palabras grandilocuentes de siempre. Había empezado hablando de su madre y la terapeuta le había dicho que había sido criado por una narcisista, por tanto, cómo no iba él a ser un narcisista. Ya tenía la llave. Max se lo dijo como abriendo la guarida de Alí Babá. Con la heroicidad de las grandes afirmaciones. Oliva asintió, estupefacta; menuda novedad. Temió que la violencia quedara fuera de cualquier análisis. Pero era cuestión de paciencia. Después de la segunda sesión, Max llegó contándole que la psicóloga lo había sometido a un test de altas capacidades y, efectivamente, él estaba muy por encima de la media. Y esto, le confesó él con gravedad, también explicaba muchas cosas. La tercera sesión acabó, al parecer, en una conclusión que la incluía, y Max se la arrojó a la cara en medio de una bronca: Oliva no podía preguntarle a Max nada que tuviera que ver con la terapia, y él no podía contarle nada tampoco. Porque uno de los grandes problemas de Max era que Oliva siempre quería tener razón, así que su psicóloga le había dicho que debía mantenerse completamente al margen. Masticar bolas de rabia en silencio, a veces con los ojos encharcados, como quien traga un alimento que acabará pulverizándole el estómago, era algo que Oliva ya sabía hacer. Preguntó, durante unas semanas más, si estaba yendo a terapia. Él le decía que sí, que claro que iba. A Oliva no le cuadraban los horarios ni los argumentos. Sabía que era mentira, porque también sabía que Max decía muy pocas veces la verdad.

Está a punto de argumentarle todo esto en el correo electrónico que le escribe desde la casa familiar, en medio de la calma navideña, pero no lo hace. Tampoco le va a contar lo que le dijo Irena unos días antes. Prefiere limitarse a enumerar los últimos acontecimientos. No quiere que nada de lo que diga pueda malinterpretarse, le toca imponer su voluntad, pero para ello ha de explicar con cuidado por qué lo hace. Cuenta con los dedos: elige diez motivos. Las últimas diez batallas. Expone cada una de las diez razones, en párrafos distintos, y cierra explicándole que cree que todo esto está afectando a la niña. Desliza, con suavidad, en una frase sin adverbios ni adjetivos superfluos, que cree que Irena necesita unos días de estar tranquila en casa, sola con ella. Lo necesitan las dos. Sin sobresaltos. Le pide, por favor, que no se encuentre en el piso de la plaza de la Paja cuando ellas vuelvan de las vacaciones. Que duerma en casa de alguien. Solo unos días. Hasta que Irena se vaya con su padre. Sabe que él podrá entenderlo. Le dice que lo quiere y que espera por favor que no se enfade.

Cuando envía este correo, Oliva aún no comprende que todo es inútil. Todavía está lejísimos de saber que la única manera de zafarse de la cadena de perro que le atenaza el cuello es matar al perro. Que ni una sola palabra bastará para salvarla. Max se ha pegado una fiesta de un par de días y ahora debe de estar dormido. No saldrá del agujero en muchas horas. Pero el mail ya está enviado.

El tren, a punto de salir. Se despide de su familia hasta la próxima. No encuentra refugio ahí donde hay silencio. Su teléfono empieza a sonar. Es Max. No lo coge. Silencia la llamada y deja que suene. No se atreve a rechazarla. Él llama otra vez, y otra. Alterna con mensajes, que Oliva sí acaba leyendo, en los segundos en los que el teléfono está parado. ¿Por qué no me coges el teléfono? ¿Qué coño estás haciendo? Estos mensajes están escritos como se escriben los latigazos en la carne, no llevan la interrogación inicial y sí tres o cuatro de cierre, para que el grito se amplifique aun en la distancia. El tren arranca por fin. Intenta que

Irena se entretenga con una revista, con patatas fritas, con gomi-nolas, con lápices de colores.

Durante el camino, el chat se va recrudeciendo. Ella insiste en que por favor le conteste a todo también con una carta. Él se nie-ga, diciendo que contestará al mail cuando le dé la gana, que es un correo infecto, que se está equivocando hasta la médula, que todo son infamias y que lo que le tiene que decir se lo dirá ahora, en cuanto llegue, pero a la cara. El tren avanza tan rápido que Oliva pierde un tiempo precioso. Necesitaría no llegar al destino todavía, o nunca. Me estás echando de mi propia casa, estás loca. No pienso moverme de aquí. Ella escribe: pero Irena. De qué coño me estás culpando, no me lo puedo creer, eres una rencorosa, no me puedo creer que me estés haciendo esta barbaridad. Me has pe-dido que me vaya de casa por mail. ¿Qué locura es esta? No voy a moverme de mi casa. Si no me quieres ver, vete tú. Pero piensa muy bien lo que estás haciendo, no me estás dejando ni respirar.

Con los dedos crispados, Oliva empuja uno de los muros que la rodean. Cree que es el momento. Escribe a su amiga Adela. Hace mucho que no se ven, pero el hilo que las une es sólido. Vive fue-ra de la ciudad, en una urbanización al otro lado de El Pardo. Está lejos de su mundo cotidiano, no sabe casi nada. Apenas ha visto a Max unas tres o cuatro veces. Oliva le ha explicado en algún momento, como a los más cercanos de sus amigos, que Max es alguien muy complicado, muy volcánico, que su vida es un tobo-gán con él, pero que hay tanto amor, tanta visceralidad, que se quieren tanto; su amiga, como ella, sabe que sentirse viva es im-portante. En eso han estado siempre de acuerdo. Adela también se dio cuenta hace tiempo de que Max es un fraude. Solo tiene que escribirle varias frases, no pedirá explicaciones. ¿Quieres que os recoja en Atocha? No, no, por favor, no hace falta. Pues ve a Moncloa y coge el bus a Aravaca, le dice. En veinte minutos estáis.

Irena, ¿sabes una cosa? No vamos a ir a nuestra casa. Vamos a ir a dormir a casa de Adela, así vemos al niño y al perrito. Va a ser divertido. ¿Quieres? Irena se asombra y se alegra y se extraña. Por un momento se queda mustia. ¿Y dónde voy a dormir yo? Conmigo, cariño, en una cama grande para las dos, no te preocupes. ¡Vale!

Le dice a Max que no va a ir a casa. Sabe que su salvación en ese momento sería apagar el móvil. No lo hace. ¿Adónde vas? ¿Qué estás haciendo? ¡Dime dónde vas a dormir! ¿Qué vas a contarle a la gente? ¿Vas a decirle a la gente que soy un maltratador, eso es lo que vas a hacer? ¡Con quién vas a estar! Se te está yendo la olla. La estás cagando mucho. Me hablas mal tú. Estás fría tú. Estás cometiendo un error enorme.

La calma cotidiana de la casa de Adela, la cena en la cocina blanca con el niño, que es casi un bebé, los dibujos de Irena sobre la mesa, junto al cuenco con papilla, el plato con brócoli, el silencio de su pareja, solícito, simpático, fuera de toda gravedad, la copa de vino. Mientras Irena ve la tele en el sofá del salón, las dos amigas salen a la terraza, se sientan en los sillones de mimbre, juntas, se envuelven en sendas mantas. Beben y fuman. Oliva habla. No del todo. Solo muestra la grieta, el principio del caos. Quizá es suficiente. Si lo cuenta todo, se habrá acabado todo. Quizá no es necesario. Cómo explicar, de repente, que estos años han sido esto. Que aquella huida osada era en realidad una encerrona, algo que jamás podría haberle pasado a ella. Adela no juzga, se asoma con el respeto de quien confía en la voluntad de la otra persona, el respeto que existe ante las vidas privadas. Le pregunta si su hermana sabe algo de toda esta macabrada. No, mi hermana no sabe nada. Pero ambas, al hablar, constatan la dureza de lo intolerable de la situación. Los mensajes se siguen sucediendo a cada tanto. Ya no hay llamadas, porque Max sabe que no está sola. No contestes. No le digas dónde estás. No, no se lo voy a decir.

Cuando se tumba en la cama junto a Irena, esperando a que se duerma, chatea con otra amiga, Chloè, que vive en París. Empuja otra compuerta y esta cede con facilidad. Chloè le dice que siempre lo vio oscuro, peligroso. Desde el día en que lo conoció. Que sabe qué tipo de persona es. Que no ha querido decirle nunca nada, porque Oliva siempre ha caminado a paso seguro sobre su propia vida. Chloè les prestó su apartamento de París a Max y a ella el año anterior. Pasaron allí una semana, Chloè estaba fuera de la ciudad. Max le enseñó barrios que ella nunca había visitado. Oliva nunca le contó a Chloè el desastre del final de aquel viaje. Nunca supo si sus vecinos oyeron los gritos. Si aquella chica joven, cuya cocina podía verse desde la ventana del salón, le había contado que la encontró una noche que volvía sola, intentando abrir la reja de la entrada, llorando, temblando. Ahora mismo se siente liberada, acogida por una realidad que le pertenece pero que había olvidado. En ese momento llega una notificación a su teléfono. Se le informa de que alguien, desde un lugar aproximado al centro de Madrid, está intentando localizar su móvil. Ha utilizado sus contraseñas.

Vuelve a la terraza, donde la espera Adela. Se lo cuenta. Se horrorizan. Continúan hablando y bebiendo hasta la madrugada. Oliva solo se atreve a decir, en voz alta y por primera vez, que Max tiene que irse de casa. Que no pueden vivir juntos. Esa tibia solución le asoma entre las manos como una naranja dulce. Ninguna de las dos pronuncia la palabra separación, ruptura, rotura.

A la mañana siguiente, Oliva decide sumarse a una escapada al monte que han programado unas familias del colegio de Irena. Son colegas, hay confianza. La confianza que ahora tiene con todo el mundo, una historia parcial. Habían contado con ella desde el principio, pero no se había decidido. Max dijo hace semanas que se apuntaría, aunque nunca hace nada con los amigos de Oliva, menos aún con los del colegio. Pero luego todo se había desleído entre la bruma. Los amigos le dan la bienvenida, le dicen que no se preocupe por el dinero, que la casa ya está pagada, que la recogen al día siguiente allí, en Aravaca. Oliva no tiene ropa adecuada, necesita al menos unas zapatillas de deporte para ir al campo, no esos zapatos. Adela la lleva a un centro comercial y en un gran supermercado compra unas zapatillas baratas y una sudadera celeste. En su cabeza se escurre el significado de lo que está ocurriendo. Adela le dice cuenta conmigo, ven cuando lo necesites, cuídate, amiga. De Aravaca a la montaña.

Durante los días que están allí, Irena se divierte con sus amigos y amigas. Montan revuelo, acarician a los mulos de la finca colindante, se duermen exhaustos de jugar y comer cosas ricas. Los adultos están contentos, son tres parejas, que parecen funcionar a pesar del tedio. Oliva hace ya rato que volvió a contestar a los mensajes. La rueda gira, aunque no se sabe hacia dónde. Le desvela dónde está, ahora sí. Le repite que todo lo que quiere decirle está en el mail; Max arremete. Te estás cargando lo nuestro. Ahora soy yo quien tiene que pensar muchas cosas porque jamás en la vida me han tratado así. Quiero que nos separemos un tiempo, que te quede claro. La distorsión hace su efecto. Él no pide perdón. No se mueve de casa. Ha vuelto a traspasar la barrera y el valle por donde Oliva se arrastra es arcilla seca.

Intenta explicar a alguno de sus amigos qué es lo que sucede. Se encuentra en un estado de permanente angustia, no es capaz de concentrarse en la realidad. El último día los visita una amiga de una de las familias. Es psicóloga. Oliva piensa que quizá pueda ayudarla. Está segura de que si le expone la situación, sin pronunciar algunas palabras, aquella mujer sabrá diagnosticar. Dará con la clave y le dirá: huye. Condenará a Max. Necesita que una autoridad ejerza de juez. En una esquina del jardín, bajo los árboles, Oliva explica, llorosa, ardiendo, teniendo cuidado con los márgenes. Acusa, le enseña algunos mensajes. La psicóloga la mira con tremenda compasión. Suelta frases escurridizas, no se acerca a la hoguera. La complejidad. Los mecanismos de dependencia. Las heridas profundas del pasado. Asiente, conociéndolo todo sin saber nada. No entra donde está ella, no se quema los pies. No dice nada importante. Oliva duda, frustrada: ¿puede ser que ella misma forme parte de todo aquello, que sea ella quien activa ciertos mecanismos, que sea una cosa de los dos? El muro, flamante, otra vez recién encalado, relumbra ante sus ojos con el sol de invierno.

Llega el momento de volver a la ciudad. Irena se irá con su padre directamente. Han cesado los truenos. Max la espera en casa. Es como si no se hubiera movido de allí en todos estos días, por si acaso. El piso de la plaza de la Paja es su territorio. Oliva atraviesa el suelo de tierra, sube arrastrando la maleta desde la calle Segovia. Abre el portal. La mujer de la portería se esfuma cuando ella entra. Oliva monta en el ascensor. Mete la llave en la puerta de madera del cuarto piso y empuja. Max aparece enseguida.

En los días que siguen, no tocan los temas decisivos. Su carta nunca obtuvo respuesta. Él le dice que es importante que ella lo entienda a él, que reconozca y asuma su parte. Asume que lo ha hecho todo mal, pero es necesario que también Oliva se retracte. Oliva no sabe por qué tiene que disculparse. Pero se consuman, de nuevo, los placeres inhóspitos.

Oliva siente algo enfermizo en la pérdida de control de su sexualidad. Aquella rebelión no puede justificar tanto dolor. Cuando le explota el cuerpo, sorprendida cada vez, en medio de esa colisión que le resulta irrepetible, un atisbo de llanto se le acumula en la garganta. La masculinidad del hombre, concentrada en su belleza, en su destreza y en su oscuridad, la une a él de una forma obligada. Pero también la separa. Hace que lo observe desde una orilla viscosa, apartada a la fuerza del torrente de agua. A todas luces él es más fuerte, menos vulnerable, más egoísta, más libre, tiene más capacidad para el goce arbitrario y ensimismado. Escondida bajo el edredón en una tarde larga, Oliva encuentra unos versos de Audre Lorde que la agitan: «... odiándote por ser negro y no una mujer odiándote por ser blanco y no yo». Los subraya con un lápiz, haciendo surco en el papel.

Oliva lo está poniendo a prueba, así se lo dice, y cada acontecimiento puede marcar un antes y un después en su relación. Esta situación se ha repetido hasta la saciedad, pero Oliva no calibra el tiempo que le queda. Y, como en muchas de las ocasiones en que están en un momento precipicio, a Max le ocurre algo trágico que lo anula todo. Lo trágico puede ser cualquier cosa, a veces Oliva no llega a tener conocimiento de ello. Esta vez es la madre de Max. Han de alojarla en casa porque ha vuelto a tener una pelea enorme con el hermano. Su hijo mayor la ha insultado, se ha puesto muy agresivo con ella, la madre está sufriendo un fuerte ataque de ansiedad. Claro, dile que venga. No hace falta que me pidas permiso. Irena no está. Puede dormir en su habitación, como las demás veces.

La mujer llega en taxi, afectada, se instala en el cuarto de la niña, fuman juntos en el sofá. Hablan un poco de la historia, tengo que irme de esa casa, no, tienes que decirle que se vaya él. Esa casa es muy barata y tú no puedes pagar más de lo que pagas. Max no llama a su hermano, es un animal, no sirve de nada. La mujer pregunta por Irena, está con su padre, ah, claro, con su padre. La madre y el hijo empiezan rápido a reírse, de cualquier cosa. Hablan en francés. Se enzarzan en esas bromas que a Oliva le suenan fuera de lugar. La mujer toma sus pastillas, me han recetado de un gramo, no podía respirar; duerme muchas horas. Al día siguiente, mientras su hijo está tomando unas cervezas con sus amigos en la plaza de Cascorro, sufre otro ataque de ansiedad. Oliva la atiende. Le da una bolsa para que respire dentro. Le ofrece llamar a Max, pero no, ni se te ocurra llamarlo, no quiero molestarlo, está con amigos, por favor, Oliva, no le digas nada, no quiero preocuparlo, él ya tiene bastante con sus cosas, por favor acompáñame a una farmacia, que me midan la tensión, estoy muy mal. ¿Quieres que vayamos a urgencias? No, no, eso no. Solo a una farmacia. Van juntas. Tiene la tensión un poco alta, pero nada fuera de lo normal. Tome sus pastillas y descanse. En la casa, la madre vuelve a pedirle que calle. Prométeme que no le dirás nada de cómo me he puesto. Te lo prometo. Al regresar, la madre abraza a su hijo de esa manera en que siempre lo hace. Te amo, hijo mío, le dice, te amo, eres lo más hermoso de este mundo, te quiero más que a mi vida. Le habla como si estuvieran solos. Lo mira desde abajo, le acaricia el rostro con los brazos alzados, despacio, tocando el cielo. Oliva observa ese amor desde la misma orilla viscosa desde la que observa la masculinidad. Cuando su madre está delante, Max no puede permitirse ser muy cariñoso con Oliva. A Oliva le da pereza pensar quién de los dos impone esta jerarquía.

El sábado, Max y Oliva deciden salir por la noche. Han almorzado un tuétano que compraron en el mercado el hijo y la madre. Es uno de sus platos preferidos. Oliva nunca lo ha probado. La cocina es una fiesta. Fuman y beben vino los tres mientras se hace la carne. La madre vuelve a contar sus anécdotas. Todo el dinero que tuvo y que despilfarró. Las veces que se arruinó y consiguió salir adelante, engañando, pidiendo, arriesgando, montando negocios de la nada, de la manera que fuera. Se ríen a carcajadas. Antes de sentarse a la mesa, un último lance. Cuando Max era muy pequeño, y todavía vivíamos con su padre, yo tenía a dos mujeres trabajando para mí. Una me hacía la comida y la otra limpiaba. Si algún fin de semana se lo dábamos libre y era yo quien hacía la comida, para no fregar las sartenes las tiraba a la basura. Se ríen a carcajadas. Max siente que es un buen hijo en ese instante y, por tanto, una buena persona. Vamos a salir, mamá, llegaremos muy tarde. Claro, pasadlo bien. Qué guapa, Oliva, si es que cuando te arreglas pareces una chiquilla.

La noche es extenuante y divertida. Están con unos amigos de Max a quienes Oliva tiene mucho aprecio. Ella sabe que es recíproco. Cada vez los ve menos, pero ellos se alegran tanto de estar con ella, siempre le preguntamos a Max por ti, por qué no viniste a la última, hace meses que no te vemos. No son los del partido. Son los amigos a los que Max dice querer de verdad. Oliva departe con todos, baila con Max, se abrazan, se hacen bromas. Acaban en casa de uno de ellos, es Oliva quien pone la música antes de que Max tome el control. Van pasando las horas y entra la mañana en aquel salón desordenado del barrio de Lavapiés. Hacen promesa de no acabar aún. La calma y el jolgorio. Uno de ellos está contando una historia interminable, graciosa, los demás, atentos, se ríen, se van sentando en el sofá y las sillas de las múltiples formas posibles. Oliva habla mucho con Jota. Es periodista y tiene unos ojos azules capaces de irradiar cualquier otro color. Siempre se han llevado especialmente bien. Oliva se encuentra cómoda con él, hay admiración mutua y cariño, y sabe que, si las cosas no fueran como son, tendría con él una relación de amistad independiente de Max. Ella ríe, sonríe, habla, escucha, cuenta, se sincera, se comporta de forma extrovertida. Cambian de posición. Ahora Jota y Max están sentados uno junto al otro en el sofá y Oliva en una silla, enfrente de ellos, al otro lado de la mesa baja y repleta de vasos, litros de cerveza y cachivaches. Max tiene el semblante dulce de las fiestas y de su vida social. Hasta parece un tipo bonachón en esos momentos. Pero, de repente, la está mirando a los ojos con una fijeza extraña. Nadie se da cuenta. Oliva frunce el ceño interrogándolo y Max hace un movimiento con la barbilla, señalándole el móvil, que ella tiene encima de la mesa. Oliva lo coge, revisa sus mensajes. Hay uno de Max, escrito hace apenas unos segundos. Mi vida, ¿por qué no puedes mantenerme la mirada más de dos segundos? ¿Por qué me cuesta tanto que se crucen nuestras miradas? Están rodeados de amigos, la música sigue, pero Oliva le contesta a través del chat. Con tranquilidad, amansando a la fiera. Pero si no paro de mirarte. No, eso no es verdad. Estás mirando a Jota, no a mí. Lo noto perfectamente, confía en lo que te digo, es así: no eres capaz de mirarme a mí, solo a él. Max, de verdad, siento si estás notando eso, pero te estoy mirando como siempre, creo que te estás rayando con Jota sin motivo. No. No me invento nada. Lo has mirado a él mucho más que a mí. Hazme caso. Solo quiero entender por qué. Contéstame. Dime algo. A los varios mensajes, ella contesta. No te puedo decir nada más, porque creo que te estoy mirando como siempre, y que a Jota lo miro cuando habla, también como siempre, pero siento que te hayas rayado con eso. No te puedo decir más. ¿Y no puedes simplemente aceptarlo? ¿No puedes decirme por qué lo has hecho? Te lo estoy diciendo en serio. Dime por qué lo has hecho, porque yo no me estoy inventando nada y tienes que hacerme caso. No me insistas más, de verdad, no estoy tonteando con Jota ni nada por el estilo, y es incómodo esto. Pues entonces mírame más. Y la incomodidad la has generado tú, por mirarlo a él mucho más que a mí. Me has evitado la mirada. Eso es lo que has hecho. Evitarme. No me enfado, solo quiero que lo aceptes. Asúmelo y dime por qué lo has hecho.

Oliva suelta el teléfono encima de la mesa. El gesto de Max, para todo el mundo, es apacible. Nadie ha notado nada. Él sigue hablando con Jota, que está a su lado, sin mostrarle ningún tipo de preocupación o resquemor. Oliva decide solucionar el entuerto por otra vía, y lo consigue. Al cabo de un rato, se van a casa.

Ya en la cama comenzará la batalla, pero en voz muy baja, para que su madre, que aún duerme, no se entere de nada. Oliva susurrará al hablar, pero él le dirá no grites, mi madre, joder, mi madre, que no grites. Cuando Oliva se desespere, y sin levantar la voz pero con las venas del cuello hinchadas le escupa la situación, habrá un reducto de cordura en el que Max reconocerá lo que ha hecho. Sí, es cierto, siempre la acusa de celosa. Sí, es cierto, muchas veces sin motivo. Sí, es cierto, ella jamás le ha hecho algo ni remotamente parecido. Sí, es cierto, es a él a quien se le va la olla, es él quien lo está estropeando todo. Lo de siempre. El reducto de siempre, que solo durará unas horas. En el que Oliva podrá hacerse grande durante un rato, casi ponerse de pie, casi mirar hacia arriba, y podrá mostrarle, señalando con el dedo, la gran boca negra, tiniebla, de lengua despavorida, cargada de daño y de humillación, que se la está tragando.

Al día siguiente, vapuleada, sale de casa, huyendo del encierro de aquella habitación. A Max no le hace falta gritarle para desquiciarla. La llama y le escribe hasta que ella le dice que lo espera en el muro de Las Vistillas. Max la deja hablar, tienes razón en todo, no quiero perderte por nada del mundo, te juro que lo voy a arreglar, es lo que más quiero en esta vida, y Oliva formula por fin su atrevimiento: no van a vivir juntos más. Él tiene que irse definitivamente. Vivirá sola con su hija. Es la única manera que les queda de continuar. Él acepta.

Damaris envuelve los regalos sobre la mesa del salón mientras Romina se pinta las uñas de los pies. No son los regalos de Navidad para toda la familia, esos ya los envió a su debido tiempo. Son los que siempre compra a su hija cuando llegan las rebajas de enero. Su hija cumple años a finales de mes y, desde que es una mujercita, ella le manda ropa para que luzca. He visto unas chaquetas preciosas que habían bajado a la mitad, pero tenía dudas. Que allá no hace este frío. Y además que no sé si le gustan. Esos sacos que has comprado le gustan seguro, Damaris, el de los brillantitos alrededor del cuello es una cosa linda. ¿Sigue enfadada contigo? Damaris aprieta los labios y mueve la cabeza mientras dobla los bordes del papel de regalo. No sabe lo que cuesta todo, se preocupa por lo suyo. Es la ley de la vida. Cuando acaba con los paquetes, los mete con cuidado en una caja de cartón y se va a su cuarto a escribirle la tarjeta a solas. Le dice lo de siempre, pero este año con menos alegría. Se despide de ella como si aún fuera chiquita. Luego guarda la tarjeta, con un corazón en relieve rojo purpurina, en su sobre, lame los bordes y lo cierra.

Parecidas a una venganza, las Navidades han transcurrido sin que nada le ocurra. Durante los días en los que estuvo con los patrones en la sierra, en un caserón de piedra escondido entre abetos y coscojales, no sintió nada extraño en la cabeza, ni mareos, ni pinchazos, y tampoco se cansó más de la cuenta. No puede decir que haya recuperado la energía de hace un año, pero empieza a sospechar que esta no volverá nunca. La señora Sonia le estuvo preguntando cada mañana, cuando iba a por su café a la cocina, con los párpados hinchados y lustrosos de crema, qué tal había dormido. Ella siempre respondía que de seguido y la señora le decía, ves, Damaris, te ha sentado muy bien quedarte, menos mal que no has viajado, era necesario que reposaras. El día de Navidad, había un regalo para ella junto a la chimenea, los gemelos la llamaron a gritos para que fuera a abrirlo, cuando terminaron su jauría de desenvolver los juguetes y se quedaron nerviosos y extasiados, mirando alrededor, por si encontraban alguna caja más que despedazar. Damaris achuchó a los niños, hundió la nariz en sus pijamas perfumados y les dio las gracias por avisar. Era una bata de baño, de rizo suave y espeso. La señora Sonia le dijo que ella tenía una igual, que la toalla era de máxima calidad y la piel se secaba al instante. La guardó entre sus cosas, bien doblada, en el pequeño armario de la habitación donde se alojaba, pero no la usó. Pasaron los días muy lentamente. Le molestaba el ruido que hacían en las comidas, con los familiares que habían venido y algunos amigos, y la cantidad de platos y cacharros que había que fregar después, siempre demasiado tarde. No era capaz de prestar atención a las conversaciones, como otras veces, en su ir y venir por la casa. Las voces le rechinaban en los oídos. Comió las uvas junto a ellos, mirando la pantalla. Para ella, había preparado una copa con solo diez uvas, porque temía atragantarse delante de desconocidos. El señor intentó servirle cava por segunda vez, forzando un brindis especial en su nombre, y ella retiró su copa, entre nerviosa y brusca. Por suerte, la noche de Reyes la pasarían en el pueblo de la señora, y después de un día de intensa limpieza recobró la normalidad en la ciudad.

Con Romina ha ido a visitar, en las horas que tiene libres, varios pisos. Su compañera ha encontrado un trabajo por horas en un almacén en Aluche. La llaman sobre la marcha para cubrir huecos. Damaris no logra sumarse al optimismo de la otra y se quiebra a la hora de responder a las preguntas de la agencia o de los caseros. A veces es Romina quien responde por ella, aunque no puede ofrecer nada. De todos modos, lo que han visto es deprimente. Damaris siente los pies pesados cada vez que sube escaleras hasta un quinto piso o se asoma a una cocina desvencijada. Es como si, por primera vez desde que llegó a España, su vida estuviera dando marcha atrás. Romina le enseña fotografías de estancias luminosas y cuartos de baño con bañera y bidé. Pero Damaris no se fía: quiere a la chica, pero ahora mismo es su propio sueldo el que lo va a sustentar todo. Y quién sabe si al final no la llaman de la cafetería donde ha solicitado el puesto, o si la vuelven a despedir en dos meses. No puede invertir su salario entero en una casa para las dos. Han preguntado a los conocidos comunes, pero ninguno busca casa. Dolores se ha ido con su novio, ni siquiera ha pagado la parte que le correspondía en este último mes. Están solas.

Bueno, Damaris, a qué esperas para contarme cómo te fue con el exnovio. Romina, con los pies descalzos y las uñas recién pintadas de fucsia, la ayuda a guardar los papeles sobrantes y quita los fragmentos de papel celo que se han quedado pegados en el cristal de la mesa del salón. No me fue de ninguna manera, ya te dije. Qué mentirosa, no me has dicho nada. Cuéntame si pasó algo. Damaris intenta escapar, porque no tiene humor y tampoco quiere acordarse. Romina la persigue, adónde vas, no te pongas a limpiar ahora, estate quietecita un domingo. ¿Vamos a pasear por el río y me cuentas? Con este frío no quiero salir. Hace vendaval. Qué exagerada eres. Yo voy a ir a dar una vueltita, he quedado con un amigo. Sal conmigo y damos un paseo antes. Un amigo, ¿sí?, a ver si eres tú la que tienes cosas que contarme. Pues yo te las contaré a mi vuelta, si es que hay algo que contar, que no me importaría, la verdad. Damaris se sonríe al meterse en su habitación. Deja la caja de los regalos de su hija preparada en el suelo, en una esquina, para llevarla a Correos un día de la semana próxima. Cuando ella sale al trabajo no está aún abierta la oficina, pero si no acaba muy tarde puede enviarla a la vuelta. Se sienta en el borde de la cama un momento. A lo mejor no es mala idea ir a caminar. Revisa su teléfono, unas fotos que le ha mandado su hijo, unos vídeos que reenvía su hermana con imágenes de Salento.

Diego no le ha escrito ni la ha llamado desde el domingo anterior, cuando se volvieron a encontrar. Es lo que ella le ha pedido, tras verlo varias veces, que la deje tranquila, que no le haga líos. El hombre ha cambiado mucho en todo este tiempo y a la vez no ha cambiado nada. No sabe si él pensará lo mismo de ella. Se ha comportado como siempre, como antes, con la misma cantinela de farolillo que ya casi había olvidado. Pero Damaris lo observa desde otro lugar, uno donde el miedo y el cansancio se han apropiado de todo. A ella le parece que la vida ya no la va a contagiar más de su engañosa levedad.

La cisterna del váter de la casa de la portería se ha estropeado. Horía no tiene ningún inconveniente en llenar un cubo de agua en el fregadero de la cocina y tenerlo siempre en el baño, a punto para simular la descarga. Conoce múltiples maneras de limpiar los desechos de su propio cuerpo; esta es, de lejos, de las más fáciles. La tubería se lo llevará todo por el desagüe y no habrá más problema. Ni mal olor, ni fango sucio, ni atasco. Pero le preocupa que la acusen de haber roto algo. No sabe hasta qué punto el uso que ella hace de cada utensilio, del espacio mismo, puede volverse en su contra.

El matrimonio del segundo piso recibió visita en los días festivos y ella no tuvo que ir a ayudar al viejo a levantarse, lavarse y vestirse. Tampoco a limpiar ni a cocinar. La señora le dio dos días libres de limpieza y cuidados y Horía pudo dedicarse exclusivamente a su trabajo original. Ni siquiera tuvo que hacerles la compra, que es una de las últimas labores que le ha adjudicado la señora. Fue en esos días cuando decidió acercarse, una mañana al volver del mercado, a la boca del metro. El hombre del bar de al lado, al que ha evitado desde que la invitó a tomar café, le había hablado de un lugar, y Horía se aproximó a la hendidura en el asfalto como si solo asomándose a ella pudiera vislumbrar lo que se esconde a diez kilómetros, al otro lado de la ciudad. Caminó por la calle Toledo hasta llegar a las escaleras del metro. Estuvo a punto de bajar y atravesar las puertas de cristal, pero no le respondieron los pies. Se dio la vuelta. Es imposible buscar sola.

Ahora la rutina ha vuelto al edificio, a la plaza y a las calles colindantes y Horía tiene la cisterna rota. Aguanta una semana, está tentada de decírselo a la señora del segundo, pero luego rehúsa. No quiere habladurías ni que la señora se meta en su casa a husmear. Se encuentra con el presidente de la comunidad en el portal, este le pregunta si necesita algo, ella niega con la cabeza. Una tarde, después de sacar a la puerta del edificio el contenedor, decide contactar con Jalil. Le cuenta lo que ha pasado con el váter, insiste en que se ha roto algo del mecanismo que ella no puede arreglar y en que no ha hecho nada anormal para desbaratarlo. Jalil le dice que él puede ocuparse. Hablaré con el presidente y me pasaré por allí. Has hecho bien en llamarme. Intenta que no se rompa nada más.

Horía ha preparado dulces de almendra y agua de azahar y té. Cuando Jalil termina de arreglar la cisterna, ella lo invita a sentarse. Nota cómo la soledad le ha debilitado los gestos, pretende ser hospitalaria pero ha perdido soltura y ademanes. Hay un abismo entre el hombre y ella. Él mastica con parsimonia y bebe el líquido caliente. Le dice que ha estado hablando con el presidente y que no parece que por ahora haya nada de lo que preocuparse. Nadie se ha quejado y Horía hace un buen servicio. Al fin y al cabo, la mayoría de los pisos están alquilados. Entre los propietarios más jóvenes hay confianza, como la hay con el administrador. Todo está bajo control. Pero insiste. Tengo tratos con el presidente desde hace mucho tiempo, no quiero que me dejes en mal lugar. Horía no habla, mira al suelo, espera a que Jalil acabe de comer los dulces. Por fin este le pregunta lo que ella quiere que le pregunte. Sabes algo de tu hijo. Entonces Horía levanta los ojos y le pide, una vez más, un favor. Este es el último.

Jalil no parece sorprenderse. Claro que sabe dónde está Hortaleza y también sabe a qué lugar se refiere. Algún trabajo he hecho por la zona. Está lejos. Y no sé si vas a encontrar nada. Horía vuelve a mirarlo sin pudor durante un instante, es que tengo que intentarlo, le contesta. El hombre asiente y sonríe burlón, y no quieres ir sola. Ella se mantiene seria, de pie en medio de la estrecha estancia, frotándose las manos porque las tiene heladas. No guarda ninguna certeza de estar haciendo lo correcto, no es capaz de calibrar adónde puede llevarla su ruego. Jalil se levanta y ella da un paso atrás. Él se cierra la cremallera del chaquetón y recoge la bolsa con las herramientas. Antes de acercarse a la puerta le dice que la llamará cuando tenga un rato libre para ir hasta allí y la recogerá con la furgoneta. Yo no quiero ir en coche, le dice Horía, con esfuerzo, sin atreverse ahora a enfrentarle la cara, quiero aprender a ir sola, porque a lo mejor tengo que ir más veces. Solo necesito que hagamos el recorrido juntos la primera vez, me da miedo perderme. Jalil alza las cejas y se va sin despedirse.

Me ha dicho Sonia que vas a mudarte. Qué bien, me alegro por ti. Damaris levanta la vista del fregadero lleno de los boquerones que acaba de traer de la pescadería. El señor se encuentra pachucho y no ha ido a trabajar. Lleva un batín de rayas que le regalaron por Navidad y se dispone a rellenarse la taza de café. Damaris se enjuaga las manos bajo el grifo y se las seca con el delantal. Yo me encargo, señor, si usted se encuentra mal vuélvase a la cama. Pero él la aparta y ocupa el espacio frente a la cafetera. No, no, tú sigue a lo tuyo, estoy perfectamente. Además, no me voy a meter en la cama, me sentaré en el sillón a leer. No recuerdo cuánto tiempo hace que no me paso una mañana leyendo. Damaris abre un mueble, coge el azucarero y lo pone junto a la cafetera. Luego rebusca entre las bolsas con la compra y saca cuatro naranjas de piel fina. Pues le preparo un juguito enseguida. El hombre sonríe. Entonces qué. Adónde te mudas. ¿Estás contenta? Damaris mira al señor de reojo mientras corta en dos mitades las naranjas. Pues no sé si es cosa de alegría, señor. Por encima del sonido del exprimidor, tras sorber el café espumoso, él insiste. Me ha dicho Sonia que ahora vivirás con una sola compañera, no con dos. Eso está muy bien, ¿no te parece? La mujer se queda pensativa unos segundos, fija en la pulpa espachurrada de la fruta. Es que la tercera se ha ido, señor, a vivir con el novio. Y nos hemos quedado dos. Pero yo no sé si está bien, son más gastos. El hombre alcanza el vaso de zumo recién exprimido que Damaris le ofrece y se lo bebe de un trago. Le queda mancha naranja en las comisuras de la boca y se la quita con la lengua. Damaris siempre limpia los bigotitos de los gemelos después de que beban su jugo con una servilleta de tela suave. No tienen por qué ser más gastos, podréis alquilar una casa con menos habitaciones. Míralo así, con optimismo. Cuanta menos gente viva contigo, mejor. Confía en mí, sé de lo que hablo, resuelve con gesto socarrón. Damaris agarra el vaso vacío que el patrón le está alargando. Ella no le devuelve la sonrisa, se limita a regresar a los boquerones que refulgen en el fregadero, vacíos de tripas.

Cuando al final de la mañana Damaris tiene que ir al salón, para quitar el polvo, intenta no hacer ruido. Al señor se lo encuentra enfrascado en las tablas con números titilantes de la pantalla de su tableta. No hay ningún libro a su alrededor, suena un piano de fondo y la calefacción está alta. Igual usted prefiere que limpie el polvo en otro momento, ¿no es así? Damaris espera a que el hombre reaccione. Sabe que tardará unos instantes, si está concentrado, pero es mejor que no le repita las cosas. El señor alza la cabeza y la mira con unos ojos achicados y huecos. Ella lo encuentra ajado, aunque todavía es joven, más joven que ella. Como tú quieras, Damaris, a mí no me molesta. Ella asiente. Entonces lo hago después, antes de ir por los niños, que sí le molesto. Por cierto, Damaris. Él ha levantado un poco la voz, la mujer ya está avanzando por el largo pasillo. Si podemos ayudarte en algo, solo tienes que decirlo, ya lo sabes.

Esa tarde, cuando Damaris llega a su barrio, queda con Romina en una cafetería de la calle Antonio López que regenta un hombre chino, solícito y taciturno. Sentadas a la mesa, mordisqueando los torreznos que les han puesto de tapa, llaman a cuatro anuncios, pero no consiguen ninguna cita. Todos los pisos están alquilados o reservados, aunque, cuando comprueban, los anuncios siguen disponibles en el portal de internet. En uno les cuentan que alguien acaba de ofrecer más dinero justo cinco minutos antes.

Es por el acento, nos están mintiendo. La próxima pruebas tú, a ver si se te nota menos, le dice Romina. De vuelta a casa, se paran a mirar los carteles luminosos de las inmobiliarias. Hay varias en esa calle. Muchísimas oportunidades de compra y de alquiler, todo casi nuevo, casi barato, del todo imposible. Mañana me arreglo y vengo una por una, Damaris, no te calientes. Aunque lo mejor es que vengas tú, que eres la que tiene contrato. Es que yo mañana no puedo. Bueno, pues pasado. Pasado estará cerrado. ¿O abren los sábados? No sé, mañana lo compruebo. Habla con tus patrones y pide una mañana libre y listo, que se nos van las semanas. Qué fácil te parece todo. Y por agencia es un mes más. Sí, pero ya estás viendo que no hay forma de saltársela. Damaris, yo te voy a devolver la lana, no te pongas a desconfiar.

Por la noche, metida en la cama, la sábana y las mantas bien ajustadas a los costados del cuerpo, le viene un calor tremendo que le sube hasta el cuello y la cara. Es un fuego. De un zarpazo retira hacia atrás las ropas y suelta a un lado el teléfono, estaba escribiéndose con su hermana. Se sienta y pone los pies en las baldosas frías, pero el fuego no se va de ninguna manera. Durará un rato. El pijama de poliéster se le pega al pecho, ella lo airea. Si se lo quita, después se quedará helada, así que espera. Va a la cocina a por agua. Hacía tiempo que no le venían los calores. Son una lata. Nota las mejillas hirviendo.

No te duermes, Damaris, o qué te pasa, pregunta Romina desde el salón. Está viendo una serie en su ordenador portátil, con los cascos puestos, la misma que vio durante la cena. La única luz es la que emite la pantalla. Ya me acuesto, solo vine a por agua, no me pasa nada. Pero no se duerme, ni siquiera cuando el fuego se le va del cuerpo.

Recuperar el espacio le hace a Oliva recuperar la alegría. Ahora le sobra oxígeno. En realidad, Max no se ha llevado casi nada. En los altillos del único armario empotrado hay maletas suyas llenas de ropa y enseres viejos que arrastra de ciudad en ciudad y que ni siquiera se molesta en abrir. Las ha dejado ahí, entre otro montón de trastos. Pero a Oliva no le importa, se siente dueña de su vida, retoma viejas costumbres y las semanas que tiene a Irena se vuelven ordenadas y confortables.

Un mediodía, queda para almorzar en la terraza del Timón con Carlos, su mejor amigo de Madrid. Él vive también en el barrio, en la plaza de la Cruz Verde, con su chico. Se han visto muy poco últimamente. Le cuenta que Max ya no está en casa. Él se sorprende, desconfía. Si has dado ese paso atrás es porque no estás enamorada de él. Es la típica afirmación de su amigo. Un análisis contundente y atrevido, algo intrusivo, que se sustenta en años de conocimiento mutuo, cercanía y principios compartidos. Oliva se ríe, no, no, no, eso no es así, claro que estoy enamorada de él, no sabes hasta qué punto. Él levanta una ceja. Ella se esfuerza en explicarle, intenta dar detalles que lo convenzan, a pesar de la brocha gorda. La convivencia es imposible. Es como vivir con un señor machista de los años cincuenta. Muy complicado todo, de verdad. ¿No te acuerdas de que un día fui a tu casa, llorando a mares, desesperada? Eso me ha pasado muchas veces. Me acuerdo, sí, pero tampoco me quedó del todo claro cuál era el problema. Bueno, el caso es que he decidido quedarme con la mejor parte. Oliva zanja con optimismo; por sus venas, en ese momento, corre un líquido renovado. Sabe que su amigo no la cree porque le otorga unas características especiales. No es fácil arrancarse la máscara de cuajo. Él insiste: lo único que quieres es seguir acostándote con él, y ya está. Oliva recoge el guante y se lo coloca con delicadeza; una vez fue una mujer con poder y capacidad de decisión, así la han visto siempre sus amigos hombres. Por supuesto que quiero, concede, si pudiera, sería lo único que haría con él, dice, disfrazada de osadía. ¿Ves?, remata el amigo, lo que yo decía: no estás enamorada. Se embarcan en una sobremesa larga, tratando los mil y un temas que les interesan a los dos y abandonando este. Ojalá tuviera razón, piensa Oliva, quién sabe, quizá la tenga.

Frente a la gente cercana a Max y frente a la familia hacen el mismo teatro. Lo que han conseguido es cojonudo, una manifestación del amor más puro. Llegan a creérselo los dos. Incluso se felicitan a sí mismos, en las noches de desagüe, celebrando la gran idea que han tenido. Hay una ilusión de igualdad, el terreno se ha nivelado. Se quieren tanto que, para conseguir permanecer juntos, han decidido separarse, romper con las convenciones. La convivencia está sobrevalorada. Los asuntos domésticos son ruina. La maternidad es una cosa que solo le compete a ella, no necesita a nadie más. Ahora, las semanas en las que no está con Irena, pueden volver a ser novios, disfrutar de un tiempo laxo de placer sin obligaciones. Se han salvado por los pelos de la hecatombe del vacío.

Max vive en el barrio de Delicias, en un piso viejo que comparte con dos amigos. Para Oliva, es un eterno piso de estudiantes donde tres hombres siguen viviendo como niños sin responsabilidades, sin que nadie les reproche nada. Juegan a la videoconsola, pasan horas encerrados cada uno en su habitación y la cocina tiene grasa acumulada de diez años. Pero todo esto no le importa, porque ella no tiene que estar allí. De hecho, no va casi nunca. Lo acompaña uno de los primeros días a comprar sábanas y toallas. Cuando él tiene ganas de estar con ella, es a la plaza de la Paja donde acude, que para algo fue su casa y además así están solos. Aquí no hace falta que vengas, está demasiado sucio para ti, de verdad. Parece sincero. La ayuda a pagar cosas; si Max tiene dinero, no hay ningún problema de liquidez. Esto no es definitivo. Volveremos a vivir juntos. No quiero que me expulses de tu vida. Voy a dedicarme en este tiempo a analizar qué es lo que he hecho mal. Voy a tranquilizarme y a encontrar dónde está el error. Confiarás en mí de nuevo. Te demostraré que puedo hacerte feliz. Y todo eso.

El espejismo se rompe un buen día. Oliva no lo marca en el calendario. Comienza a sentirse acechada por las mentiras, siente que la realidad se le escapa continuamente. Lo hace casi todo sola, pero vive, igual que antes, pendiente de un latir ajeno. Los mensajes, constantes. Látigos que lo interrumpen todo. Pero las lagunas son cada vez más grandes. Oliva se queja. Max llega de la calle, de Delicias, de no se sabe dónde, a cualquier hora, con su propia llave. Siempre demasiado tarde. A veces, de madrugada. No siempre de buen humor. Oliva estudia su cara y no interpreta los códigos. Puede que lleve tres días sin querer ir a verla, estoy muy liado, estoy muy tirado, tengo que ir a ver a mi vieja, y que, cuando por fin aparezca, se siente a fumar en el sofá y le pregunte si se está acostando con alguien, porque en el ambiente de la casa nota algo extraño. Entonces los techos vuelven a derrumbarse, con todo su aluvión de cosas muertas. Oliva se queja, llora.

Ahora, tras los gritos, llegan los portazos. Ya no es ella quien escapa. Ahora Max, en la avalancha, tras lo que ensordece, tiene un sitio al que ir, me voy a mi puta casa, tú no te has visto la cara que tienes, y el portazo. Y luego todo vuelve a empezar. Max no está, en nada de lo importante, en nada asible, pero su presencia no desaparece. Oliva está encerrada en su propia casa. La soledad la aterroriza, la siente llena de cepos; en su garganta, un collar de seguimiento.

Oliva se despierta con fiebre, una mañana de febrero. Hace siglos que no se pone enferma, pero la niña estuvo malita el fin de semana, ha debido de pegarle algo. Bajo el edredón, los huesos le duelen, tiembla. Se levanta a por ibuprofeno y leche templada. Se acuesta otra vez. Tiene trabajo pendiente y el estómago vacío. La fiebre remite, se duerme. Luego sube de nuevo.

Más allá de las doce, llama a Max. No ha recibido ningún mensaje suyo todavía, lo que significa que está dormido. Él contesta al teléfono sobresaltado, con una voz que aún no se ha dirigido a nadie. La de ella es un lamento. Le cuenta que tiene fiebre, que se encuentra muy mal. Que tiene hambre, pero está muy mareada. Él guarda silencio. Tengo mucho curro, le dice. Estoy hasta arriba. Es que me encuentro muy mal, repite Oliva, y le tiembla la garganta porque va a echarse a llorar. Desde el otro lado, el berrido inunda su cabeza, la almohada sudada: ¡que no te estás muriendo, joder, no te quejes más! Oliva cuelga.

El día se sucede como se han sucedido otros muchos últimamente. La certeza de lo imposible, la angustia negra, el punto final. Cuántas veces lo ha decidido. Todas. Nunca lo consigue. Cuando ella llega al límite y ofrece resistencia, él tira con fuerza del cable.

Las mejillas, acartonadas de llanto. Lo intenta una vez más. Romper. Explica, apaga el teléfono, lo enciende otra vez. El hueco que se le avecina tiene los dientes afilados y al otro lado la oscuridad es definitiva. Su cuerpo lo siente así, un futuro de matanza.

En este día de fiebre, no hay espacio para la reconciliación. No es que ella se mantenga firme, apresando con sus manos temblorosas el cuchillo que la devolverá a la vida, no. Es que Max no suelta la guadaña. La curva de su metal es más perfecta, abarca más espacio. Se va recuperando, rodeada de papel higiénico arrugado, cuece macarrones, los ensucia de tomate frito, escarba con el tenedor en la lata de atún.

Intenta convencerlo de que dejarlo es lo mejor. Cada vez vienes menos, pasan días sin que nos acostemos, no te interesa nada de lo que me rodea, es hora de parar. No puedo más. Pero el volcán no sucumbe.

Él no aparece, pero no se calla. ¿Qué estás diciendo, cómo puedes ser tan mentirosa? Al final de todo, Oliva manifiesta de nuevo su primera certeza. Esto se ha acabado.

A la mañana siguiente, cuando nadie lo ha pedido, después de la noche quieta y los augurios, Oliva oye la llave abriendo la cerradura de su casa. Los pasos de Max se acercan por el pasillo. Ella aplasta los ojos contra la sábana. Por qué vienes ahora, para qué. Habla en susurros, niega con la cabeza. El hombre se desnuda al pie de la cama y se mete dentro. Oliva se queda quieta, cierra los párpados, tiene el cuerpo frío, se agarra a su soledad inmóvil. No quiere que la desprendan de aquella rama. Abre la boca y dice que no. Lo dice otra vez. Las manos de él desordenan la postura de los huesos de ella. Busca lo que considera suyo. Oliva no participa. Gira la cara. Cierra los ojos. Es una extensión de piel triste sobre el colchón. Max impone su voluntad una vez más. Pasados diez minutos, acaba.

Le ha hecho el desayuno. Le ha pedido perdón. Ha sido simpático y bromista. La ha abrazado. Le ha preguntado, después del café y los huevos revueltos, si es que no le apetecía follar. Estabas muy fría. Ella le ha dicho la verdad: es que yo no quería hacerlo. Él la ha acariciado, con condescendencia, con cara de no volverá a ocurrir. Lo llamó alguien a mediodía, su nuevo socio, él se excusó, como si fuera un hombre normal, como si todo fuera normal, es que estoy en casa de Oliva, que tiene fiebre y he venido a echarle un cable, pero cuéntame, cuéntame. Se ha ofrecido a hacerle la compra, pero si acaso más tarde, que ahora le da pereza. Le ha repetido que no quiere que discutan más, le ha prometido que no van a discutir más. Porque la quiere, es que no se da cuenta, más que a su propia vida. No ha intentado tener más sexo. Pasa todo el día en la cárcel de Oliva, se queda a dormir. El abrazo, durante la noche, un grillete oxidado.

Cuando se va, a una hora borrosa del día siguiente, Oliva permanece en la cama. Luego se levanta, descalza, coge el llavero y cierra por dentro, tres vueltas. Deja la llave puesta en la cerradura.

Horía ha recogido un paquete para el cuarto. No contestaban al portero, aunque ella está casi segura de que hay alguien dentro de la casa, porque se oía la televisión al otro lado de la puerta cuando limpió el suelo del rellano y quitó el polvo de las barandillas. Recoge solo las entregas donde no piden documento de identidad, y acaba dándose cuenta de que hay muchos repartidores a los que les basta una mano, la de quien sea, donde soltar el paquete, porque sus jornadas son carreras de obstáculos. Agradecen mucho que haya ascensor, y más aún que haya una persona encargada de recoger la mercancía. Es lo único que necesitan para seguir adelante.

Hace días que no ve a la niña y, cuando pulsa el timbre, desea que sea ella quien abra. La carita de pómulos blancos y ojos inquietos, con la sonrisa indeleble. Pero no es así. Está a punto de bajar cuando percibe una voz a través de la puerta. Voy, le están diciendo, así que espera. Suena la llave, abriendo las cerraduras blindadas. Oliva se asoma. A Horía le parece que la cara de la mujer es transparente; bajo los ojos, unas marcas ocres. La mirada hundida y lejos. Alarga el paquete, que lleva en sus brazos a modo de bandeja. Oliva da las gracias, lo coge y cierra.

La caja es voluminosa pero no pesa. La pone sobre la alfombra y se sienta junto a ella para abrirla. Esperaba un regalo, ya se lo habían anunciado. Le sorprenden la caja, el diseño, el papel crujiente que envuelve la tela. Es un vestido negro de una marca cara que ella desconoce. Elegante, discreto. El contacto de la tela helada en su espalda, el fruncido bajo el pecho, la caída. No hay nada que la resucite frente al espejo. Se pone de puntillas, se da la vuelta. Lleva el pelo sucio de varios días de cama, pegado al cráneo. Se quita el vestido y lo mete de nuevo en la caja, junto a la tarjeta. En su móvil, un mensaje, ha llegado ya, ¿no?, qué te ha parecido, ¿te gusta? Es la hostia, eh. Estoy deseando vértelo puesto.

Horía cierra la puerta de su casa y olvida al instante el rostro de la mujer llorosa. Acostumbrada a que todo gesto importe, vive ahora en una invisibilidad bidireccional. Ha recargado el teléfono y llama a su hermano para hablar con su madre, pero esta no quiere ponerse. Qué le pasa, no me mientas. No le pasa nada grave, tiene dolores en las piernas, está tumbada. Os mandaré dinero, tengo un trabajo nuevo. Su hermano calla. Voy a ir a buscar a Aziz a un sitio aquí en Madrid, donde van todos los que llegan. Y quién te ha dicho que está ahí, espeta Mohamed. Nadie me ha dicho que no esté. Nadie te va a decir nada.

Han prometido darle una mano de pintura antes de que ellas entren a vivir. Así se verá más luminoso. Damaris no quiere acordarse de cuándo fue la última vez que vivió en un lugar así. El tipo que les ha conseguido la casa es colombiano, de Bogotá. Trabaja para una inmobiliaria e intenta ayudar a los compatriotas, les dijo a las mujeres. Está la cosa muy difícil y se está poniendo cada vez peor, pero tengo la solución, estoy seguro de que os va a gustar el piso y va a estar el asunto resuelto. En realidad, que les gustara o no era lo de menos a estas alturas. Damaris no puede ofrecer aval bancario ni tampoco puede pagar un año por adelantado, que es lo que le han pedido en todas partes. Si llegaban a concertar cita, una montaña de requerimientos inalcanzables aterrizaba después. Su contrato era indefinido, pero los contratos indefinidos de los españoles debían de ser diferentes al suyo. Es que están todos con la perra de la ocupación, mamitas, los caseros tienen miedo. Y perdemos los que siempre perdemos, pero miren que este piso les va a gustar, yo estoy seguro de que hemos resuelto el problema.

Al menos el piso está en Carabanchel, un poco más arriba que el que tienen ahora, pero no muy lejos. Al límite con la autovía de Santa María de la Cabeza. Damaris no quiere bajo ningún concepto alejarse de la zona. A Romina le da igual, pero ella es joven y trabaja cada tanto en un sitio diferente. Qué va a hacer Damaris para regresar por las noches cuando se quede con los gemelos hasta tarde. Prefiere no coger metro ni autobús nocturno, no quiere depender de nada más que de sus piernas. Ha calculado, máximo, una media hora andando hasta el río, la cicatriz que la separa de su lugar de trabajo. Ese es el límite. Ella pone los límites porque es ella quien va a pagar casi todo en un principio. La señora Sonia estuvo haciéndola dudar. ¿Y si Romina finalmente no encuentra trabajo o se va con su novio también? Romina no tiene novio, le contestó Damaris mientras planchaba. Y su hermana, por teléfono, lo mismo. Maris, que te lo estás echando tú todo a la espalda, que a esa chiquita la conociste hace poco, que no estás tú para ir regalando nada a nadie. Romina no es una chiquita, le dijo Damaris, con los auriculares enterrados en los oídos, mientras despegaba el barro seco pegado a las suelas de los zapatos de los gemelos. No es que ella no desconfíe. También desconfía. Está cansada de desconfiar, de trabajar sin tocar jamás con las manos lo que atesora. Pero es que no le queda más remedio. Alquilar una casa para ella sola no es un buen negocio tampoco. Romina acabará encontrando un trabajo a jornada completa, como siempre ha hecho, y pagará la mitad de los gastos. No está Damaris para buscar una habitación por ahí, en un piso con desconocidos. Para eso sí que no está Damaris. Ni para que le digan qué es lo que tiene que hacer y qué es lo que no puede permitirse. Para eso tampoco.

Treinta metros cuadrados, un solo dormitorio. Entreplanta. La cocina, dentro de un armario en el salón. El frigorífico, al lado del sofá. Es sofá cama, por eso pueden estar aquí las dos, y es cómodo, que yo lo he abierto y lo he comprobado. El cuarto de baño tiene bañera, por si quieren relajarse. No cabe uno tumbado pero sentadito sí, que a veces después de la jornada da gusto. Como es interior, es muy tranquilo, nada de jaleo. Una ventana pequeña en el salón, otra en el dormitorio, ambas enfrentadas a un muro gris y agrietado por donde suben las tuberías. Pena que no se pueda acceder al patio. Yo hablo con el dueño y prometo que lo pintan para que esté todo reluciente. Hasta dentro de un mes no se puede entrar, ya les dije, que hay que arreglar el inodoro y algunas cosas más, ya ven que los anteriores inquilinos lo dejaron todo destrozado. Por eso ha subido un poco el precio el dueño, no se fía. Pero solo tres meses de fianza y nada de avales, esto ya casi no se encuentra. La calefacción es eléctrica, como el termo, pero mejor, porque así se paga menos. Seguro que ustedes dos lo ponen bonito y esto al final es más grande de lo que es.

También Romina parece haber perdido aquella tarde, de vuelta a la casa que ya no les pertenece aunque aún la estén pagando, esa conexión con el mundo, esa cantinela que la ayuda a reírse por cualquier cosa después de llorar por cualquier cosa. La agarra del brazo al bajar por Inmaculada Concepción. Qué agujero, Damaris. ¿De verdad nos lo quedamos? A veces me dan muchas ganas de regresarme a La Paz. No te me aburras, Romi. Es solo para un rato. Además, nosotras nunca estamos en casa.

De todas las cosas que Oliva no pudo prever, esta es la más barroca. En el palacio fulgurante, hiriente y desorbitado que ha sido su vida en los últimos años, no existe la puerta de salida.

Los asuntos más básicos, como por ejemplo el efecto de la palabra, se vacían de sentido. Es una letanía de conejo amedrentado. Hasta ahora, bastaba decirle a alguien te dejo, se acabó, no quiero estar contigo, para que aquello se hiciera realidad. Los hechos tenían consecuencias y las palabras ponían puntos finales. Ahora no. No hay causalidad ni efecto. Las palabras no tienen sentido alguno y los hechos tampoco. Todo ha sido borrado. No hay una puerta. Ella quiere irse, sabe que debe hacerlo, que aquello tiene que parar. Pero no sucede. No hay una puerta. Por más que mira alrededor, no la encuentra.

Ha conseguido que la presencia no entre en su casa, pero lo que siente es que la presencia la ha abandonado. En su cabeza hay un duelo irresoluble: el amor y el daño. La salvación y el vacío. De hecho, se desgarra al pensar que si Max fuera hasta allí a aporrear la puerta, ella acabaría abriéndola. Pero Max no acude. Se limita a la cólera lejana, transmitida a través del canal de comunicación más efectivo y sádico, el que inauguró hace ya años, en aquel primer requerimiento: por qué no me contestas al mensaje, si lo has leído. Es del todo imposible zafarse de eso. La esclavitud luce cadenas invisibles.

Ha estado tanto tiempo en silencio que la soledad es absoluta. Los cercos que la separan de su vida son barreras infranqueables. Él le dice: no me vas a dejar, mucho menos a través de un mensaje, qué coño te crees, estás cometiendo el error más grande de tu vida, no me vas a dejar, eso me lo tendrás que decir a la cara, y no voy a ir a verte la cara para que me dejes. Fuera de toda racionalidad, Oliva se derrumba ante los asaltos. Espera lo que ha esperado todo este tiempo, que la magia negra se desvanezca, que el caballo blanco atraviese la llanura, que se arrodille el verdugo, que no la deje sola, que toda la humillación tenga un sentido, un premio. Se despierta llorando y se duerme llorando. Una herida gravita a su alrededor. No sabe que es ella misma. Intenta esquivarla. Pero no cede del todo. Solo se regodea en su dolor. Intuye que ha de dinamitar los muros. Si no existe puerta, habrá que abrir el hueco.

Nadie te querrá como te quiero yo, te vas a arrepentir, le escribe Max. Ella es lo suficientemente lista para saber que estas palabras pertenecen a un modo de infelicidad insoportable. Condena lo ridículo de la amenaza. Pero se despierta llorando y se duerme llorando.

Sabe que si cierra del todo, la bestia bailará la cólera. Y a la vez le da pánico que la bestia desaparezca. Se atormenta, se culpa, se lastima. Construí, no puedo haber fallado. Fallé, cómo pude haber construido. Por qué estoy aquí. Por qué permito esto. Qué he hecho con mi vida. Fabrica sus propias trampas.

Se deja acompañar por personas que la encuentran devastada, enseña los convulsos mensajes, mantiene conversaciones confesionales mientras, sobre la mesa, su móvil vibra sin cesar, diez llamadas de Max, todas seguidas. Algunas personas asisten, atónitas, a la debacle. Le dan el pésame, cuídate, claramente esto es algo inaceptable. Otras pretenden apagar la llama de un solo soplido. Acude a amigas con quienes compartió la vida antiguamente, les hace sitio de nuevo en su territorio arruinado. No es capaz de pensar en otra cosa. Cuida a su hija en los límites. Una de estas mujeres, después de acompañarla veinticuatro horas, la anima a llamar al cero dieciséis. Es un consejo, como cuando alguien empuja a alguien a hacer deporte o a apuntarse a yoga. Me da miedo que venga y te haga cualquier cosa. Creo que estás en peligro. Ella le quita hierro, desde el pozo le dice no, eso no pasará. Yo no me fío, dice la otra. Pero la amiga se va y ella regresa al vínculo a través del teléfono. La discusión no se acaba nunca. La ausencia es cada vez más tenebrosa, la presencia cada vez más absoluta. Está efectivamente poseída. Aúlla de dolor y de nostalgia.

Una tarde discute con otra amiga, por teléfono, por haber utilizado el término maltrato. Esta amiga, con quien ella se ha desahogado alguna que otra vez en los últimos tiempos, intenta disuadirla. Quizá estés yendo demasiado lejos, esa es una acusación muy fuerte, dice con una prudencia que es en realidad atrevimiento. Es lo que ocurre cuando se entierran las palabras en la esquina más oscura del jardín, donde solo hay lombrices y hierbajos. No estoy yendo demasiado lejos, afirma Oliva, sé lo que me está pasando. En realidad, no lo sabe, no calcula el alcance: cómo van a saberlo los demás. No puede reclamar ahora la historia que ella misma ha escondido. Nadie mira sus uñas negras de escarbar. Cuando cuelga, regresa a Max. Max siempre está ahí, al otro lado. Distorsionando su empeño por salvarse. Prometiéndole sobrevivir en esta forma muerta.

Lleva a su hija al colegio y después la recoge. Pasa las tardes en los parques, en casas de niños ajenos, balbuciendo las razones de su falta de energía, de su exorcismo, a quien quiera escucharla. Cada noche es una posibilidad de que todo acabe. Pero no termina. Consigue salvar la rutina de los días entresemana. Cuando llega el sábado, no logra levantarse de la cama. Alguien ha de venir a hacerle la comida a Irena. Automatiza los quehaceres. Alguien debería lavarla y vestirla y detenerle el temblor de la mandíbula. El mecanismo es tan perfecto que funciona por control remoto.

Desoye a los diablos y una noche él llega y ella abre la puerta, sin que nadie lo sepa. La sombra entra, lanza al aire el muslo y los pellejos de la gallina vieja, alimenta con restos a la presa. Se cerciora de las constantes vitales, de los altos niveles de amargura. Se limpia bien las manos y el sexo, y luego se va.

El centro de psicología está cerca del Museo Arqueológico. Oliva camina con rapidez y mira constantemente a su alrededor, aunque por aquella zona sabe que no hay peligro. Madrid es un espectáculo algunas veces. Aquellas calles parecen diseñadas para que nadie las transite. Oliva entra en la recepción intentando mantener recta la columna vertebral. De otro modo, podría acabar arrastrándose por el suelo.

Se sienta en el sillón con los músculos retorcidos y mira de frente a la mujer rubia, peinada con esmero, de ojos azules, que le sonríe con la calma de todos los terapeutas del mundo unidos. Soy una yonqui, empieza Oliva. No ha sido premeditado, pero es la definición más exacta. Una yonqui. Me está destrozando, pero no soy capaz de dejarlo. Lo he intentado con todas mis fuerzas. Vengo aquí a que me ayudes a conseguirlo.

Con apenas un argumento de cuarenta minutos, sin ánimo de ocultar nada, la psicóloga tiene suficiente para decirle: estás viviendo una relación de maltrato y te encuentras en este punto. Mira. Le hace un dibujo en una libreta, anota las fases al lado de la línea temporal. Tú estás en la curva más profunda. Has llegado abajo del todo. Ahora hay que subir. En la subida puede haber perdón o reconciliación, también contigo misma.

Cuando se le acaba el tiempo, Oliva no está preparada para perderse en la ciudad. Pero ha de salir de la consulta, pagar, atravesar un Madrid colorido y déspota y regresar a casa. Y empezar de nuevo. Los mensajes, el llanto, la ausencia. Durante el resto de la semana, la rueda de molino sigue vadeando la tierra fangosa.

Acude en tres ocasiones. La terapeuta apunta con brío mientras escucha las respuestas, y afirma: es paranoico, tiene varios trastornos de la personalidad, es un perverso narcisista, es un maltratador de manual. Oliva lo sabe. Ella no quiere diseccionar al psicópata. Eso lo ha hecho innumerables veces. Ella quiere la llave. La puerta. Que alguien la saque de allí. Que alguien sea juez y parte.

Max promete que va a ir a por sus cosas y a devolverle la llave de su casa, mañana, pasado, al otro. Nunca va. Un día la llama con voz de sentenciado a muerte y le derrama estas frases: soy nocivo, destrozo todo lo que toco, sé que te he jodido la vida, me estoy muriendo de dolor. Otro día la llama y le dice: ¿ahora que te tocaba a ti empezar a cambiar y a mejorar me dejas?, solo lo haces para tener la razón, ¿verdad?, qué injusta eres, lo he dado todo por ti, me he amoldado a tu vida, a tu hija, a tus planes, a tus amigos, pero todo tiene que ser como tú puto quieras que sea, déjame en paz, no quiero saber de ti nunca más. Al día siguiente escribe: te echo de menos, no puedo estar sin ti. Ella contesta: yo también. ¿Vas a venir a por tus cosas? Igual deberíamos hablar tranquilos. Él guarda un silencio de tres días. Y luego todo vuelve a empezar.

Decide dejar la terapia. Las palabras le suenan vanas, el nivel de angustia no baja tras las sesiones. No consigue romper, detenerlo todo. La psicóloga le dijo el primer día que la ambivalencia que sentía era completamente normal, porque el maltratador ha jugado durante todo este tiempo a arrojar amor y odio a la vez. Las sinapsis están rotas. Su cerebro se disloca por saber cuál de las dos emociones es verdad. Si el amor o el daño. Una de las dos ha de ser mentira. Oliva no tiene paciencia, necesita un antídoto potente y eficaz, ahora, ya, que lo anule todo. Porque es su voluntad la calcinada. Se ha quedado sin instinto de supervivencia. No distingue el peligro de la calma. Es una yonqui.

Habla con la dueña del centro de psicología. Le explica por encima la situación y le pide un informe. Debe existir un remedio que devuelva las cosas a su lugar. Está bien, te haremos el informe, pero quiero que sepas que esto es muy delicado y no ha habido tiempo y, si quieres denunciar, tendrá que ser un psicólogo forense quien te estudie, esto que te haremos no va a servir. Oliva espera, de todos modos, que sirva para algo. La terapeuta lo había visto claro desde el principio. Había dicho las palabras clave, antes de que ella las pronunciara: maltrato, psicópata. Tiene que servir.

Dos días después, le llega el informe por mail. Dice así:

«La paciente refiere sufrir una ansiedad aguda ocasionada por su situación sentimental, descrita como una situación donde han roto pero nota que no puede desvincularse tras los años vividos con él, y él aparece y desaparece sin orden ni estructura debido a su personalidad, ya que es un hombre muy particular e inestable, lo que le dificulta asimilar la ruptura y entender el punto relacional donde se encuentran.

»La paciente siente una gran dependencia emocional hacia su expareja, con una gran dificultad para desvincularse de él a pesar de ser consciente de que su expareja era perjudicial para su salud emocional y explica su inestabilidad emocional por los cambios de humor constantes e impredecibles de los años tan intensos vividos con él.

»La paciente sufre angustia de separación tras la ruptura. Su sintomatología incluye sentimientos de baja autoestima, ansiedad, confusión y pensamientos recurrentes referidos a los buenos momentos vividos. Asimismo, la paciente presenta anhedonia, dificultad de concentración, molestias físicas, temblor mandibular y falta de apetito.

»La paciente presenta ambivalencia emocional hacia su expareja. Por un lado, describe una gran necesidad de sentir control interno cuando esté en contacto con él y de organizar planes de cara al futuro próximo que aseguren la desvinculación de esa persona y, por otro lado, espera gestos de afecto y de acercamiento que reafirmen una posible reconciliación.

»Se realiza una intervención psicológica en tres sesiones. Tras ese tiempo, la paciente interrumpe la terapia. La intervención ha incluido técnicas de contención del estado emocional, reestructuración cognitiva dirigida a lograr una desidealización de la expareja, distracción del evento estresante y focalización de otras cuestiones personales. Se le han dado pautas a la paciente de contacto cero con su expareja».

La palabra maltrato no aparece.

Un hombre muy particular e inestable. Angustia de separación tras la ruptura. Distracción del evento estresante. Max es un hombre muy particular, es cierto. También inestable.

Entre las líneas del informe, Oliva atisba la cara de la médica que la atendió aquella noche en el hospital. En los márgenes, el rostro de piedra del policía que se encontró aquel día al salir del ascensor. No me ha hecho daño. Ninguna costilla rota. Era lo único importante. Todo lo demás pertenece a su esfera, a su propia ansiedad dependiente. Especialmente la anhedonia y el temblor mandibular.

Oliva está lejos de atreverse a denunciar nada. Pero si alguien reafirmase su verdad. Regresa a la ambivalencia, como vuelve el conejo herido al agujero, esperando la redención.

Se ha preparado unas espinacas con arroz. En una bandeja lleva el plato, el tenedor, un vaso con agua, una servilleta. Pone un capítulo de *A dos metros bajo tierra*. Es lo único que hace, ver esa serie y mirar el móvil. Trabajar, muy lentamente. No es capaz de leer.

Se mete comida en la boca. La mastica, la traga. Luego otra vez, y otra. A la tercera, se atraganta un poco. Coge el vaso y bebe rápido, para que baje el bolo, pero no baja del todo. Algo se ha quedado ahí. Se pone de pie, carraspea, tose. Se mueve por el pequeño salón, bebe más agua. Sigue ahí, en su garganta, atascado. Puede sentirlo. No baja. Se lleva las manos al cuello, tose más fuerte. Le falta el aire. En el tórax, el corazón bombea con furia. Se está mareando. Inspira, y el aire entra. Pero hay algo en medio de su esófago. Camina por el pasillo, a un lado y a otro, en las sienes pinchazos, ve borroso, tose otra vez. Se le va a cerrar la garganta. No puede respirar. Se imagina asfixiándose, sola en casa, muerta en el suelo, el cuerpo desmadejado entre la puerta de la cocina y la de su dormitorio. Ruega en voz alta, no, no, no, por favor, no. Mamá, dice. Siempre llama a su madre en voz alta cuando tiene miedo de verdad. Sigue dando vueltas, tocándose la frente, las mejillas, la nuca, se sienta en el sofá, se le ha acabado el agua, vuelve a la cocina corriendo, llena un vaso, lo bebe de un golpe, apoya las manos en la encimera, el dibujo de la formica tintinea, cierra los ojos, los abre, no se ha muerto aún, el corazón sigue disparado, pero quizá no haya restos de comida en su garganta, quizá no se ahogue, quizá no sufra un derrame cerebral.

Cuando pasa el ataque, se sienta de nuevo en el sofá. Mira el plato de arroz blanco y espinacas, apenas lo ha tocado. Sabe que debería comer, pero teme que ocurra lo mismo. Lo aparta. Regresa a la cocina y se sirve un vaso de leche. No será suficiente, pero así no hay peligro de atragantamiento.

Todos los días le sucede esto. Siempre que está sola. Si hay alguna amiga velándola, comiendo con ella, se salva. Si está con Irena, intenta comer lo menos posible, para no ahogarse, y se alimenta de ver a la niña tragar con voracidad.

Pide cita a su médica de cabecera. El centro de salud está a dos palmos de su casa, en la calle Segovia. La piedra del edificio es tan oscura, está tan carbonizada, que no se distingue la gran puerta de madera vieja. Las escaleras, hundidas por el tránsito de los años, relucen de barniz. Se sienta frente a la doctora, de pelo blanco. Qué te pasa. Le cuenta que tiene algo en el esófago que le impide tragar. Que es como si la comida se quedara enganchada ahí. Había pensado que quizá debería verme un digestivo y hacerme unas pruebas. Respira hondo para continuar hablando y se le quiebra la voz y se echa a llorar, con vergüenza. Tranquila, le dice la médica, relájate, cuéntame qué te pasa. Y Oliva entonces le explica que lleva años viviendo una relación horrible y ahora está intentando salir de ahí y cada día tiene ataques de ansiedad y estoy muy mal, estoy muy mal, creo que voy a asfixiarme, cada vez que toca comer tengo miedo de morirme, y no paro de llorar, y me despierto y no quiero levantarme de la cama y me acuesto y lloro hasta que me duermo. La doctora no se lo piensa dos veces, corta por lo sano. Sin más diagnóstico, le receta sertralina, es un antidepresivo muy suave que te bajará los niveles de angustia, te va a quitar la ansiedad. Te encontrarás mejor, ya verás. También voy a recetarte alprazolam, pero esto solo para los momentos de pánico. Ven a verme dentro de tres meses. Y mucho ánimo.

Oliva pasa por la puerta de la farmacia que hay junto al centro de salud pero no entra. No quiere comprar esos medicamentos. No quiere tomar antidepresivos. Nunca ha tomado pastillas para estar bien. Nota los párpados secos y febriles, la piel quemada en las mejillas. Ella no está deprimida, eso también es algo que les ocurre a otras personas, no a ella.

Entra en el portal y revisa el buzón. Hay dos cartas para Max. Dobla los sobres por la mitad y se los guarda en el bolsillo del abrigo. Acaricia el papel para comprobar si existe, si puede volver atrás, a aquella época en la que volaba a dos palmos del suelo. En ese momento, alguien oscurece el cristal enrejado de la puerta. Oliva se sobresalta, porque espera constantemente la misma sombra, entre el miedo y el vértigo. Pero quien está entrando es la mujer que cuida a los gemelos del tercero. Esa con la que no ha cruzado ni media palabra, como tampoco lo ha hecho con el resto del vecindario. Nunca ha conseguido sacarse el bochorno de encima. Se queda parada frente a los buzones mientras la mujer la saluda, buenos días, y sube los escalones hacia el ascensor con diligencia. Va cargada con la compra, Oliva no le ofrece ayuda. Se queda quieta, dándole tiempo a la mujer a coger el ascensor. Pero Damaris la espera, con la puerta del ascensor abierta, ¿sube usted? Sí, sí. En el tercer escalón se tropieza, le pesan las piernas, y para recuperar el equilibrio saca la mano del bolsillo y las cartas para Max caen al suelo. Qué desastre, dice en voz alta, y súbitos, los lagrimones le manchan la cara.

Oliva llora en silencio hasta el tercer piso, con la cabeza baja, tapándose los ojos con la mano fría. Damaris se agacha para coger las bolsas cuando la máquina se detiene, las saca de la cabina. Mira a Oliva y le pregunta, ¿está usted bien, necesita algo? Oliva no contesta, no levanta la cabeza. Damaris insiste: ¿se encuentra bien, puedo ayudarla? No lo sé, dice Oliva, la boca mojada y torcida, el dedo ya puesto en el botón del cuarto piso. Y la puerta se cierra y ella puede esconderse en su casa, desmoronarse en el sofá y gemir.

En el tercer piso, luminoso, amplio, limpio y ordenado tras el trabajo matutino, Damaris coloca la compra en el frigorífico y en la alacena. Deja fuera solo lo que necesita para cocinar. Revisa el tiempo que falta para ir a recoger a los gemelos a la parada del autobús y se ajusta el delantal. Es un día especial, porque va a hacer un sancocho. Tiene de todo, yuca, mazorca, plátano verde. Se demorará casi dos horas; si se da prisa, una hora y media con la exprés. Hace cantidad. Prueba la sopa, le ha quedado riquísima. Deja la olla en el fuego apagado, pero aún estará caliente cuando regrese con los niños. A ellos les encanta el sancocho y también a los patrones, que quizá se lo cenen si vienen con apetito. Coge un táper del mueble de abajo, uno grande. Con el cazo de servir, vierte unas raciones en el recipiente, se cerciora de que haya de todo: carne de res, pollo, maíz, rodajas de plátano. Mete el táper en una bolsa de plástico y lo pone en el mueble que hay junto a la puerta de entrada, al lado del jarrón con flores frescas y el plato donde los patrones dejan las llaves y algunas monedas. Se pone el abrigo y un pañuelo para cubrirse el cuello, se cruza el bolso pequeño y sale de casa con la bolsa de plástico. Sube hasta el cuarto piso por las escaleras. Cuando está arriba, llama al ascensor. El rellano entre las casas es estrecho y de poca longitud. Deja la bolsa con el táper de sancocho recién hecho en el suelo, sobre el felpudo de Oliva. Llama al timbre y rápido se mete en el ascensor. La máquina la lleva hasta el portal. En la plaza de los Carros, ha de esperar, como siempre, diez minutos hasta que llegue el autobús, con sus reyecitos, cada día más grandes y bellos.

Horía revisa su teléfono al salir de la casa de los señores del segundo. Tiene un mensaje de Jalil con indicaciones. Lo lee por encima con el estómago encogido y baja apresurada las escaleras hasta el portal. Va directa al cuarto de baño, le huelen las manos a orín, se las frota con jabón bajo el chorro de agua fría, maldice, con los dedos aún mojados se retira el pañuelo de la cabeza y se lava también la cara, el cuello y las orejas que le arden.

Jalil le ha dicho que él no puede acompañarla a Hortaleza, pero que lo hará un amigo suyo, de confianza. Se llama Yusuf. La estará esperando al día siguiente, a las cinco y media de la tarde, en la boca de metro de La Latina, la que está frente al teatro. Que le dé algo de dinero, su amigo se pondrá contento. Que no se retrase.

Y así tendrá que ser, porque no hay más remedio. Si no aparece, quién sabe lo que puede perder. El trabajo, el techo, todo. Jalil no se ha portado mal con ella, por qué va a engañarla. Pero fue a él a quien le pidió el favor. No conoce a nadie más. No sabe quién es Yusuf. Tiene que sentirse agradecida y no desconfiar. Pero maldice otra vez, en voz alta, con desprecio hacia todo lo que la rodea.

Por la noche habla con su amiga Kenza para contarle lo que va a hacer. Si te metes en algún lío, si te hacen algo, Dios no lo quiera, Horía, te complicas la vida, bastante tienes ya con todo lo que te ha pasado, espera, hay que tener paciencia, hay que esperar, tu trabajo es lo más importante. Horía también siente desprecio por Kenza ahora mismo. Este año no la han llamado para la recogida de frutos rojos. No entiende por qué, estaba segura de que volvería al mismo campo, con las mismas compañeras, eso le prometieron. El dinero que llevó ya está gastado y no le han dado trabajo en ningún lugar de la zona. Su hermano empieza a estar irritable porque son muchas bocas, se pelea con su cuñada a gritos, se pelea con Kenza y Kenza y la cuñada se pelean también cuando están solas. Su voz vibra crispada. Quizá pretende que Horía se asiente en Madrid, que se ponga a trabajar de interna en la casa del viejo y entonces pueda pasarle la portería a ella. Imagina estas frágiles ilusiones golpeando la cabeza de su amiga, aunque no se lo comunique directamente y, a pesar de sentirse en deuda con ella, no piensa alimentar sus deseos. Tú estás con tus hijas, las miras dormir cada noche y les metes la comida en la boca, es lo único que le contesta. Kenza no se deja avasallar, Horía, mira lo que te voy a decir, que si hubieras vuelto conmigo a Marruecos a lo mejor tampoco te habrían llamado para ir al campo esta temporada, y acaso ibas a poder encontrar trabajo aquí, y también te habrías gastado el dinero y qué crees, que tu hijo no se habría ido igualmente una mañana sin decirte nada, lo habría hecho, contigo en la casa lavándole la ropa y riñéndole todos los días como hago yo con las mías, se habría ido, más tarde o más temprano y qué, qué ibas a hacer entonces, meterte en un autobús y buscarlo por todo el país, por todos los puertos, solo podrías esperar y allá lo mismo, solo puedes esperar y rezar, que es lo que hago yo por ti, rezar por que te mantengas viva. A Horía no le sirve ningún augurio y tiene que colgar ya. Mañana a las cinco y media voy a ir con un hombre que se llama Yusuf, ya tienes el número de Jalil, si no te llamo el domingo, avisa a mi hermano Mohamed. La voz de pájaro de Kenza se le ha quedado colgando del oído y todavía la tendrá ahí cuando despierte a la mañana siguiente.

A Horía se le va poniendo el corazón cada vez más pequeño conforme las escaleras mecánicas del metro de La Latina la llevan hasta el inframundo. La muchedumbre parece dócil ahí abajo, en ese viaje a los infiernos. La mayoría usa la máquina, todos en una fila a la derecha, sin moverse; quien quiere ir más rápido tiene el lado de la izquierda libre para adelantarse. Incluso los niños se comportan. En el centro de la gruta, hay unas escaleras normales que casi nadie usa, porque la profundidad es de abismo. Ella se mantiene en todo momento detrás de Yusuf. Debe de tener más o menos su edad, pero por su cara han pasado demasiados paisajes sucios. No le resulta agradable. Su barba rala amarillea alrededor de los labios. Es robusto y algo más alto que ella, y se mueve con destreza. Horía evita caminar a su lado. Mejor detrás. En su corazón empequeñecido, impacta la brusquedad del tren al pasar y al detenerse. La empujan al entrar, pero luego encuentra un lugar donde sentarse. Yusuf le indica, él se queda de pie, se agarra a un barrote y se pierde en su teléfono móvil. Hacen transbordo en Diego de León. Horía memoriza el nombre de la estación, intenta también memorizar los recorridos, pero sabe que no lo está consiguiendo. No debe alejarse de la espalda del hombre, es lo más importante ahora.

Cuarenta y cinco minutos después, suben las escaleras del metro San Lorenzo y salen a la avenida de la Barranquilla, en el barrio de Pinar del Rey. La luz se ha acabado casi por completo mientras ellos atravesaban las entrañas de la ciudad. Si hubieran ido caminando, habrían tardado dos horas y cuarto. Es Yusuf quien le da esta información. El cielo del distrito de Hortaleza, añil, comienza a vetearse de tonos rosáceos.

Horía respira el frío aire que le corta las manos y las mejillas. Se lo mete adentro del pecho, va a paso rápido tras Yusuf, disfruta de su libertad, ahora que se encuentra de nuevo en la superficie. Se le hace imposible abarcar aquella ciudad. Es como si hubiera pisado tres ciudades distintas desde que llegó. Le resulta delirante y metódica a la vez. Estas calles no se parecen en nada al barrio céntrico y de piedra de su portería. Va doblando, sin saber hacia dónde se dirige, por estrechas vías de casas bajas, poco iluminadas y vacías. Las calles se comunican entre sí de forma caótica, escaleras que alivian los desniveles, cuestas, pequeños jardines encastrados entre edificios dispares. Pero la domesticidad del ambiente proporciona calma. A ratos, parece un pueblo. En una esquina, una casita de ladrillo rodeada por una verja. En la otra, un bloque semicircular, acristalado, de material oscuro. De pronto, el barrio se abre en anchas avenidas con árboles a los lados y altísimas construcciones residenciales, mamotretos rodeados de vegetación. Yusuf se detiene, para que Horía llegue junto a él. Ahí está el centro, le señala, detrás de esa explanada.

Ya es completamente de noche. La luz amarilla de unos focos se desliza por la plaza de cemento donde unos niños hacen skate. Tras la verja, detrás de una fila de árboles despeinados, junto a un oscuro parque, se encuentra el centro de primera acogida Isabel Clara Eugenia. El corazón de Horía, inflado ahora de aire helado y de súplica, se mueve con precisión. Adónde tengo que ir, por dónde se entra, le pregunta a Yusuf. Este se saca un paquete de tabaco del bolsillo del pantalón vaquero y se enciende un cigarro, con desidia. Solo podemos echar un vistazo alrededor, nada de entrar. No quiero líos.

Bordean la plaza de skate y caminan siguiendo uno de los muros que rodean el centro. Está oscuro. La acera es ancha. Las primeras tres sombras aparecen frente a ellos, y Yusuf se echa a un lado, cogiendo del brazo a Horía para que también se aparte. Tres jóvenes negros se mueven como si fueran uno solo, los hombros muy juntos, con tranquilidad, uno de ellos es mucho más alto que los otros dos. Se acercan a una de las puertas del centro, una verja estrecha, cerrada, con un portero automático a un lado. Llaman. Esperan unos segundos y, al no obtener respuesta, siguen camino. ¿Por qué no les abren?, pregunta Horía, es de noche, hace frío. No lo sé, a lo mejor por eso, porque es tarde. A lo mejor vuelven luego.

Hay un sutil movimiento alrededor del centro. Algún vecino pasea a su perro por la ancha avenida de la entrada principal. De los garajes de los edificios salen y entran coches familiares, los portones de hierro se cierran tras ellos, protegiéndolos de la adversidad. Muy al fondo brillan las luces de un centro comercial. Pero, junto a los muros, las sombras van apareciendo, a veces sin saber de dónde. Deambulan. En parejas, en tríos. Alguno solo. Quizá el perímetro es estrecho. Quizá no vayan muy lejos. Un parque arbolado, con una zona infantil junto a los bloques de viviendas, cae escondido entre el Isabel Clara Eugenia y el centro de Orquesta y Coro. Las columnas blancas de la fundación relumbran entre las copas de los espigados árboles de un verde negro. En las escaleras que salvan los desniveles del parque, junto a la hierba, hay botellas de plástico, cartones y bolsas desperdigadas. Tiene pinta de que por ahí se esconden, dormirán entre los arbustos, los que no puedan o no quieran entrar. Yusuf enciende otro cigarro, comienza a impacientarse. Cómo lo sabes, quiere preguntar Horía, cómo sabes que no les dan una cama si han llegado hasta aquí, pero no dice nada. Demos la vuelta, no hay nadie, está muy oscuro. Y ella lo sigue, de nuevo tres pasos por detrás.

Regresan a Valdetorres de Jarama, pasan la entrada principal del centro, cerrada también, Horía intenta atisbar vida al otro lado, pero no hay nada. Solo el gran edificio callado al fondo de un patio enorme. El muro naranja vuelve a negarle la visión. Pero en la otra esquina hay movimiento. Se ha parado un coche de policía y de él se bajan dos agentes y una joven de pelo largo y suelto, en vaqueros, con una mochila a la espalda. Están demasiado lejos, Horía no puede verle la cara ni adivinar su edad. Yusuf la coge del brazo de nuevo y la obliga a cruzar la ancha avenida, casi vacía de coches. Mejor nos sentamos allá enfrente, en la parada del autobús, te he dicho que no quiero líos. Tengo que ver qué pasa, dice ella, zafándose tras haber cruzado. Pues lo ves desde aquí. Uno de los policías se acerca a la misma puerta a la que antes han llamado los chavales y llama. La puerta se abre y desaparecen dentro, con la chica.

Un cigarro más y nos vamos, aquí no hay nada que hacer, sentencia Yusuf. Horía no quita la mirada del centro y le dice que no, que todavía no pueden irse. El hombre se ríe debajo de la barba, dándole a entender que no depende de ella, pero no se levanta. Entonces, tras ellos, salido de la nada, aparece un chaval joven, de pelo rizado color castaña, que camina en dirección al centro comercial. Lleva una botella de coca cola vacía en una mano, colgando como si pesara, y con la otra va azotando el aire. Su figura delgada, con una chaqueta de cuero falso blanca y roja, se bambolea por la acera ancha, limpia. Horía clava los ojos en él y luego mira a Yusuf, que también lo está observando. Vamos a ver, le dice, vamos detrás. El hombre, hastiado, se levanta. Lo siguen,

no hace falta que aligeren, van a cierta distancia, el chico zigza-
guea, camina con las rodillas reblandecidas pero sin caerse, los
pies bailando turbios sobre el suelo. Se para en una fuente públi-
ca, bebe, continúa su danza. No se fija en ellos. Cruza de pronto
la avenida con una energía insólita y desaparece por el callejón de
tierra que hay entre el parque y el centro. Horía hace un amago
de echar a correr pero Yusuf la detiene. ¡Cruza con cuidado, mujer!, ese no va a ir muy lejos. ¿Es que no ves la que lleva? Horía lo
mira a los ojos, asustada, cualquier cosa puede destrozarla, cualquiera de ellos podría ser el suyo, qué lleva, qué es lo que le pasa,
dímelo. Va de pegamento hasta las cejas, no hay más que verlo,
o de disolvente. Ese duerme hoy en la calle, si es que no lleva días
haciéndolo.

Se adentran otra vez en el parque y al fondo distinguen la
mancha blanquirroja de la cazadora. Horía hace esfuerzos por no
llorar. Siguiendo el camino, aparecen en un lateral de la plaza de
skate. Ya no hay niños patinando. Solo un grupo de cuatro chicos, las cabezas enterradas en las capuchas oscuras de sus suda-
deras, fumando en una esquina del rectángulo de cemento liso.
El joven se bambolea hacia ellos y parece pedirles algo. Un cigarro, a lo mejor. Los otros no se inmutan o quizá le increpan y
acaba yéndose. No muy lejos, se mete tras unos árboles. Luego
sale. Luego se vuelve a esconder. Ya no se le ve. Esto es lo que hay,
dice Yusuf a Horía. No has encontrado lo que querías, ¿verdad?
Tenemos que preguntarles a ellos, contesta la mujer, con terque-
dad. Por favor, añade en voz más baja. Es lo último, concede el
hombre. Ella asiente. Cómo se llama tu hijo. Aziz, tiene catorce
años, de Boulanouar, Beni Melal.

Es Yusuf quien habla. Horía permanece detrás de él, escudri-
ñando la cara de aquellos niños, memorizando sus gestos displi-
centes, sus huesos ágiles bajo la ropa, los ojos oscuros y apagados.

Uno de ellos se interesa, aparenta divertirse, Aziz, sí, hay dos Aziz ahí adentro, pero uno es un crío y el otro no es de Beni Melal. Horía saca su teléfono del bolsillo del chaquetón y da un paso adelante para enseñar una foto de su hijo. Ahora está más grande, dice, esto es de hace un año, ¿no lo habéis visto? Tres de los chavales se acercan a ella y miran la foto durante unos segundos. El cuarto, sentado en el poyete, indiferente, no abre la boca, tiene la mirada clavada en la verja abierta del parque, donde vuelve a haber movimiento. No, no conocemos a este. No lo hemos visto nunca. Por aquí no está. Horía querría indagarlo todo, cada minuto de sus vidas, cada segundo desde que dejaron la casa de sus padres, qué harán mañana, pasado mañana, por toda la eternidad. Yusuf la agarra del brazo por tercera vez en la tarde y le dice ya está, nos vamos, tengo cosas que hacer. A Horía le da tiempo a sacar de su bolso un papel que ha preparado antes de salir, con su nombre y con su número de teléfono, y dárselo al joven que tiene más cerca, por si lo veis, por favor, decidme algo, que me llame, que me llame alguien.

El camino de vuelta es el doble de largo para Horía y el doble de amargo. Yusuf no le habla. Camina delante de ella, le ofrece asiento en el vagón, la avisa cuando llegan a destino. En la boca de metro de La Latina, rodeados de gente ociosa y llamativa, dispuesta a quemar la noche de sábado, espera a que la mujer le dé el dinero que le corresponde. Horía le alarga un billete de veinte euros y Yusuf alza las cejas y menea la cabeza. La mujer le da otro, también de veinte, y otro más de diez, cuando ve que no se mueve, y también las monedas, todo lo que lleva encima, y por fin el hombre se da la vuelta y se pierde entre los caminantes, hacia la plaza de Cascorro.

En su teléfono, un mensaje de Jalil: ya te avisé de que no encontrarías nada. Me han hablado de esta asociación. Pueden ayudar. Y un nombre y una dirección que, comprobará más tarde, se encuentra en el barrio de Lavapiés.

Horía llega al número 8 de Costanilla de San Andrés a punto para sacar el contenedor a la puerta del edificio.

Romina se acerca a Damaris y a Eduardo con las cervezas entre las manos, los tres vasos juntos y transpirados; la espuma se derrama cuando los deposita sobre la mesa. Te dije que no me pidieras cerveza, no puedo beber, se disgusta Damaris, pero Romina empuja hacia ella la caña, vamos, que una no te hará daño, nos lo merecemos. Eduardo coge la suya y se bebe la mitad de un trago sin perder la sonrisa. Vas a tener que pedirme otra para el brindis, que me moría de sed. Romina se ríe cantarina y le dice que por supuesto, que en cuanto se la acabe del todo, y Eduardo apura con su boca grande lo que queda en el vaso y lo deja en medio de la mesa, de un golpe, en señal de victoria.

Han hecho la mudanza entre los tres. Eduardo les consiguió una furgoneta y las ayudó a cargar. Todo el domingo lo han invertido en eso. Romina se ha ocupado de los gastos del alquiler del carro y también de pagarle a Eduardo unos euros por el trabajo. No pinta mal este sitio, dice el hombre, nunca había entrado. Es el bar que hay más cerca de la casa nueva. Está junto a la parada de autobús del parque de Bomberos, a la orilla de la autovía de Santa María de la Cabeza. Desde dentro, a pesar del bullicio y del ruido de la televisión, pueden oírse los motores incesantes. Odio cruzar ese puente azul, dice Romina mirando hacia la calle por las cristaleras. Nunca he tenido vértigo, pero cuando veo los coches debajo de mis pies, a tanta velocidad, me entra una cosa horrible por el cuerpo, un día casi me doy la vuelta. Yo me habría dado la vuelta sin dudarlo, afirma Damaris. Menos mal que no es mi ruta.

Piden unas patatas bravas y una ración de croquetas de jamón. A ver si no son congeladas, ruega Romina. Voy a por otra ronda. A mí tráeme un refresco de limón. Eduardo mira a Damaris con sus ojos rasgados, que al sonreír se le hunden en la cara, y le dice que no se preocupe. Irá todo bien, ya verás, Damarita. Ese piso es pequeño y cierto que no podéis estar las dos ahí mucho tiempo, pero en cuanto Romina se estabilice alquiláis uno grande y con tres cuartos, para que se venga tu hija. Y yo me quedo con este vuestro, que tengo muchas ganas de vivir solo. O me echo una novia y me la traigo. Y así estamos apretaditos y comparto los gastos. Damaris se echa hacia atrás en la silla y se ríe, tapándose la boca. Eduardo le acaricia el brazo, mejor, ves lo rico que te ha sentado la cerveza, y se carcajea él también. Romina regresa con las bebidas y se sienta mientras esperan la comida.

En el televisor que cuelga de una esquina, el telediario habla de alerta máxima en Italia por setenta y seis contagios de coronavirus y dos muertos. Lombardía ha sido la primera ciudad que ha sucumbido a la epidemia del virus de Wuhan, China, pero ahora ya hay casos en Emilia-Romaña, Véneto, Piamonte, Milán y Turín. Romina se queda mirando la pantalla y luego rebusca en su teléfono móvil y consulta las redes sociales. Se murió un viejo chino en París, ¿no? Un turista. Damaris quita un hielo de su refresco y lo deja en el cuenco de las aceitunas, ya vacío. Estuve hablando con mi hija ayer de todo esto. No tiene por qué llegar aquí. Bueno, de todas maneras es una gripa, no es más que eso, no se me alteren. Eduardo zanja, han llegado las raciones y toca llenarse el estómago. Vamos a brindar de una vez, que nos ponemos a beber y no celebramos. Las mujeres alzan los vasos, los chocan en el centro de la mesa. Salud.

La casa es oscura, incluso con las luces prendidas, porque las bombillas son de poca intensidad. Hay que cambiarlas. Con la pintura ha mejorado algo, las paredes están limpias. La habitación de Damaris es más amplia que la que tenía en el otro piso, pero todo lo demás es muchísimo peor. En el cuarto lleno de cajas y maletas, la mujer se esmera haciendo la cama, remetiendo las sábanas y las mantas con energía. Ahora dormirá en un colchón grande, de matrimonio, aunque vencido por el medio y con manchas de fluidos secos. Comprará una funda. Pondrá unas cortinas bonitas, alegres; es mejor tapar la ventana. Esa ventana es un pozo seco.

En el patio interior del edificio de la plaza de la Paja, el sol nunca llega a rozar el suelo. Solo lo esquina, en verano, pero Horía aún no ha tenido tiempo de comprobarlo. Ha pasado todos estos meses escondida de la luz, por primera vez en su vida. Tras la memoria de las jornadas calcinadas en los campos de fresas, al principio resultó un alivio pero, ahora que los días comienzan a alargarse, a veces se detiene unos minutos en el portal, mirando los plataneros, para que los rayos de luz la acaricien.

La señora del segundo ha sabido elegir las plantas del patio a lo largo de estos meses. El rincón frondoso estallará de color. Horía lo cuida con mimo, pulveriza de agua las hojas cada día. Incluso la hortensia, en ese ambiente seco, está empezando a brotar. Ha obedecido las órdenes de la señora y durante el mes de enero y febrero, en las noches heladas, cubrió la vinca con un plástico. La señora, al comprobar la buena mano de Horía con las plantas, la manda también ocuparse de la vegetación de sus balcones. Cada vez tiene más trabajo dentro de su casa, por el mismo precio. Quizá se esté volviendo imprescindible para los viejos, pero nadie le ha hablado de formalizar aquello.

Hace dos semanas que fue al barrio de Hortaleza. Ha tenido pesadillas varias noches después del viaje. Se despierta con frío, muy agitada, y pone las manos sobre el calefactor que enchufa junto a la cama. Frente a ella, en medio de la oscuridad, ve claramente el rostro de Aziz, enterrado bajo una capucha oscura, con los ojos vacíos.

Está agachada en el patio, arreglando las plantas, cuando suena su teléfono, puede oírlo a través de la ventana abierta. Se incorpora bruscamente y de milagro no vuelca el tiesto con el que trajina. Lo deja ahí, separado de los demás, y corre adentro.

Un número que no conoce la llama desde la aplicación de chat. Con los dedos embadurnados de tierra y abono, contesta.

Madre, dice Aziz. Soy yo.

¿Quedamos a las cinco en Antón Martín? Luego podemos tomarnos unos vinos. La mani empieza a las cinco y media. Oliva está tumbada en el sofá de su casa, bajo una manta. Ha recibido esta propuesta y otras parecidas por parte de dos o tres amigas a lo largo de la mañana. Durante la semana, pensó en pasarse por la manifestación con su hija. Habían ido juntas, con las familias del colegio, a la más multitudinaria de todas, dos años atrás. Irena, tan pequeña entonces, había saltado y corrido, feliz, agarrada a un globo de helio con una proclama feminista, entre la muchedumbre. Recuerda que le hizo fotos, de espaldas, las piernecitas aún rechonchas bajo el abrigo verde. Las busca en su teléfono, pero al pasar el dedo hacia arriba encuentra la cara de Max, la espalda desnuda de Max, y deja el aparato a un lado.

Este año no quiere salir a la calle, está cansada, necesita esconderse. Algo en las manos alzadas, en el escalofrío de miles de mujeres juntas, le duele. Coge otra vez el teléfono y contesta algunos mensajes. No sé si voy a ir, lo del virus ese me da un poco de susto, escribe. Pero no es del todo cierto. La niña tendría que haberse quedado con ella hasta el día siguiente, lunes, pero Oliva se despertó por la mañana con náuseas y la boca seca. Preparó el desayuno de Irena y se hizo un café. Intentó masticar un plátano y le vinieron los vértigos. Después de hablar con su madre por teléfono y de recibir, de algún modo, su aprobación, si no te encuentras bien tómatelas de una vez, decidió ir a la farmacia de guardia más cercana para comprar los antidepresivos que le había recetado la doctora. Ha claudicado. Le ha pedido al padre de Irena que se quede con ella desde hoy. Él la ha abrazado con ternura cuando se han visto, seguro que pronto estás mejor, puedes contarme lo que quieras, ya lo sabes, y ella se ha apartado, rabiosa y desesperada, porque es demasiado tarde.

Así que ahora está sola, bajo una manta, en el sofá, en la misma planicie de tiempo incierto que habita desde hace semanas. Se incorpora y coge la caja de sertralina, la abre, comienza a leer el prospecto pero desiste, lo hace una bola, dejándolo en la mesa, a un lado del portátil y del paquete de galletas que ha intentado comer, sin éxito. Hunde un dedo en una de las cápsulas del blíster y en la palma de su mano cae la píldora minúscula. Se la mete en la boca, bebe agua y la traga como si fuera un veneno.

Mira la prensa en el ordenador, por encima. El virus que bloquea el mundo, lee. Italia, en estado de shock por las restricciones para evitar el coronavirus. Cuarentena forzosa para dieciséis millones de personas. El decreto que el Gobierno italiano aprobó de madrugada ha suscitado una mezcla de clamor y sorpresa en las calles. Algunas personas han aprovechado para salir de las ciudades antes de que se aplique completamente la cuarentena. Oliva entorna los ojos, querría quedarse dormida mientras lee. La Consejería de Sanidad ha informado este domingo de que el número de afectados por coronavirus en la Comunidad de Madrid ha alcanzado los doscientos dos casos. En las últimas horas han fallecido tres personas más, todas ellas de edad avanzada, lo que eleva la cifra de muertes en la región a ocho, diecisiete en España. Cierra el ordenador, se tumba de nuevo, de lado, esconde la cara entre el cojín y el brazo. La primera dosis del veneno no le hace efecto. Solo la ha convertido en una persona distinta y nueva, alguien que se medica tras los golpes bajos, una mujer replegada en su propia farsa.

Días antes, tras una noche de agonía, se había atrevido por fin a bloquear a Max en whatsapp, lo que se supone que es un paso de gigante, un hachazo al cordón de hierro que ha dominado su vida en los últimos años. También lo bloqueó en las redes sociales. Pero no ha sido capaz de bloquearlo en el correo electrónico ni en las llamadas. Afirma, cuando le aconsejan que lo haga, que da lo mismo, que él podría crearse una cuenta solo para escribirle, igual que podría seguir llamándola desde cualquier número. Pero, en realidad, sigue teniendo miedo de ese vacío descomunal que ahora la posee, el que antes estaba relleno de espumillón y de dientes afilados. La soledad. Y por mail y por teléfono es por donde sigue comunicándose Max con ella. Cuando desapareció el suelo bajo sus pies, Oliva le escribió de vuelta, cosiendo con sus propias uñas el pequeño agujero por el que escurrirse.

Desde su casa, cree oír los gritos de las mujeres. Miles de personas se manifiestan contra la violencia de género en las calles de Madrid mientras ella lee un nuevo correo electrónico, de pocas líneas, que acaba de recibir.

Quiero que seamos capaces de hablar normalmente y de arreglarlo todo. Pero me pones entre la espada y la pared. El otro día me estaba muriendo y te llamé veinte veces y no me lo cogiste. ¿Estás en casa? Puedo pasarme luego a por mis cosas. Pillo un taxi de los tochos y me lo llevo todo. Tengo muchísimas ganas de verte. Te echo tanto de menos.

En la foto de perfil del mail, un Max de hace casi diez años, con cara de niño bueno, sonríe.

Cuando cae la noche, después de que el hombre se haya ido, cierra la puerta por dentro, con llave, y la deja puesta. Esta vez no venía a por sexo, parecía ahíto, llevaba dos días fuera de su casa. No se llevaría sus cosas aún, no le venía bien hoy. Otro día. Mientras lo escuchaba hablar, decir mentiras, Oliva notaba la piel de su cuerpo agrietarse, envejecer como los materiales radiactivos. Ella lo ha mirado desde la lejanía de su propio rostro vaciado. Ha dejado que le acaricie la nuca y el muslo con su mano verduga. Sus cuerdas vocales han pronunciado algún lamento: sabes que hoy he empezado a tomar antidepresivos.

Desde la cama, con los ojos cerrados, puede ver el futuro. Max seguirá acechándola, tirando de la cuerda con movimientos sádicos, hasta comprobar que de ella, por fin, no queda nada vivo.

Madre, no grites, para de llorar, escúchame, estoy en Melilla, desde hace un tiempo, desde que hablamos, estoy bien, no estoy solo, por favor, no grites, escúchame, ya sí que me voy, ahora es de verdad, voy a cruzar mañana, como mucho pasado mañana, hasta Málaga, y te llamaré otra vez, esta vez te llamaré, madre, te lo prometo, dime dónde estás tú, volviste al pueblo, estás con la abuela, no te entiendo, madre, voy a tener que colgar ya, ¿estás en Madrid?, ¿en Madrid trabajando?, te llamo, madre, te prometo que te llamo, mañana cruzo, como mucho pasado, no llores, madre, que estoy bien, que nos vemos pronto.

Horía no se saca estas palabras de la cabeza desde el sábado. Se le han incrustado en el cerebro y las oye una y otra vez, mientras, como una autómata, hace lo que debe hacer, arrastrar el contenedor, quitar el pañal, limpiar el culo arrugado, secar el agua del suelo del baño, pasar la mopa para el polvo, regar las plantas, cocinar para el viejo y luego cocinar para ella, para no morirse de hambre, comer, de pie junto a la mesa, porque ya no soporta estar sentada ni un minuto más, solo quiere salir corriendo, ir hasta el borde de la tierra, hasta la orilla del mar, abrir los brazos, recoger lo que le pertenece, lo que había perdido, lo único que le queda, a veces recita en voz alta las palabras, son una melodía, una que le sirve para desoír todo lo demás, a la señora persiguiéndola por los pasillos con la cantinela del coronavirus, por ejemplo, o el ruido del ascensor subiendo y bajando todo el día, o el llanto que sale de debajo de la puerta del cuarto piso mientras ella limpia la barandilla de la escalera, mamá, soy yo, estoy bien, solo atiende a esta voz que ahora duerme por fin en su cabeza, como recién estrenada, con nuevos matices que desconocía, la transformación que no ha podido palpar con sus manos y refundar con sus ojos pero que en la voz le aparece, milagrosa y bendecida, su hijo creciendo, haciéndose mayor.

La euforia, el llanto y el rezo de las primeras horas de espera dan paso a un nerviosismo febril. Ha avisado a Kenza, también a su hermano y a su madre. Las llamadas han sido rápidas y ejecutivas, entre gritos, porque no quiere que su teléfono esté ocupado. Se encierra en su habitáculo a ver correr los minutos. No duerme, solo se tumba a estirar las piernas. Pasa la noche, el alba, la mañana, la tarde. Aziz no llama.

El lunes, Oliva lo intenta con todas sus fuerzas. Confiesa su última derrota ante su gente cercana, el único horizonte que ahora mismo puede distinguir, amarra un cabo allí y otro allá, se deja convencer, repite la sentencia por enésima vez, quizá esta sea la verdadera, observa las plumas ensangrentadas pegadas a los barrotes de la jaula, una mano la agarra, otra la sostiene, contacto cero, puede ser que aquello del fondo, borroso y translúcido, sea la salida. El teléfono suena, es Max. No lo coge. Sabe que tras las llamadas llegarán los mensajes. No los leas, le dicen, pero ella los lee. No contesta.

Han cerrado los colegios de todo Madrid por el avance sin control del virus. Su hija no irá al colegio mañana. Está con su padre en casa, están bien, habla con ellos por teléfono, viven cerca, no pasará nada, le dice él, serán unos días, ya verás, el estupor crece, empieza a ser imposible ocuparse de otra cosa. Las autoridades recomiendan el teletrabajo. Ella ya teletrabaja desde hace años. También el padre de su hija. Nada tiene por qué cambiar. Permanece quieta, en casa, contando los minutos. Su espera es diferente a la de Horía. Ella acumula minutos de silencio. Esa es su victoria provisional.

En el tercero, el desorden de la casa es insólito. La señora Sonia anda de acá para allá, pegada al teléfono, cruzando los hilos que la salven de la distopía. Los niños revolotean alrededor de Damaris, que ha de hacer la comida en medio del caos. La señora Sonia le avanza los últimos acontecimientos, va a la cocina y se los escupe a la cara en su propio nerviosismo, como si ella no estuviese informada, como si fuera culpable de algo, como si todo el mundo no hablara de lo mismo. Italia está aislada entera, entera, es que no me lo puedo creer, que era cosa de los italianos, decíamos, que era una gripe, hasta las Fallas se han aplazado, no podemos quedarnos aquí, tenemos que irnos, Damaris, le dice, y ella no sabe a cuántas personas encierra ese plural. Damaris pela patatas para cuatro y piensa en Romina, a la que acaban de ampliar el horario en la tienda donde trabaja y por tanto este mes ganará más dinero, no vaya a ser que al final. Cuando la señora Sonia se va de la cocina, coge el teléfono y escribe a sus hijos y a su hermana, que aún estarán dormidos.

Es jueves y Aziz no ha llamado. La ciudad se vacía ahí afuera, con descaro, en una confusión aún incipiente, pero Horía no tiene más remedio que hacer lo planeado. Sube al segundo piso, la señora no le abre. Le grita, desde dentro, que vaya a hacerles la compra y que la deje en el rellano, y le pasa por debajo de la puerta un sobre con la lista y unos billetes. Horía lo coge y sale a la calle. Las terrazas están desiertas. Apenas hay gente a su alrededor. Pasa por el mercado y sigue de largo. En estos días estáticos, se ha aprendido el camino hasta la asociación de la que le habló Jalil. No pensó que le costara tan poco llegar sin perderse. No imaginó que la ciudad fuese a convertirse en un páramo justo ahora, solo para ella. Es un local en la calle Embajadores, pequeño, con una vidriera desde la que se ve todo lo que hay dentro. Dos mostradores, un sofá, varias sillas alrededor de una mesa. Hay dos personas en el interior, que llevan media cara tapada con mascarillas blancas. No tiene que esforzarse. Una de ellas habla su idioma. Es una mujer joven, con ojos verdes y alegres sobre la tela que cubre sus facciones.

Las autoridades de Marruecos han suspendido de forma coordinada los vuelos procedentes y en dirección a España, y también el tráfico marítimo entre los dos países. Pero su hijo ha podido intentar cruzar desde Melilla el domingo o el lunes, incluso el martes, cuando todo funcionaba con normalidad. No es fácil dar con ellos, sobre todo si han tenido éxito. Podemos intentar hacer unas llamadas. Normalmente, a los jóvenes, si son menores, se los lleva a un centro. Podemos llamar a los centros de Málaga y Almería, quizá ahí nos cuenten algo. Dígame todos los datos, señora, la edad, el nombre, enséñeme una fotografía. Supongo que ha intentado contactar con el número desde el que la llamó. Es lo normal, no se preocupe. No tiene por qué haber pasado nada malo. Llamaremos también a la policía. Vamos a intentarlo, señora. Pero ahora váyase a casa. Díganos dónde podemos encontrarla, por si acaso. Su teléfono ya lo hemos apuntado, sí. Vuelva a casa, que no está en Madrid la cosa para andar por ahí, vaya con cuidado. La Organización Mundial de la Salud ha declarado una pandemia.

Del mercado solo queda el esqueleto con el género. Algunos puestos están cerrados. Ella llega a tiempo para comprar lo que le han encargado los señores del segundo. No lo compra todo, le cuesta entender la letra, le cuesta dirigirse a los tenderos, hablar en voz alta. Solo quiere encerrarse y esperar.

Oliva sale a hacer la compra, también. Va al supermercado de la calle Toledo, esquina con la calle Segovia. Inaugura un miedo a cada paso, no lleva nada que le cubra la cara, se han acabado las mascarillas en las farmacias de alrededor. De todos modos, si se pusiera una no podría respirar. Las estanterías, completamente vacías, como justo antes del fin del mundo. Vigila sus manos, cada producto que echa en el cesto, por si se contagia. Inaugura un miedo nuevo a cada movimiento, no quiere estar ahí en medio, no quiere esperar la cola, no quiere pasar la tarjeta por el datáfono, las personas a su alrededor le resultan temerarias o inconscientes. Mira los ojos de la cajera al meter los alimentos en la bolsa, está segura de que está infectada. En casa, se desnuda en la puerta del baño, empuja con el pie la ropa hasta la cocina. Se da una ducha de agua muy caliente, frota cada resquicio de su cuerpo, se envuelve en la toalla y se seca.

Damaris, ya no tienes que venir más, vuélvete a tu casa, si lo han dicho las autoridades. La señora Sonia le habla desde lejos, en medio del salón. Se lleva las manos a la boca de vez en cuando, como si pudiera con ello detener la vorágine, estar a salvo. Nosotros nos vamos. Recuerdas aquella casa donde estuvimos una vez, en la sierra, sí, la hemos alquilado, nos vamos hoy mismo. Aquí no se puede estar y van a cerrar la ciudad en cualquier momento. Los niños aquí metidos, sin colegio, sin poder salir a la calle, es que no me lo quiero ni imaginar, nos vamos a volver locos. Madrid es un infierno ahora mismo. Ya veremos cómo se resuelve esto. Menos mal que tienes tu casa recién alquilada, qué alivio tenemos con eso. No hace falta que hagas nada, si por eso te pedí que limpiaras a fondo ayer, ya tenemos preparadas las maletas. Ahora despertamos a los niños y nos vamos. Puedes irte a tu casa. Es mejor que no te despidas de los gemelos, Damaris, que no es seguro, que tú has estado yendo y viniendo y tu compañera quién sabe. Mejor vete ya. Ten mucho cuidado, por favor, nos iremos llamando.

Damaris baja en el ascensor, tapándose la boca con el pañuelo. Atraviesa el portal con la cabeza recta, el cuello rígido, la espalda contraída, pero avanza firme. No se da cuenta de que detrás de ella sale la portera, aquella mujer que un día la socorrió en su desmayo, con la que no ha hablado nunca. Sube la cuesta y gira por Redondilla hasta Bailén, como tantas veces. Volverá caminando a su barrio. Se encerrará con Romina. Aquella casa que es solo una cáscara. Para volver a mirar el cielo, en las semanas siguientes, deberá sacar medio cuerpo por fuera del agujero de su cuarto y torcer la cabeza hacia arriba. Al final de las paredes grises de cemento, parcheadas de ventanas, encontrará un rectángulo azul.

En medio de la plaza de tierra, espera a Horía la mujer de los ojos verdes. La ha llamado por teléfono antes de llegar, para avisarla. Horía se acerca a ella todo lo que puede, querría que le hablara al oído. La mujer no la rehúye, pero hace un gesto con las manos, amable, indicándole que se siente en uno de los bancos de la plaza. Horía se agarra a la madera del respaldo, luego al reposabrazos de hierro, dime qué te han dicho.

Oliva dispone los utensilios en la encimera de la cocina. La única botella de vino que compró ya está fría. La abre y se sirve una copa. Bebe. Revisa su teléfono. No ha contestado a las llamadas. Tampoco a los correos. Hay un correo distinto para cada frase, como si fuera un chat. Cierra la aplicación, siente una leve descarga en la mandíbula. Lleva cinco días de contacto cero. Afuera, ahora sí, todo es peligro. Llama por teléfono al padre de su hija, habla con Irena, estamos muy cerquita, le dice, no te preocupes por nada, pronto volverás a ir al cole, mi niña. Con la copa en la mano va hacia el salón, mete la llave en la cerradura, cierra con tres vueltas, la deja dentro, por si acaso. El presidente del Gobierno está a punto de declarar el estado de alarma.

En el puerto de Melilla, un joven marroquí, de unos catorce o quince años, murió atropellado el martes, al caer de los bajos del camión en el que se había escondido para acceder al buque que viaja a la península. Aplastamiento de cráneo, derrame de sangre en los pulmones. No llevaba documentación encima, ni tampoco teléfono. Su cuerpo frío y magullado, espigado en un sueño, espera en la morgue a que alguien vaya a reconocerlo.

Quizá no es Aziz, ha dicho la mujer de los ojos verdes.

Encogida en el asiento de un autobús con destino al sur de España, Horía cierra los párpados, por primera vez en muchos días, para escuchar solo la música que guarda en sus entrañas: esta vez te llamaré, madre, te lo prometo, dime dónde estás tú, te llamo, madre, te prometo que te llamo, mañana cruzo, como mucho pasado, no llores, madre, que estoy bien, que nos vemos pronto.

Agradecimientos

Gracias a mi editora María Fasce, que confió en este libro cuando no existía todavía. Gracias a Carolina Reoyo, por comprender así de bien, por editar certera y con tanta elegancia. Gracias a Lola Martínez de Albornoz, por escuchar y por leer. Gracias a Julia Fanjul y a Andrés Molina, por sus precisas y acertadas letras en mis márgenes. Gracias a Melca Pérez, porque en la ciudad queda el rastro de nuestros bailes. A todo el equipo de Lumen, por ser casa.

Gracias a Rosa Montero, porque su generosidad es un hogar. Gracias a Claudia Corredor y a Ricardo Quesada, por contarme su memoria de Armenia. Gracias a Gabriela Wiener, por asomarse aquí dentro y ayudarme a barrer los fantasmas. Gracias a Malika Embarek, por la palabra adecuada, por su tiempo. Gracias a Daniel Montoya, por vigilarme las orillas. Gracias a Nadia Azougagh, por compartir, por la paz tras su mirada.

Gracias a César Martínez Useros, por leerme a través de los libros, de los años y de la vida. Tras la escritura, qué importantes fueron sus ojos.

Gracias a Aroa Moreno Durán. Ella sabe por qué, por cuánto, por siempre.

Gracias a Vera, por preguntarme al final de los días, antes de dormir, si había escrito, si estaba contenta.

Gracias a Jairo Vargas, por dibujar esta novela conmigo. Por construir, sobre todo, los lugares donde sería escrita. Por cambiar el cielo de forma.

Algunos títulos imprescindibles
de Lumen de los últimos años

Tempestad en víspera de viernes | Lara Moreno
Piel de lobo | Lara Moreno
Por si se va la luz | Lara Moreno
Mi nombre es nosotros | Amanda Gorman
Autobiografía de mi madre | Jamaica Kincaid
Mi hermano | Jamaica Kincaid
Las personas del verbo | Jaime Gil de Biedma
Butcher's Crossing | John Williams
Cita en Samarra | John O'Hara
El cocinero | Martin Suter
La familia Wittgenstein | Alexander Waugh
Humano se nace | Quino
Qué mala es la gente | Quino
La aventura de comer | Quino
Quinoterapia | Quino
Déjenme inventar | Quino
Sí, cariño | Quino
En los márgenes | Elena Ferrante
Las rosas de Orwell | Rebecca Solnit
La voz de entonces | Berta Vias Mahou
La isla del árbol perdido | Elif Shafak
Desastres íntimos | Cristina Peri Rossi
Obra selecta | Edmund Wilson
Malas mujeres | María Hesse

Mafalda presidenta | Quino

La compañera | Agustina Guerrero

Historia de un gato | Laura Agustí

Barrio de Maravillas | Rosa Chacel

Danza de las sombras | Alice Munro

Araceli | Elsa Morante

12 bytes. Cómo vivir y amar en el futuro | Jeanette Winterson

Clint Eastwood. Vida y leyenda | Patrick McGilligan

Cary Grant. La biografía | Marc Eliot

Poesía completa | William Ospina

La mujer pintada | Teresa Arijón

El Mago. La historia de Thomas Mann | Colm Tóibín

Las inseparables | Simone de Beauvoir

Sobreviviendo | Arantza Portabales

El arte de la alegría | Goliarda Sapienza

El remitente misterioso y otros relatos inéditos | Marcel Proust

El consentimiento | Vanessa Springora

El instante antes del impacto | Glòria de Castro

Al paraíso | Hanya Yanagihara

La última cabaña | Yolanda Regidor

Poesía completa | César Vallejo

Beloved | Toni Morrison

Estaré sola y sin fiesta | Sara Barquinero

Donde no hago pie | Belén López Peiró

A favor del amor | Cristina Nehring

La señora March | Virginia Feito

El hombre prehistórico es también una mujer | Marylène
    Patou-Mathis

La tierra baldía (edición especial del centenario) | T. S. Eliot

Cuatro cuartetos | T. S. Eliot

La marca del agua | Montserrat Iglesias

Este libro
terminó de imprimirse
en Madrid
en agosto de 2022

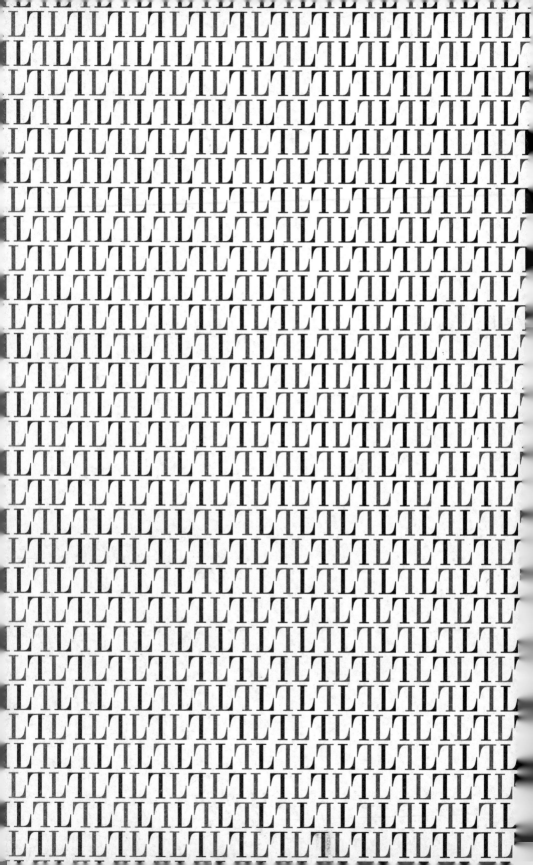